プラスチックの祈り

上

白石一文

朝日文庫

本書は二〇一九年二月、小社より刊行されたものを
二分冊にしたものです。

プラスチックの祈り　上　目次

第一部　序

下巻　目次

プラスチックの祈り　上

第一部　序

第一章　透明化する身体

1

　異変が始まったのは、三年ほど前のことだった。

　秋口頃だったか、神戸の大学に講義に出かけた。講義といっても講演のようなもので、かつて神戸に住んで、神戸の街を舞台にした新聞小説を書いたときに偶然知り合ったとある女子大学の学長先生が、一度うちの学生たちに話をしてくれないかと頼んできたので思い切って足を運ぶことにしたのだ。

　その帰りの新幹線で異変に繋がる最初の予兆のようなものがあった。

　たしかにあれはこの奇妙な現象の前触れだったのだと思う。

　妻を失って数年が経っており、現在も似たり寄ったりだが、当時はまさしく酒浸りの日々だった。だから我が身に起きたことが本当に真実だったかどうか定かではない。とはいえ、携帯で撮った証拠写真はいまも保存してあるので、あながち妄想というわけでもなかろう。ただ、帰途の新幹線とあって名古屋あたりに来た頃にはすっかり出来上がっていたのは事実だ。

名古屋を過ぎてしばらくしたところで着信があり、表示された発信人はK書店の長年の担当編集者である吉岡君だった。妻の死後、何くれと世話を焼いてくれた担当者は複数いるが、彼はなかでもとりわけ親身になってくれた一人だったので、当時もたまに連絡を取り合っていた。


平日の午後の「のぞみ」のグリーン車はがらがらで隣も空席だったが、それでも、

「新幹線の中だからちょっと待ってて」

と携帯を耳に当てたままデッキに移動した。

「どうしたの？」

「実は、うちの担当あてにたったいま夫人から電話があったんですが、大河内《おおこうち》先生が今朝、心不全で急死されたそうなんです」


親友と呼んでもいい作家仲間の死を伝える連絡だった。


妻の死後、大河内夫妻とも疎遠になっていた。本来ならば直接夫人から連絡があっても不思議ではない間柄だった。

「通夜、葬儀の日程など追ってメールしておきます」

という吉岡君の声を上の空で聞いて携帯を切り、自席に戻った。シートを倒してずいぶん長いこと窓外を流れ去る晴れ渡った景色を眺めていたと思う。


やがて広大な裾野の向こうにくっきりとした富士の山影が姿を現わし、時折は鼻面を窓にくっつけるほどにしながら後方へと小さくなっていくそれを見送った。富士が見えなく

なったちょうど同じタイミングで酒が底をついた。ワインのハーフボトルだとかウィスキーの小瓶だとかを列車に乗るときは大量に持ち込むことにしていた。車内販売に頼ると出費がかさんで仕方がなかったのだ。

酒くさい吐息を一つついて立ち上がった。小用も兼ねて水でも買ってこようと思った。東京駅に着いたらすぐに大河内の細君に連絡し、場合によってはそのまま彼のもとへ駆けつけるつもりだった。身なりはともかくも、こんな酔態で亡き友の枕頭に侍るわけにもいくまい。用を足し、通りかかった車内販売員からミネラルウォーターを二本買ってふたたび自分の席に戻った。

一本目の水を一気飲みして空になったペットボトルを座席の網ポケットに突っ込んだ瞬間、非常な違和感をおぼえたのだった。

小用に立つまで座っていたシートと柄が違ったのだ。

正確に言うと、模様のパターンは同じなのだが、灰色の布地に並んでいるマス目柄の色合いがまったく違った。灰色、白、黒のマス目は変わらないが、唯一目を引く濃い黄色のマス目がオレンジ色に変色していた。シート全体に散った黄色のマス目がオレンジ色のマス目に置き換えられているのだから印象がまるで違う。目の錯覚で片づけられる程度の変わりようではなかった。

文字通り酔眼を手でこすってためつすがめつ目の前のシートの柄を見直し、チケットを上着のポケットから抜いて号車と座席番号を確かめ、前後左右をぐるりと見回した。どのシートのマス目もオレンジ色に切り替わっている。

狐につままれるとはこのことだ、と作家らしくもない凡庸な呟きが胸の内に洩れる。年に数回は「のぞみ」に乗っていた。座席の模様など気に留めたことはないが、しかし、いま座っている席の色調には明らかに違和感があった。これまでの「のぞみ」のグリーン車はこういう雰囲気ではなかったような気がした。

それもこれもしたたかな酔いがもたらした記憶違いに過ぎないのだろうか?

そこでふと気づくことがあった。

窓際に置いていた携帯を摑んで写真《ピクチャー》フォルダを開く。そういえば、めずらしいほど鮮やかだったさきほどの富士を窓越しに何枚か撮影しておいたのだ。写真の中に座席が写り込んでいるかもしれなかった。

数枚の写真を検《あらた》めてみると一枚だけ該当した。窓枠から少し距離を置いて撮ったもので、右際にシートのマス目柄の一部がかろうじて写っている。ズームすると黄色いマス目がはっきり確認できた。目の前のオレンジ色のマス目とはどう見ても色合いが異なる。

念のため、同じ構図でもう一度何枚か撮影してみる。

新しい写真の方のマス目はたしかにオレンジ色だ。富士の姿が写った一枚のそれと比べてみると両者の違いは一目瞭然だった。

光の加減や酔いの深さを勘定に入れたとしても同じシートでこれほどの色調の差異が生じるとはとても思えない。

だとすると、富士の裾野を走っていたときのこの列車のシートといま現在のこの列車のシートとは別物、ないしはマス目の色だけが黄色からオレンジ色に変化したということになる。

しかし、そんなことがあり得るはずもなかった。

そうやって携帯で撮影した写真はいまでもパソコンに保存してある。たまに写真フォルダを開いて見比べてみるのだが、やはり両者のシートの趣きには明らかな差があった。

この出来事以降、新幹線に乗るたびに座席の様子を確かめる習慣ができてしまった。これまでの観察だと、「のぞみ」のシートのマス目は毎回オレンジ色で、濃い黄色のマス目に出くわしたことはなかった。

異変に繋がるもう一つの予兆は、それから数日後に起きた。

神戸から戻った当日、まだ病院に留め置かれていた大河内のもとへ駆けつけたのはもとより、二日後の通夜にも三日後の葬儀にも参列した。

大河内とは遠い昔、文芸誌の対談で初めて出会い、その対談記事が好評だったことから二人の対談集を編むという企画が生まれ、そんなこんなで幾度も顔を合わせているうちにすっかり意気投合したのだった。

年齢は二つ三つ下だったが、小説家としてのキャリアは彼の方がずっと長かった。何しろ大河内は学生時代に文芸誌の新人賞を受賞してデビューし、ほどなく大きな文学賞も獲得して文壇の寵児《ちょうじ》となった人物だったのだ。

人気作家の突然の死は新聞テレビで大きく報じられたが、後日「お別れの会」を開くという告知が行われ、通夜、葬儀は故人と近しかった人たちが集まる比較的小規模なものとなった。

五反田の斎場の控室で大河内が骨になるのを待っていた。

親戚縁者を除くと彼の担当編集者数人と学生時代の親友がいるくらいで、始終泣き通しの夫人は三日のあいだにすっかり面変わりしてしまい、その美貌や見る影もなしという有様だった。

職員に呼ばれて一同ぞろぞろと、一時間余り前に大河内の白木の棺を見送った火葬炉の前へと戻った。人々はスペースを空けて二組に振り分けられ、炉の蓋が開くのを待っていた。そんなとき夫人が、提げていた小さなバッグからなにやら取り出して顔色を変えたのだ。

向かいの一組の先頭に立っていた夫人はじきに大河内が出てくるというのに手の中のものに見入ってしまい、やがて周囲の人たちに目配せをして、雁首寄せた彼らにもそれを見せ始めた。

夫人が手にしているのは携帯電話だった。

小さなざわめきのようなものが起き、ほどなく顔を上げた夫人が手招きするので、炉の前にたたずむ神妙な面持ちの職員を尻目に小走りで夫人側に移動した。

「大河内から着信が入ってたの」

震えるような声で言われ、手の中の携帯の画面を覗くと、たしかに「不在着信　王河内携帯」という文字が残っている。「私の前では王様気取りだから、大河内の大を王様の王にしなさいよっていつも言ってるのよ」とは夫人から何度も聞いた話なので、「王河内」が大河内の登録名に違いなかった。着信時間は三分ほど前だ。

「控室を出て歩いているときにバッグの中で携帯が震えてるのが分かったの。こんなときに誰だって思って、中も覗かずに放っておいたのよ」

彼女は茫然とした面持ちになっている。

とはいっても骨になってしまった大河内が電話をしてくるはずもなかった。誰かのいたずらに決まっている。

「大河内の携帯はどこにあるの？」

取り囲んだ数人を代表するような形で訊いてみる。

すると夫人は手の中の携帯をそのままこちらに手渡してきて、提げていたバッグに空いた右手を突っ込んだ。

「これよ」

黒い色の携帯がバッグから出てくる。

夫人と同じ折り畳み式で色違いの同機種のようだ。夫人のは白だった。

「電話が掛かってきたら嫌だから亡くなってすぐに電源を切ってしまったの」

夫人が黒の携帯を開く。たしかに電源が切れたままだった。

「じゃあ……」

誰もが息を詰めるのが分かった。

「大河内の携帯ってこれ以外にはないよね」

「もちろんよ」

だとすると三分前の着信は、この電源の切れた携帯から掛かってきたものということになってしまう。

「電源を入れてみたら」

夫人は頷いて電源ボタンを押す。もしこの携帯からの発信であれば発信履歴が残っているに違いなかった。わずかな沈黙を挟んで大河内の携帯が息を吹き返す。夫人が慣れた手つきで履歴を呼び出す。

「あすか携帯」という発信履歴が残っていた。時刻は同じ三分前。

「やっぱりこの携帯から掛かってきたのよ」

夫人の名前は「大河内あすか」だった。

取り囲んでいた者たちから小さなどよめきが上がった。

とそのとき職員の合図が入り、炉の蓋が開いた。預かっていた携帯を夫人に返して正面に身体を向け、合掌する。夫人もそれを畳み、大河内の携帯も畳んでバッグに戻した。

ほのかにあたたかな風が炉内から吹き寄せ、その風と共に真っ白な骨になった大河内が会葬者の前に姿を現わしたのだった。

いまも夫人はあのときの二台の携帯に残った着信履歴と発信履歴を保存している。それどころか、葬儀からしばらくして携帯電話会社に連絡し、電話会社の何らかの手違いなどで彼女が経験したようなことが起こる可能性があるかどうかの照会までしたのだった。

電話会社の担当者は「そういうことは考えにくい」と至極もっともな回答を寄せたのだそうだ。だとすると、夫人が作為的にやったと考えない限り、あの現象に日常的な説明をつけるのはなかなか難しい。

小さなバッグの中で大河内の携帯の電源が偶然に入り、あすか夫人の電話番号が偶然に選び出され、さらに偶然に発信ボタンが押され、これまた偶然にふたたび電源ボタンが押されて電源が落ちたなどというのはとてもあり得そうにない。

「どうして私、電話に出なかったんだろう？」

大河内の死から当分、夫人はその一事を悔やみ続けていた。

だが、もしも電話に出たとして、彼女は死んだ夫と一体何を話せばよかったというのだろう？

一周忌法要後の食事会の席で夫人の隣に座った折、ひっそりと打ち明けられたのは次のようなことだった。

「実はね、大河内と一緒になったときに約束をしたの。どちらかが先に死んで、万が一にも死後の世界というものがあったとしたら、そのときは必ず生き残った方に何かサインを送ろうねって。彼ってずいぶんわがままで、きっと姫野《ひめの》さんにも不愉快な思いをさせたりいろんな迷惑をかけたんじゃないかと思うけど、根っこは律儀でまじめな人だったでしょう。仕事は決して断らなかったし、締切を破ったことだってほとんどなかったもの。だから、死んでからも私との約束をきちんと守って電話してきてくれたんだと思うの。あの日からね、私、もう死ぬのがちっとも怖くなくなっちゃったのよ」

伴侶や親が亡くなると、直後に不思議な現象が起きるというのはよく聞く話だ。突然テレビやラジオのスイッチが入ったり、夢にありありと故人が出てきて涙を流したり、可愛がっていた犬や猫が一つ所にじっとしてあたかも故人に寄り添っているかのように見えたり——誰に訊いても一つや二つはその手のエピソードが口をついて出てくる。

そうした話を耳にするたびにいたたまれないような心地になる。

妻を失った直後、なんとかいま一度会って話をしたいと切望した。胸が張り裂けそうなこの思いを彼女にぶつけ、恨み言を並べ、許しを乞い、一緒に過ごした時間のかけがえのなさをあらためて互いに確認し合いたかった。

だが、彼女はほんの一瞬、ちらとした気配すらも見せてはくれなかったのだ。

三番目の予兆は、大河内の葬儀から半月ほど過ぎた頃に起きた。

当時、主に使っていた仕事場は高田馬場にあった。ＪＲ高田馬場駅から早稲田通りを五分ほど早大方向に歩いた、通り沿いに建つ２ＬＤＫのマンションだった。

すでにそのマンションは引き払ってしまったが、いまでも都内数カ所に仕事場を確保しているのは変わらない。目下は築地のマンションで寝泊まりすることが一番多いが、それでも滞在期間は半月程度だろうか。高田馬場の部屋を借りていた時期は月のほとんどをそこで暮らしていた。残りの部屋には滅多に足を踏み入れなかった。

一つには、まだルミンが生きていたというのがある。

「猫は家につく」とはよく言われる話で、彼らは環境の変化を嫌う動物だと見なされているが、ルミンに限ってはそんなことはなかった。妻が生きている時分も一時期神戸に移り住んだし、彼女の死後は一つ所に居つくのがどうにも耐え難いという事情も加わって、幾つも借りた仕事場を転々とする生活となった。必ず駐車場付きの部屋を借り、気分が変わるたびに猫バッグに入れたルミンと一緒に車で移動した。

だが、さすがにルミンが歳を取ってくるとそういうわけにもいかなくなった。

転々暮らしが板につき、バッグを出して扉を開けるとすんなりと中に入ってくれていたルミンがあるときをさかいに入らなくなった。二、三度同じようなことが続いて、それからは彼女を連れて部屋を渡り歩くのをやめた。どうしても別の仕事場に行きたくなったら、ルミンのための一日分の食事と水を部屋に用意して一人で出かけた。とはいえ、彼女と離れ離れではこちらの気分も落ち着かず、あちらの様子も気がかりで、結局、大半を高田馬場で過ごすようになったのだった。

ある日、仕事場のマンション一階の郵便受けにガスの検針票が入っていた。

公共料金はどれも銀行振り込みにしているので電気にしろガスにしろ下水道にしろ、そういう「お知らせ」のたぐいは金額だけ見てそのままゴミ箱行きが通例なのだが、このときはなぜか検針票の中身をじっくりと確かめたのだった。

「ご使用量」にも「請求予定金額」にも別段変わったところはなかった。独居生活もすでに長く、食事もおおかた自炊でまかなうようにしていたのでガス料金は毎月それなりの金額になっていた。それでも電気代に比較すればガスは安上がりだった。

「TOTO　GAS」というロゴマークの下に印字されている検針員の名前に思わず息を呑んだ。

「担当　東都ガスライフブティック高田馬場　検針員　本村《もとむら》小雪《こゆき》」

とあったからだ。

「本村小雪」は死んだ妻の結婚前の名前だった。こんなふうに妻のかつての名前を見つけるなんて想像もできないことだった。

近くのコンビニに買い物に行くつもりだったがすぐに自室に取って返し、パソコンで「東都ガスライフブティック高田馬場」の住所を調べた。馬場の駅を挟んで向こう側、早稲田通りを小滝橋方向にしばらく下った道路沿いのビルの一階にあるらしかった。マンションからだと歩いても十分程度で行ける距離だった。

まさか死んだはずの妻がガスメーターのチェックをしに来たはずはない。さりとて、妻と同姓同名の女性がこの建物の検針員だというのもできすぎた偶然のように思えた。本村という苗字はさほどめずらしくはないだろうが、「本村小雪」となるとそうそう見つかる名前でもない。ネットで検索をかけても「本村小雪」のヒット数はゼロに近い。当時から「姫野小雪」や「本村小雪」でしばしばググっていたのでそのことはよく分かっていた。

再び外に出て、そちらを目指す。

早稲田通り沿いの店の前に立ってみると、「東都ガスライフブティック高田馬場」はたまに使っているスーパーマーケットの隣のビルに入っていた。何度も店先を通り過ぎていたはずだが、こうして訪ねてくるまで見た覚えがなかった。

一度深呼吸して息を整える。

両開きのガラスの自動ドアをくぐって店内に足を踏み入れた。

奥行きのあるかなり広い店舗だ。店舗と言っても東都ガスの営業所のようなものだから所狭しと商品が陳列されているわけではないし、買い物客であふれているわけでもなかった。店内には先客が二人いるだけで、彼らは奥のカウンターの前の椅子に並んで腰掛けている。連れ立ってガス工事か何かの相談に来たのだろう。

手前のスペースには東都ガスブランドのビルトインコンロやガスレンジ、ファンヒーターやガスエアコンなどが左右に展示されていた。

しばらくそれらの商品を眺めていた。五分もすると先客の二人が椅子から立ち上がり、応接していた制服姿の中年女性に玄関まで見送られて店を出て行った。

女性が自席に戻ったのを見計らい、カウンターに歩み寄って声を掛けた。

「あの、すみません」

「いらっしゃいませ」

彼女は着席したまま笑顔をこちらに向ける。

ポケットから二つ折りにしてきた検針票を抜き、それを開いてカウンターに置いた。

「そこに名前が載っている検針員の本村小雪さんという方にお目にかかりたいのですが」

単刀直入に切り出し、同時にカウンターの前のパイプ椅子を引いてゆっくりと相手の正面に腰掛ける。彼女の方は怪訝そうな様子で目前に置かれた検針票に視線を落としていた。

「実は、その本村小雪さんという検針員の方が、むかし親しかった友人と同姓同名なので、もしかしたら本人ではないかと思いまして……」

「はあ……」

本村小雪という名前は紙の中に見つけたようだが、いかにも要領を得ぬというふうに顔を上げてこちらを見返してくる。

「私の知っている本村小雪さんはもうずいぶん昔に行方不明になっているんです。もしもこの検針員の本村さんがその人だったら、どうしても会って話がしたいんですが」

「そうですか……」

明らかに困惑しているふうだった。それはそうだろう。いい歳をした男にいきなり検針票を突きつけられて、「この検針員に会わせてくれ」と頼まれてもどう対応していいか分からないに決まっている。

「あの、もしよければ責任者の方を呼んでいただけませんか？」

自分から助け舟を出してみた。

カウンターの奥には半開きのドアがあり、そのドアの向こうが事務所のようだった。パソコンの載ったスチールデスクが見え、人の気配もあった。

「少々お待ちください」

幾分ほっとした感じで検針票を手に取ると彼女は席から立ち上がった。

一分もしないうちに五十がらみと思しき痩せた男性が姿を見せた。手には検針票を持っている。女性が座っていた同じ席に座ると、

「お客様、まことに申し訳ありませんが、わたくしどものスタッフの個人情報をお伝えすることはできない決まりになっておりまして」

慇懃《いんぎん》な口調で喋りながらも互いの目が合うと、彼はちょっと驚いたような顔になった。

急いで手許の検針票を見直している。

「そこにある本村小雪さんという方は、私の死んだ女房の親友なんですが、ずいぶん前に行方不明になってしまったんです。それで本村さんのご両親やごきょうだい、友人たちもずっと彼女の安否を心配しておりまして、そしたら、その検針票にまったく同じ名前があるのをさっき見つけたものですから、取る物も取りあえずこうしてお邪魔した次第でして……」

職業柄、するすると作り話が口をついて出る。

「なので、個人情報うんぬんのお話は充分に理解できますが、せめて、その本村さんのご

年齢なり顔立ちなり背格好なりだけでも教えていただくわけにはいきませんでしょうか？」

なるだけ丁寧な物言いを心がけた。

「あのお……」

そこで相手がおずおずとした声で訊ねてきた。

「もしかして、小説家の姫野伸昌《のぶまさ》先生でいらっしゃいますか？」

「最初に名乗りもせず失礼いたしました。はい、作家の姫野です」

「やっぱりそうでしたか」

にわかに向こうの顔つきが変わる。

「わたくし、ここの所長をやっております近藤と申します」

そう言って上着のポケットから名刺を取り出して手渡してくる。

両手で受け取り、小さく会釈してみせた。

「まさか先生のようなご高名な方と直接お目にかかれるとは思いませんでした。実は私の妻と娘が先生の大ファンでして」

「そうでしたか。それはありがとうございます」

そこからは手っ取り早く話が進んだ。

「なにぶんハロースタッフと私どもが呼んでいる検針員の数は二千名以上にのぼっておりまして、一人ひとりの特徴などはすぐには分かりかねるんです。ただ、年齢や未婚、既婚くらいのことであればデータ検索ですぐに調べられます。それでよろしければ、今回は特段のご事情ということでお調べしても構わないと思うのですが」

「年齢だけでも分かれば助かります。歳が一致すればそれだけでも本人の可能性が高くなってくると思いますので。ご親切にありがとうございます」

「分かりました。じゃあ、いまから調べて参りますのでもうしばらくお待ち下さい」

近藤所長はそう言い残して事務所に戻って行ったのだった。

しかし、ずいぶん待たされたあげく彼は浮かない顔で帰ってきた。

「ちょっと困ったことが起こりまして……」

渋い口調になって検針票をカウンターの上に置いた。

「ここに記されている本村小雪という検針員の名前は、データを確認した限りでは見当たらないんですよ」

「見当たらない？」

所長の言っている意味がいまひとつ了解できなかった。

「はい。この名前を入れて何度も検索をかけたのですがひっかかりません。現在も働いているハロースタッフさんであれば必ず名前が出てくるはずなんですが。それで、毎年結構な数の入れ替えがありますので、この十年ばかりのあいだで本村小雪というスタッフさんがいなかったかどうかも過去のデータベースを呼び出して調べてみました。しかし、このお名前の方は少なくともここ十年、東都ガスで働いた形跡がありませんでした」

「それはどういう意味ですか。だって、現にこうして検針票にちゃんと名前が印刷されているじゃないですか。しかも検針票の日付は今日なんですよ。今日のおそらく午前中、本村さんという女性が私のマンションに来てガスメーターをチェックしていったはずなんです」

「たしかにそうだとは思うんですが……」

その歯切れの悪さに唖然とした心地になる。とはいえ、彼が意図的に「本村小雪」という検針員の存在を隠そうとしているふうにも見えなかった。

「所長さん、よく考えてみて下さいよ」

噛んで含めるような言い方になった。

「もしもこの検針票に記されている本村小雪という人が、御社のハロースタッフの中にいないのであれば、考えられることは私がこの検針票を偽造したか、または私とは別の第三者が偽造したか、それとも実際に検針した方が誤って自分とは別の名前をプリントしてしまったか、その三つのどれかしかあり得ないことになります」

所長も頷いている。

「しかし、私がわざわざ検針票を偽造するわけがないですし、かといって別の人間がこんな手の込んだ、しかも意味のないいたずらをするとも考えにくい。となると三番目の可能性しか残りません。それだってあり得ないような話ですけれど」

「いや、実は……」

そこで所長はますます途方に暮れたような顔つきになったのだった。

「私も検針員の手違いとしか思えなくて、先生のマンションを担当しているスタッフさんにさきほど電話で確かめてみたんです。検針票はスタッフさんが携帯しているハンディターミナルとモバイルプリンタを使って現場でプリントアウトし、お客様のポストに投函するんですが、シノザキというそのスタッフさんによると、今朝も先生のマンションにお邪魔してメーターボックスをチェックしたそうですが、検針票にはターミナルに入力してある自分の名前をいつものようにプリントしたと言うんです。本村小雪という名前なんて見たことも聞いたこともないし、そんな知らない人の名前を検針員の欄に自分が書き込むはずがないと。確かに先生宅の先月までの検針票のデータを見ると、彼女の言う通り、ちゃんとシノザキの名前で印刷されております」

「だとすると三番目の可能性もゼロということですか」

「そういうことになります」

所長は申し訳なさそうに言い、

「この検針票に記されている先月分の使用量、請求予定金額、今回と前回の指示数といった記載データはシノザキのハンディターミナルに残っていた今朝の検針データとすべて一致しております。検針員名を除けば正真正銘の検針票ということになります」

と付け加えた。

「シノザキさんが今朝発行した他の検針票の検針員名はどうなんでしょう？　私のマンションの他の部屋のポストに投函した検針票の名前もやっぱり本村小雪になってしまってい

るんでしょうか？」

「それが……」

　ここでまた近藤所長は気まずそうな表情を浮かべた。

「他の部屋の今朝のデータを一部確認してみたんですが、この一枚を除いて他の検針票の検針員名はシノザキの名前になっております」

　と言う。

「だとすると、私の部屋の分だけ検針員の名前が本村小雪に変わっているということですね」

「恐らく。もちろん全部のデータを確かめてみないと確実なことは言えませんが」

「しかも、本村小雪という名前の検針員は現在東都ガスにいないし、ここ十年さかのぼってみてもそういう名前の検針員はいなかったと……」

「はい」

「しかし、そんなことってあり得ないでしょう」

「もしよければ、この検針票をこちらに預からせていただけないでしょうか？　もう少し詳しく調べれば何か原因が分かるかもしれませんので」

「それは構いませんが、でしたら一部コピーを下さい。原本を返していただくまで複写を保存しておきたいので」

「もちろんです」

そう言って所長は最初に応対してくれた女性職員を呼び、「これ、コピーして」と検針票を彼女に渡した。すぐに原本と複写一枚が届く。複写の方を受け取った。

「シノザキにもあらためて話を訊きますし、本社のデータ管理部門にも連絡を取って本村小雪という名前を照会してみます。ハロースタッフ以外でこの名前の職員が存在しているかもしれませんし、だとするとその名前がシノザキのハンディターミナルに誤送信された可能性も出てきますので」

ハンディターミナルというのはガスや電気の検針員が持っている小さな検針器のことなのだろう。現場での検針結果をあの機器で会社のデータベースにそのまま送信し、ガス使用量を一元管理できるようになっているということか。

所長の話からそんな推測を巡らせつつ、それとは別の思いが胸にせり上がってきていた。

――またか。

という気がしたのだ。

神戸からの帰りの「のぞみ」のシートの柄が突然変わってしまったこと、電源の切れていた大河内の携帯から夫人の携帯に電話が掛かってきたこと、その二つとこの「本村小雪」という幽霊検針員の出現とはしっかりと連結されているのではないか。

自分自身を取り巻く世界がなにか奇妙な形に歪曲し始めているような、またはその正反対に、この世界がようやく本当の姿をこちらに向かってあらわにし始めているような、そんな気がしていた。

「のぞみ」のときも大河内からの「着信履歴」のときも募る違和感を軽々と凌いで、これは自分にとって起きるべくして起きた出来事なのだという納得の思いがすぐに意識を占領した。今回も同様だった。

「シノザキさんというのはお幾つくらいの方ですか?」

「彼女はまだ若いですよ。二十代後半くらいでしょうか。結婚もして小さなお子さんもいると聞いています」

「そうですか」

年回りからしてシノザキさんが小雪本人である可能性も、小雪と何らかの関わりを持った人物である可能性もなさそうだ。

「じゃあ、お手数ですが何か分かりましたらご連絡下さい」

複写を畳んでポケットにおさめると椅子から立ち上がった。所長も一緒に起立する。

「この検針票、必ずお返しします」

彼はなぜか笑顔になって言ったのだった。

高田馬場の営業所を訪ねて数日後、近藤所長から電話があった。先日と結論は変わらず、本社のデータ管理部門にも問い合わせたが、やはり「本村小雪」という職員は東都ガスには存在しないということだった。

「シノザキにも事情聴取しましたが、彼女も首を傾げるばかりでして……。お預かりした検針票はシノザキがあの日の朝に先生のポストに投函したものだというのは確認できました。ただ検針員の名前がどうして別の名前にすり替わってしまったのかは原因不明のままです。当方の何らかのシステムトラブルで先生に多大なご迷惑をおかけしてしまい、お詫びのしようもございません。今後二度とこのようなことがないよう善処致しますので、今回は何卒ご寛恕《かんじょ》をたまわりますよう、どうかよろしくお願い申し上げます」

所長は恐縮しきりで、

「つきましては、一度本社の人間と一緒にそちらへお詫びに参上させていただきたいのですが。その際にお預かりしました検針票も返却させていただければと存じます」

と言葉を重ねてきた。

「そんなご足労には及びません。検針票だけ送り返していただければそれで結構です。こちらこそご多忙のなかいろいろと煩わせてしまい、誠に申し訳なく思っております」

そう答えて余分なことは何も言わずにそそくさと電話を切った。これ以上、この件にかかずらうのが面倒になっていた。

後日、検針票と一緒に菓子折りが送られてきて、この件は真相不明のままうやむやになってしまったのだった。

実は、異変は「本村小雪」の検針票が戻ってきたその日の朝に始まった。

ようやく夜が明けた頃おいだったと思う。まだ窓の外はほの暗かった。前夜もＪＲ高田馬場駅そばの行きつけの居酒屋で夕方から飲み始め、長尻の末にしたたかに酔っ払って部屋に戻った。シャワーを浴びる気力もなく、いつものように顔だけ洗ってベッドにもぐり込んだ。

右足のかかとのあたりに奇妙な感触をおぼえて目を覚ました。

寝ぼけ眼で半身を起こしてみるとルミンが驚いたような顔で瞳を丸くしている。妻が亡くなってからは明かりを点けたまま眠るようになっていたので、彼女の姿ははっきりと見えた。

「どうした？」

訊ねると、じっとこっちを見つめたままルミンはにゃーと一声上げた。そして、毛布からむき出しになっていた右足のかかとのあたりをぺろぺろと舐め始めたのだった。起きる前の奇妙な感触はそれのせいだったのだ。

猫も犬ほどではないが同居人の身体を舐めてくることはあった。手や足を舐めたり、顔や髪の毛を舐めてくることもある。ルミンもたまに、そのざらついた舌で顔や手を舐める。お腹が空くと髪の毛を舐め続けて起床を促すのが彼女の流儀だった。だが、寝ているあいだに髪の毛以外の場所を舐められたことはなかった。まして足を舐めてくるのは起きているときでも滅多になく、足の裏を舐められるなんて初めてだった。

ぼうっとしたまましばらくルミンが窮屈そうな姿勢になって右のかかとを舐めているのを眺めていた。

かかとに何か彼女がそそられるものが付着しているのだろうか？　それとも酔って怪我

でもやらかしていて、その傷を懸命に消毒してくれているのか？

「もういいだろう」

と声を掛けて右足を引っ込める。

ルミンはベッドから飛び降り、寝室の引き戸の隙間を抜けて隣のリビングダイニングへと去っていく。

胡坐を組む要領で右足を内側に折り曲げてかかとの部分に目をやった。

最初は目の錯覚としか思えなかった。

かかとの一部が欠けていたのだ。

ちょうどアイスクリームをスプーンで一匙《さじ》分すくいとったような感じでかかとの肉が消えてしまっていた。にもかかわらず傷口らしきものもなければ一滴の血も滲んではいなかった。

痛みもまったく感じない。

ルミンが齧ったのだろうか？

奇想天外な発想だったが、それが一番現実的な気がした。

眠っているあいだに、彼女が何か特別な方法で齧った、というより、それこそバターでも舐めるようにかかとの肉を舐め取ってしまったのではないか？

だが、この最初の観察と推測が間違いであることはすぐに判明した。

というのも削れた部分に恐る恐る人差し指の腹を押し当ててみるとしっかりとした手応

えがあったのだ。

顔を近づけ指の当たった部分に目を凝らしてみれば、なんと、かかとは削れたのではなくて、一部の肉が脱色されてすっかり透けてしまっていただけだったのである。

ますます我が目を疑うしかなかった。

もしも、ここ最近立て続けに起きた奇妙な現象――新幹線のシートの柄が変わったり、大河内夫人の携帯に死んだ夫からの着信履歴が残っていたり、はたまたガスの検針票に亡妻の名前が記載されていたり、といったことがなかったのであれば、おそらく確実に、夢を見ているか自分の頭がおかしくなったと感じたに違いない。

よく確かめてみると透明になった部分は二センチ×二センチくらいの大きさで、右足のかかとから土踏まずにかけてまるで透き通った小さなピンポン球が埋まっているような感じだった。血管や組織はすべて消えて何も見えない。透明な部分と正常な肉との境目はのっぺりとしたピンク色で骨や血管は窺《うかが》えず、むろん出血もなかった。ちょうど深い刀傷が塞がるときにできる肉芽組織のような、そんな質感と色合いの断面だった。

もしかしたら水が溜まっているのかもしれない。昨夜のうちに右足に何らかの刺激を受けて大きな水疱《すいほう》のようなものができてしまったのではないか？

たとえば気づかぬうちにひどいやけどを負ったとか……。やけどすれば火ぶくれはつきものだ。

熱いものに触れた記憶もないし、痛みも違和感も皆無であることから信じがたくもあるが、水疱とでも見做《みな》さない限り目の前の現象を上手に説明できない。

押し当てた人差し指の腹をゆっくりと動かし、透明な箇所の感触を探っていった。指先に力を込めたり爪を立てたりするのは禁物だろう。水疱ならばいきなり破けてしまうこともあり得る。火ぶくれは潰さないのが鉄則だ。

まだよちよち歩きだった時期に全身やけどで死にかけた経験があった。といっても記憶は残っていないのだが、母の話では七輪で湯を沸かしていた大鍋をひっくり返し、煮えたぎった湯を全身に浴びてしまったのだそうだ。冬場とあって分厚いセーターを着こんでいて、それを動転した母が力まかせに脱がせたものだから、熱傷ですでに癒着を起こしていた左腕の皮膚がセーターごとべろりと剝けてしまい、左の手首から上腕にかけての広範囲がケロイド化してしまった。

子供の頃から夏でも長袖しか着ない生活で、やけどとは切っても切れない人生をずっと歩んでいる。その意識も手伝って、目の前の異変もまたやけどと関わるもののような気がしたのだ。

透明な部分を撫ぜたり押したりしているうちに、これが水疱のたぐいでないことは分かった。透き通ってはいるもののしっかりとした質感が指の腹に伝わってくる。周囲の足の肉と比べても手触りにほとんど違いはなかった。強いて挙げれば、透明な部分の方がやや冷たく、そして弾力がある。ピンポン球というよりも透明度の高いスーパーボールが埋め込まれているといった按配だろうか。水が溜まっているようにはまったく思えなかった。

ベッドから降りてゆっくりと立ち上がってみた。

別に何の違和感もなかった。おっかなびっくり足踏みをしてみる。足元に目をやらなければ何一つ異常を感じない。一歩踏み出し、部屋の中を静かに歩く。やはり何ともなかった。

足首を曲げたり、前後に足を開いてアキレス腱を伸ばしてみたり、膝を高く上げて素早く足踏みを繰り返したり、はたまた玄関まで軽く走ってみたり、室内で試せることはたいがいやってみたがいままでと感覚は何一つ変わらないのだった。

ふたたびベッドに戻ってあらためて右足をつぶさに観察した。スーパーボール状の組織にも変化は見つからない。肉との境目もさきほどと同じピンク色で濃くも薄くもなっていないし、血が滲んだり鬱血している気配もなかった。

ぎゅっぎゅっと思い切り親指の腹で揉んでみるが、痛くも痒くもなく、左足の同じ部分を揉んだときと感触は似たりよったりだ。

一つ大きな息をついて、

――これは一体何なんだ……。

と思った。

身体の一部が透明になる病気など聞いたこともない。これじゃあまるで「透明人間」ではないか。

もしかするとこの出来事全体が夢なのではなかろうか。そんな気がして本気で頰をつねってみる。すると、ルミンが寝室に戻って来て大きな声で鳴いた。立ち上がり、リビングダイニングに向かうとルミンもついてくる。猫用の皿を洗い、キッチンペーパーできれいに拭う。ルミンがお気に入りのドライフードをそれに盛って、御飯置き場にしている小さな台の上に載せた。ルミンが待ちかねたように皿に顔を突っ込みフードを食べ始める。そのあいだに部屋の隅に置いたルミン用の水入れをキッチンで洗い、新しい水を注いで所定の場所に戻す。そういったいつもの朝の行事をこなしているあいだも右足に違和感は皆無だった。

フードをきれいに食べ終えると、これも決まってルミンは玄関わきに置いている猫用トイレに向かう。そこで大なり小なり、または両方の用を足して彼女は戻ってくる。そこから先は、同居人が仕事を始めれば同居人の書斎に置いたキャットタワーに移動し、同居人が二度寝を決め込むならば寝室に入って同居人の足元か大きな枕の半分を使って共に眠るのだった。

トイレを片づけ、その日は一緒に寝室に戻った。

ベッドに上がってきたルミンに試みに右足を突き出してみたが、彼女は見向きもせずに枕の上に陣取ってしまう。もう異変の起きた足に興味はなさそうだ。

「ま、いいか」

と呟きルミンを避けて枕のもう半分に頭を乗せる。

一眠りして目が覚めれば、すべてが夢だったと分かるに違いない。

そう自分に言い聞かせながら目を閉じたのだった。

それから三カ月くらいは何事も起きなかった。

右足の状態は相変わらずで、さすがに悪い夢だと片づけるわけにもいかなくなっていたが、足の一部が透明化した以外にはこれといった不都合はなかった。いつも通りに歩くことも走ることもできたし、痛みや痒み、違和感のようなものも依然なかった。まるで髪の毛の一部が急に脱色したような、もしくは知らないうちに右足にタトゥーが入っていたような、そんな感じだった。

靴や靴下を履いてしまえば誰に気づかれることもなかったし、自分自身も靴下を履き替えるときや風呂に浸かるときにしげしげと眺めなければ意識せずに済んだ。長年、左腕のケロイドを隠してきただけに、見せたくないものは見せなければいいという発想が身に備わっていた。実際、やけどのことを知っているのは身内だけで、かつて勤務した会社の仲間や現在の仕事相手である編集者たちでそれを知っている者はいなかった。そういう事情でこの右足に関してもやがてさほど気にならなくなっていったのだった。

もちろん異変の正体を探らなかったわけではない。

ネットや医学書を頼りに皮膚病から数々の腫瘍までかなり徹底的に調べてはみた。だが、事前の予想通り、身体の組織の一部が一夜にして透明化するというような病気はどこにも見当たらなかった。これでは医師の診断を仰いだところで確たる診断名がつくとは到底考えられなかったし、却って好奇の目で見られて〝患部〟をいじくりまわされるのが関の山だった。

腫瘍のように成長し、周辺組織に浸潤していく様子もなかった。となれば放置するのが最良の方法ということになろう。

少なくとも新たな事態を迎えるまでは、我ながらいたって暢気に構えていたのである。

その日は午後から築地の出版社で新刊の著者インタビューを何本かこなし、夕方から担当編集者たちと場外の寿司屋で軽く一杯やって、めずらしくそのままタクシーで高田馬場の部屋に戻ったのだった。

寒い日だったのでダウンジャケットだけ脱いでルミンの食事を用意し、トイレをきれいに片づけて寝室に着替えに入った。小雪を亡くしてからは帰宅時に部屋の明かりが落ちているのがつらく、戻りが夜になるときは必ず全室の照明を灯して外出することにしていた。明るい寝室で上着を脱ぎ、久しぶりに締めたネクタイを外して長袖のワイシャツから腕を抜いた。その瞬間、シャツの左腕のアームホールから何かがぽろりと床に落ちたのだった。

振り向いて床の上を目で探すと、ベッドの足元に小さな透明なものが転がっていた。ワイシャツを脱ぎ捨て半袖の下着姿でそれを拾った。

親指の半分ほどの大きさのプラスチックのかたまりだった。照明の光を受けて輝いている。硝子のようにも見えるが重さからしてプラスチックだろう。とても軽かった。

ワイシャツの袖からこぼれ落ちたのはこれに違いない。

しかし、いつの間にこんなものが袖の中に紛れ込んでしまっていたのか？

ずっと袖の中にこれが入っていたのに、いまのいままで気づかなかったというのも面妖な話ではあった。

右手の親指と人差し指にはさんだプラスチックのかたまりを掲げて明かりに透かし、しばし見入っていた。

何かのプラスチック製品の破片にしては断面がなめらかで丸みを帯びている。先端が丸みを帯びた円錐状でちょうど小さなプリンのような形をしており、これはこれとしてある種の用途があるものに思える。

いまにして思えば迂闊なことだが、その小さなプラスチックのかたまりと右足に埋まっている透明なスーパーボール状の物体とを関連づける発想はどこにもなかった。

とりあえずそれをベッドサイドのテーブルに置いて着替えを済ませることにした。日が暮れてさらに気温は下がり、部屋の中は冷え切っていた。

部屋着の袖に左腕を通そうとして、初めて新たな異変が起きていることに気づいたのだ。やけどの跡が広がる左腕の肘が欠損していたのである。

肘を折ると骨が皮膚を突っ張らせるちょうどその一番尖った箇所がぽっかりと窪んでいた。

前回同様、痛みもなければ出血もない。瀬戸物が欠けるようにきれいに欠けている。断面は右足と同じくピンク色で、触るとそれこそプラスチックのようにつるつるしていた。

そこでようやく、

——もしや……。

と思い当たったのだから、うっかりにもほどがあるというものだ。

慌ててテーブルに置いた先ほどのプラスチックのかたまりを取って、肘の窪んだ部分にあてがってみた。案の定、ぴたりとはまる。

この透明なプラスチックのかたまりは肘のかけらだったのだ。

「えっ」

思わず叫んでいた。

ベッドに座り込み、何度か頭を振った。

こうなってくるとさすがに我が身の正気を疑わざるを得ない。

右足の靴下を取って例の箇所を見た。かかとから土踏まずにかけて縦横二センチほどが透き通っていた。手の中の肘のかけらの質感を確かめ、それから指で足を触ってみた。かけらの方はいわゆるプラスチック的な硬さだが、足の方は本物のスーパーボールに似た弾力を持っている。

硬いプラスチックと柔らかめのプラスチック。言ってみれば普通の飴と水飴のような違いということか……。素材自体はおそらく同じものなのだろう。

自分の身体のあちこちがプラスチック化していく——そんな現象など見たことも聞いた

ともなかった。古今東西、世に奇病、奇形のたぐいはあふれている。三メートル近い身長の人もいれば六百キロを超す体重の持ち主もいる。尻尾を持って生まれてくる人もいれば、身体の各部の数が通常より多かったり少なかったりで生まれる人もいる。奇病によって肉体の一部に著しい変形をきたしてしまうこともある。

足に異変を見つけたとき、その種の奇病や奇形に関してもおおかた調べ尽くしていた。だが足や腕の一部に透明な組織が生ずる事例などどこにも紹介されてはいなかった。しかも透明化したその部分が、それこそ子供の乳歯が抜け落ちるように痛みも何もなくぽろりと取れてしまったのだ。

うーんと胸中で唸り、座り込んだまま頭を抱えた。

あの晩はしたたかに酔って眠りについた。目覚めてみると右足に異変が起きていた。だが、今夜は久々の素面同然だった。となると酔いのせいでこんな錯覚を起こしているとも思えない。それとも飲んでいないという自覚の方が錯覚で、実際は築地でたらふく飲んできたのだろうか。平静な気分で構えているが、本当はべろんべろんに酔っているのか。とうとう酒に侵されて酔っているという感覚さえ麻痺するようになってしまったのか。

半袖の下着姿のままなので両腕には鳥肌が立っている。身体を真っ直ぐにして左肘を折り曲げ、いま一度、肘の先を見た。やはり丸く抉《えぐ》れるように先端が失われていた。

このありありとした現実が、すべて酒が作り出した幻覚だというのか？

自らの正気を疑うといっても、さすがにそこまでおかしくなっているとは信じがたい。

ただ、妻を失ってからの度を越した飲酒のせいで脳の一部に異常をきたしている可能性は皆無ではないだろう。

その異常によって身体の一部が透明になったように感じてしまう。そして実際に手や足の一部がそんなふうに見えてしまう――といった幻覚症状を呈しているとは考えられないか？　だとすれば、足の透明化をあっさり受け入れてしまった自らの心境もどことなく理解できる。心のどこかにまだ生き残っている理性が、「これは幻に過ぎない、安心しろ」と諭してくれているのかもしれない。

手の中の小さなプラスチックのかたまりを指で転がしながら、

「やはり幻覚とは到底思えないな」

と内心で呟く。

それにしても、いつから肘の先っぽがこんなものに成り代わっていたのだろう。最後に風呂に入ったのは二日前だった。そのときは何でもなかったと思う。風呂には鏡もあるのだし、肘がプラスチック化していれば気づかないはずがない。身体を拭くときだってこんなものがついていれば真っ先に分かったはずだ。

一カ所にとどまらず、まるでがんが遠隔転移するように別の場所にプラスチック化が広がっている。これは予想外で衝撃的だった。このまま事態が進行し、各部にプラスチック化が飛び火をしていけば、やがて全身がプラスチック化してしまうのではないか。

足だけのあいだは機能的な支障も見られず高をくくっていたが、今回は訳が違う。

プラスチック化した肘の先端が脱落してしまったのだ。

肘でさらにプラスチック化が拡大していけば、やがては前腕が切り離され、付け根まで達すれば腕そのものが落ちてしまう。もしも脳や臓器、眼球などがプラスチック化したら一体どうなるのか。首がプラスチック化してしまったら、それこそ頭が胴体から離れてしまうのではないか。

具体的に想像を広げていくと、さすがに慄然《りつぜん》たる心地になってくる。

手のひらにのせた小さなかけらを見つめ、いっそ瞬間接着剤で元の位置にくっつけてみようかと思った。肘の断面の手触りからして案外あっさりと貼り付いてくれるような気もする。

前回同様、痛くも痒くもないのが薄気味悪かった。半面、それが救いでもあった。感覚がないのだから黙殺しようと思えば黙殺することができる。

今回も見て見ないふりをするしかあるまい。

――すっかり身体も冷え切ってしまった。こんなときは酒でも飲んで寝てしまうのが一番だ。

手の中のものをテーブルに戻すとベッドから立ち上がって着替えを済ませ、酒の支度をするためにリビングダイニングへと向かった。

2

翌朝、目覚めてみると肘は元通りになっていた。

元通りと言っても、正常な肘に戻っていたわけではない。窪んでいた場所にふたたび透き通った組織が再生していたのである。

触ってみれば弾力があった。昨夜拾ったかけらと比較するとずっと柔らかだ。

これじゃあ、まるでかかとの角質みたいだと思う。角質も削ってしばらくすると乾燥して硬くなる。といっても角質は透明でもないし、硬くなったからといってここまでプラスチックのようになるわけでもない。

それでも、もがれた部分が一晩で修復したことで安堵の吐息が洩れた。自分の身体が次々と削り取られていく悪夢はとりあえず回避できた気がした。

その後は、似たような現象が間を置きながら生起するようになった。

身体の様々な場所に何の脈絡もなくプラスチック化が起きる。膝、腰骨、肩、首の後ろ、手足の指などなど。一度は右の乳首と周辺がプラスチック化したこともあった。

一年も経ってくるとこの奇妙な現象の特徴が摑めてきた。

一度プラスチック化した部位がずっとそのままかといえば、そうでもないのだ。元通りになる場合もあるのだった。たとえば最初にプラスチック化した右足は、やがて普通の足に戻ってしまった。徐々にスーパーボール状の部分が縮小を始め、ひと月もすると消えてなくなっていたのだ。左肘も何度か脱落と再生を繰り返したあげく、ある朝目覚めてみたら普通の肘に戻っていた。ただし、それから数日もしないうちに今度は右腕の肘がプラスチック化したのだった。

右肘のプラスチック化は今現在も継続している。

それまでも充分にアルコール依存だったが、プラスチック化が始まってなおさらに酒量が増えたことは否めない。一連の出来事がすべてアルコール依存がもたらした幻覚ではないかという疑いはいまだにくすぶっていた。だが、一方では、アルコールの摂取によってプラスチック化を遅らせたり完治させたりすることができる気もするのだ。右足のかかとのプラスチック化は確実にアルコールの力で解消したと思う。たまに飲まずにいると、かかとにに微妙な軟化が起こる。慌てて酒を飲むと半日程度で元の硬さに戻るのだ。

プラスチック化のことは誰にも喋っていなかった。

狂人扱いされるに決まっているし、信じてもらおうと患部を人目にさらしたら、今度は大騒ぎされるのは火を見るよりも明らかだ。見世物扱いは真っ平御免だった。

最大の危機は二年ほど経った頃にやって来た。

ルミンが死んだのだ。

それからの数カ月は、全身のあらゆる場所が頻繁にプラスチック化を繰り返して生活に支障をきたすほどだった。何よりも困ったのは、両足全部の指がプラスチック化してしまい、歩くたびにぽろぽろと指が取れてしまうことだった。外出を控え、部屋に籠って弔い酒をひたすら浴びるように飲むしかなかった。泥酔して眠り込み、目を覚ますと指は元に戻っているのだが、とはいえプラスチックのままだから歩くと一本、二本とまた外れていく。これには参った。さらに左手の親指と薬指、右手の中指が同時にプラスチック化し、キーボードが使えなくなった。原稿を手書きにするわけにもいかなくて、このときばかりはさすがに一巻の終わりかと観念した。

ルミンを葬って以降は高田馬場の仕事場に足を向けることができず、日本橋浜町の部屋で寝起きしていた。昼間は外出も憚《はばか》られ、夜が更けてから隅田川の川っぺりに出かけ、川風に吹かれながらビールやカップ酒を飲んだ。

ある晩、いきなり土砂降りの雨となり、ずぶ濡れになって部屋に戻った。冷え切った身体をあたためたくて風呂に浸かっていると、両足の指が十本とも脱落してぷかぷかとお湯の表面に浮き上がってきた。さすがにびっくり仰天した。酔いも手伝って感情の抑制がきかなくなり、小雪やルミンの思い出が胸に溢れ出して泣き叫んだ。

ところが、その晩をさかいに足の指も手の指も急速に元通りになっていったのだった。まさか三年も経って、さらなる混乱がこの身に降りかかってくるとは予想だにしていなかった。

ひと月ほど前、神戸の女子大の学長から退任の挨拶状が届いた。一度出張講義に応じたものの、その後はほとんど交流のなかった相手だった。郵便受けに封書を見つけたときは、どうしてこの築地の仕事場の住所を知っているのかと不思議な気がしたくらいだ。

封筒には挨拶状と共に写真が何枚か入っていた。印刷された文章の脇に手書きの文字で、

「その節はまことにありがとうございました。遅きに失するにもほどがありますが、御来神の折に撮った写真が仕事机の引き出しに眠っておりました。同封いたします。関西方面にお越しの節はぜひ御声掛け下さい。罪滅ぼしに一献献上させていただきます。」

とある。

その幾枚かの大判のプリントを見て、背筋に冷たいものが走った。

講義前に学長室で撮影した写真や、壇上でマイクを握った姿、講義後に撮った女学生たちとの記念写真などだったが、講義中を除く全部の写真の中でサングラスを着用していたのだ。

あのとき自分がサングラスをかけていたなんてまったく憶えていなかった。それどころか、サングラスを持参したことも記憶になかった。ただ、サングラス自体に見覚えはあった。神戸に行った年の夏に購入したもので、いまもどこかにしまってあるはずだった。

――どうしてサングラスなどかけているのだろう。

季節は秋口でさほど日差しが強いわけでもなかった。それに盛夏でもサングラスをつけるのは運転中くらいだった。

もしも三年前の神戸行きでサングラスをかけていたのだとすれば、当然、往復の新幹線の車中でも使っていた可能性はある。多少は知られた顔でもあり、移動中にサングラスをかけることはたまにあったのだ。

——だとすると……。

新幹線のシートの色調が変化していたのは、このサングラスのせいだったのではないか。

あの日は名古屋を過ぎたあたりですっかり出来上がっていた。大河内の訃報を受けたあと小用に立ち、デッキで車内販売員を見つけて酔い醒ましのための水を買った。ペットボトルを二本ぶら提げて自席に戻って、シートの色が変わっているのに気づいたのだった。だが、仮に席に帰る途中でサングラスを外していたとしたら……。当然、目に入るシートの色は大幅に違って見えたはずだ。

泥酔に近かったから、席に戻る前に自分がサングラスを外したことに思いが至らなかったのではないか。なにしろ、こうして三年前の記念写真を見るまで旅行中のサングラスの存在を完全に失念していたのだ。

東京駅に着くとその足で大河内のところへ駆けつけ、それから二、三日は通夜、葬儀などで忙殺された。親しい作家仲間の死に少なからぬショックを受けていたから、サングラスのことを思い出すタイミングを失くしたのかもしれない。

送られてきた写真を持って書斎に入り、机上のPCを起《た》ち上げて写真フォルダを開いた。かねて保存の写真を呼び出す。最初の一枚には富士の山影をバックに黄色いマス目柄のシートの一部が写り込んでいる。次の一枚は水を一本飲み干したあとで撮影した同じ構図のものだった。久方ぶりに二枚を見比べてみる。確かに前者のシートは後者のそれよりも黄色味を帯びていた。色合いの差は歴然としている。

だが、サングラスの存在を知ったいま、あらためてその色調の違いを検分してみれば、これまで思い込んでいたほど極端な差異を感じなかった。

マス目柄の一部が黄色とオレンジ色というのは相変わらずだが、一枚目と二枚目とのあいだには二十分ほどの撮影時間の間隙があり、時速三百キロ近くで走行するのぞみ号であればその間に百キロ弱は東上していたことになる。当然、窓から射し込む光の角度や加減も異なっただろうし、当時の携帯カメラの性能からして、揺れる新幹線車内での撮影には手ぶれの問題も重なっただろう。よくよく見れば、撮影位置も完全に同じというわけではなかった。

座席の色が変化したと強く印象づけられたのはあくまで肉眼でそう見えたからだった。二枚の写真はその肉眼での印象を補強するための傍証でしかない。

その肝腎の〝肉眼〟がサングラスの有無という決定的な条件差を抱えていたのだとしたら、シートの色が変わったという認識の方が誤りだったともなりかねない。

三年前から始まった異変の最初の予兆だと信じ込んでいた「シート問題」が単なる勘違いかもしれないと知って頭は混乱した。

というのも、二番目の予兆であった「着信履歴問題」の方にもすでに大きな疑義が生じていたからだ。

ひと月ほど前、大河内夫人からS社の担当編集者を介して突然、一冊の本が送られてきた。一周忌法要の後、彼女とは一切付き合いがなくなっていた。三回忌の法事に招かれなかったので、何かこちらに落ち度でもあったのかと怪訝な気持ちでいた。むろん心当たりは何もなかった。

そこへ二年ぶりに交通があり、それが著書の贈呈だというのはいささか面食らう事態だった。だが、本当に驚いたのは届いた包みを開けたときだ。

『我が夫　大河内朗からの霊言集』

なる分厚い本が出てきたのである。

著者は当然ながら「大河内あすか」となっている。版元はとある新興宗教団体が経営する出版社だった。

ページを開くと「まえがき」があり、そこに著者がこの書を世に投じるに至った動機と経緯が記されていた。そして、その冒頭であの着信履歴の一件が紹介されていたのだ。

中身はタイトルそのまま、死んだ大河内とあすか夫人とのあいだの霊的交信の記録がえんえんと綴られていた。二人が交信のために使っているのが携帯電話で、夫人によると実はあのあとも大河内からの電話はずっと続いていたのだという。

〈最初はもちろん幻聴に違いないと、自分の身に起きたことが信じられませんでした。しかし、葬儀のときがそうであったように、夫からの電話が入ったあとは必ず、電源を落としたままの夫の携帯に発信履歴が残り、表示される通話時間も私の携帯のそれとまったく同じだったのです。〉

と夫人は記していた。

版元を経営する新興宗教団体の教祖は何十冊もの霊言集を出版しており、大河内あすかの著書はそのひそみにならうものだ。であれば、彼女もまた教団の熱心な信者なのかもしれなかった。

内容にざっと目を通し、本を転送してきてくれたS社の担当編集者に電話した。これほど荒唐無稽な書物が出版されてしまった経緯を訊きたかった。こんなものを公表されては大河内のせっかくの文業が台無しになりかねない。

「僕も最近耳にした話なんですが、あすか夫人は大河内さんが御存命の頃からこの教団の活動にのめり込んでいて、それで夫婦仲は冷え切った状態だったみたいなんです。三回忌の法要には姫野先生だけでなく我々担当編集者も誰一人招かれていません。そのへんのこともみんな教祖の指示だったようです」

彼はそう言ったあと、至極もっともな一言を付け加えた。

「ということは火葬場での例の事件、あれも結局、奥さんの自作自演だったってことなんでしょうね……」

異変はいまもって続いている。右の肘はプラスチック化しているし、先週から同じ右の手首の裏がプラスチック化していた。外出したり、誰かと会うときは袖口の詰まったシャツを着て誤魔化すようにしているのだ。

その異変の予兆と思われた三つの現象が、こうして一つならず二つまでも根拠が怪しくなってくると未だに厳然と存在するプラスチック化だけが突出し、幾倍にも不自然で異様なものに感じられてくる。げっそりな気分だった。

PCの前を離れ、寝室に赴く。この仕事場は書斎とリビング、それに寝室の2LDKだった。ルミンを見送ってからはもう猫を飼うつもりもないので高田馬場よりは手狭だが、それでも目下借りている四つの仕事場の中では一番の広さだった。

寝室に置いたチェストの引き出しに通帳類一式や出版契約書など大事な書類が納めてある。その中に東都ガスの検針票も入れてあったはずだ。

「東都ガスライフブティック」の封筒に入った検針票とそのコピーを取り出し、何年振りかで目を通した。

検針担当者の名前を確かめ、その場で立ち尽くした。

「ウソだろ」

と呟く。

検針員は「木村小雪」となっていたのだ。

まさかと思いながら、慌ててコピーの方を見てみる。もしかしたら近藤という所長が改《かい》竄《ざん》やすりかえを行ったのかもしれない。

だが、複写の検針票の方も「検針員　木村小雪」と明記されていた。

所長が「木村小雪」に改竄したり、検針票をすりかえたりしたわけでないのはこれで明らかだった。

しかし、三年前の検針票にプリントされていた名前は「本村小雪」だった。だからこそ慌てて高田馬場の東都ガス営業所に駆け込んだのだ。最初に応対してくれた女性職員に事情を話し、検針票を託して責任者を呼び出した。出てきた近藤所長は「姫野伸昌」を知っていて、ずいぶんと懇切に対応してくれた。

いま彼とのやりとりを思い出してみても、こちらは間違いなく「もとむらこゆき」と言ったし、所長の方もおなじく「もとむらこゆき」と口にしていた。

その「もとむらこゆき」がなぜ「きむらこゆき」に変わってしまっているのか？

サングラスの件といい、大河内あすかの著書の件といい、困惑するような事態が立て続けに起こり、とうとうこの検針票の一件まで三年前の認識を覆すような成り行きになっている。

頭の混乱は極に達していた。落ち着けと自らに言い聞かせるしかない。

――もしかして……。

最初から「木村小雪」だった検針員の名前を、検針票を見た瞬間に「本村小雪」と誤読してしまったのではないか。

まさかとは思うが、現実的に考えればその可能性が一番高そうな気がした。

郵便受けでこの検針票を見つけた日は、そういえばかなりの二日酔いだった。目覚めても頭がはっきりせず、締切も迫っていたため近所のコンビニに眠気覚ましの栄養ドリンクを買いに行こうと部屋を出たのだ。マンションの玄関で郵便受けを覗き、これを見つけて、普段ならそんなことはしないのにあの日に限ってつぶさに見てしまった。小雪の名前に息を呑み、部屋に慌てて取って返して住所を調べると一目散に営業所へと向かった。

歩いているあいだも「本村小雪」の四文字が頭の中で渦巻いていた。

女性職員に対してもあとから出てきた所長に対しても何のためらいも疑いもなく「もとむらこゆき」と連呼していた。

そのせいで、あの二人も検針票にあった「木村小雪」を「本村小雪」と読み間違ってしまったのかもしれない。そうだとすると、所長が幾らデータベースに「本村小雪」と打ち込んでもヒットしなかった理由が腑《ふ》に落ちてくる。もとから東都ガスに「本村小雪」という名前の職員が存在するはずもなかったのだ。仮にあのとき、「木村小雪」で検索をかけていたら、検針員なり職員なりの名前として引っかかってきた可能性は充分にあるだろう。

近藤所長は相手が「小説家の姫野伸昌先生」だと知って必要以上に緊張していたに違いない。

わざわざ乗り込んできた「ご高名な方」がよもや検針員の名前を読み違えているなどとは想像もしなかっただろう。鵜呑みにして一旦デスクに戻り、「本村小雪」で何度も調べ、検針票を預かったあとも「本村小雪」のままで本社に照会を行ったのではないか。そうなるとどこをどう調べても名前は見つかりっこない。

新幹線の一件と同様、これもまたアルコールがもたらした不注意なミスに過ぎなかったということか……。

右足のプラスチック化に気づいたあと、その直前にあった三つの不思議な出来事を思い返して前兆現象だと信じ込んだ。自分が何か常ならぬ世界へと一歩を踏み出したような、多くの人々には見ることを許されぬ特殊な世界へと作家である自分だけが特別な招待を受けたような、そういう奇妙な優越感も頭の隅には確かにあったのだ。

だが、前兆となった事件がタネも仕掛けもあるありふれた凡事だったとすれば、プラスチック化は単なる病理的な現象ということになってくる。さらに言えば、「着信履歴問題」を除く残りの二つは、日頃の深酒がもたらしたつまらない錯誤でしかなかったという話だ。

天を仰ぐような気持ちで右の手首をひっくり返し、付け根に広がった透明な箇所をじっと見つめた。

――これもまたアルコールによって作り出された幻覚なのだろうか。

学長から届いた写真をきっかけに、あらためて我が身の正気を疑わなくてはならない状況が生まれてしまったのだった。

結果、ここしばらく、意気消沈の日々が続いている。

自分自身の意識や認識が信じられなくなってしまえば、人はどうやって生きていけばいいのだろう？

自らの観察力、判断力、思考力をどの程度信頼していいのかがもう分からなかった。

認知症になった気分とはこのようなものなのか……。

事ここに至れば、遅きに失したとはいえ腕のいい精神科医に相談すべきに決まっている。

「どこが透明なのですか？　あなたの身体は普通の人とちっとも変わりませんよ」

この一言さえ手に入れられれば、そこから治癒の道が拓けてくるのかもしれない。

3

小説を書くことは、自分という人間にとって日常そのものだった。父の姫野伸一郎《しんいちろう》は歴史作家で、多くの時代小説、歴史小説を世に残した。二十代でデビューし、長い不遇時代を経て、一人息子が中学に上がる頃から売れ始め、あれよという間に人気作家の仲間入りを果たした。

朝鮮の釜山生まれで故郷を持たない人だったが、東京の大学を出て就職し、勤め人が務まらずに実父が税理士事務所を構えていた福岡市に舞い戻ってからはずっとそこで暮らした。

こちらは、父に倣って東京の大学に進み、就職先も見つけ、数年で会社を辞めてしまうところまでは同じ道を歩いたが、退職後も都内に住み続けたあたりからは彼と違った人生行路へと舵を切ることになった。

ただ、小説を読むことも書くことも姫野家では当たり前の風景だった。中学生になると周囲も当然のように「姫野は作家になるっちゃろう」と言い始め、「たぶんね」と答えるようになっていた。

上京し、大学に通い始めるとすぐに書き始めた。授業などろくすっぽ受けなかったが、といって自由気ままな学生暮らしを謳歌したわけでもない。下宿に籠ってただひたすら本を読み、小説を書いていた。大学は経済学科だったが、入学した途端から嫌気がさした。本当は文学部に進みたかったのだが、父の反対で叶わなかったのだ。

「文学なんて勉強すればできるようになるものじゃない」

が父の持論だった。彼も同じ経済学科の出だったのだ。

料理人の息子が料理人になるように、仕立屋の息子が仕立屋になるように、美容師の娘が美容師になるように小説家になった。ただそうした商売との違いがあるとすれば、小説家の場合は学校も資格もなく、かといって親のやることを見よう見真似で学んでいけば一人前になれるというものでもなかった点だ。結局、小説を書いて食えるようになるまでには他の作家たちと変わらぬ辛酸を舐めねばならなかった。

父から学んだことの一番は、とにかく人間が生きていく上で最も肝要なのは〝バランス〟だということだ。そして、小説家にとって何より大切なことは、常に自分が持つそのバランスを意図的に壊し続けなければならないということだった。父はよくこう言っていた。

「どんな時、どんな場所でも人間は安定することによって幸福を持続できるようになる。だが、その幸福の中には一片の芸術も存在し得ない」

バランスを意図的に壊し続けなければ優れた小説は書けない、という教えがどれほど息子の人生を苦しめたかを姫野伸一郎はたぶん知らなかっただろう。

幸せになりたいが、幸せになってしまっては書けなくなる。書けないほどの不幸はないのだから最初にさかのぼって自分は絶対に幸せになってはならないのだ――という考えからこの歳になっても容易に抜け出せずにいる。一方、妻を失ったいまでもその盲信のおかげで筆を折らずに生きていけているという実感はあった。

妻を亡くしてからこの方、作品に行き詰まりを感じているのは事実だ。

主因が妻の死にあるのか、それとも長い作家活動の末に辿り着いた、これがお決まりの衰えであるのかは自分でもよく分からない。恐らくはその両方が作用しての膠着《こうちゃく》なのだろう。

何十年も自らの頭の中にあるもろもろをはっきりと言葉にしてきた挙句、ますますこの世界のことも時代のことも他人のことも、そして自分自身のことも分からなくなってきている。

どこに足場を移してどのように態勢を立て直せば若い頃のような意気盛んな創作欲が身中に甦《よみがえ》ってくるのか、その手立てが皆目見つからないのだ。

ついさきほど書き上げた短いエッセイでも、いまとなってはそうした情けない心境をただ書き綴るくらいしかできなくなっている。

色紙の罠

姫野伸昌

こんな仕事をしているとたまに愛読者や書店、レストランや旅館などから色紙を頼まれることがある。私の場合、その場で思いついた言葉を記すようにしている。あらかじめこれとこれというふうにレパートリーを持っている作家も多いようだが、何となくそういうのは気持ちに馴染まない気がするからだ。

で、先日もあるところで頼まれ、その直前、「小説のアイデアというのはどうやって思いつくのですか？」と訊かれたことがまだ耳に残っていたので、ふと、こういう文句を色紙に書きつけた。

——優れた着想は、時間ではなく、集中によってもたらされる。

周囲の人たちは感心したような顔で私の下手くそな文字を見つめている。

このときはなるほど、たしかに小説の着想というのは、ただダラダラ考えていたって浮かぶものではないと思っていた。この言葉は決して嘘ではなかったのだ。

だが、これもつい最近、また別の場所（それはサイン会で出かけたある書店の応接室だった）で私はずいぶん昔に書いた自分の色紙と対面することになった。応接室にはそこを訪れた大勢の作家たちの色紙がずらりと壁に並んでいたのだ。

その古い色紙にはこう記していた。

——時間だけが、優れた着想を運んでくる。

私はまったく正反対のことを書いていたのだ。しかもこの二つの言葉は私自身にとって両方とも正しく、真実とまではいかなくとも嘘ではなかった。

弁証法という古い言葉を知っているだろうか。テーゼとアンチテーゼをぶつけ合い、両者を対立から昇華へと導く思考法だ。今回のような事例でも、自らの納得を得るとなれば弁証法を使ってテーゼ（着想は、時間ではなく集中の産物）とアンチテーゼ（時間だけが着想を生む）を統合するのが一番手っ取り早いやり方だろう。

そこで私は次のように両者をまとめてみた。

——優れた着想は、強い集中を継続するときに初めてもたらされる。

しかし、これはやや矛盾する表現で、私としても本当とは思えない。実感として嘘っぽく感じるのだ。そもそも集中が継続してしまえば、それはもう「集中」とは呼べない代物であろう。

真理はいつも間にあって、私たちはその一面しか言葉で表現することができない。というより早い話、私たちはいつも、その時々で手前勝手に真理の一部分を拡大し、強調し、宣伝して言葉や文字に置き換えているだけなのだ。

では、その大本となる真理というものは、いかにすれば正確に認識し、場合によっては表現することができるようになるのか？

私は自分が考えた上記の三つの言葉に関して、しっかりと考えを巡らせてみた。そしてここ数日で得た結論はと言えば、真理は短い言葉でとても言い表せるものではなく、端から上記のごとき標語のために気の利いた言い回しをひねりだすこと自体が不可能だということであった。

優れた着想にも幾つかの種類というものがある。仮にそれを三つに分けるとすると、まず、三つのうちAは長い時間をかけることによってより精度の高まる着想であり、Bは短時間で思いつく着想で、余り時間をかけると逆に出て来なくなるもの。そして、CはAとBの中間、適度な時間をかけて考えることによって出現の確率が高くなる着想である――といったふうな説明をするのが無難なのかもしれない。

または、もともと着想というのは深い思考の入口のようなものなのだから、その着想がストレートに商品化されるといったことは滅多に起こらない。むしろ着想というのは、何らかの考えを一つに煮詰めていくときに必要なある種の触媒だと捉えるべきだろう。

だとすれば、着想はそのものずばり直感の産物ということになる。着想には集中も時間も必要ないというわけだ。

——優れた着想は、ある日、突然のように頭上から降ってくる。

これが本当の正解なのかもしれない。

……といった考え方も成立しなくもないだろう。

私が言いたいのは、人間の言葉、考え、思想、主義もろもろの本体というのは、こうした考えの堂々巡りの産物に過ぎないということである。

ぶっちゃけた話、人間というのはろくに考えずに何事も語っているし、またそうする以外に術がないのだ。人間と人間との言葉のやりとりなど、所詮はその程度のものであって、私たちは誰の言葉も信用してはならないし、信用できないし、それは自分自身の言葉や思念のようなものについてもそのまま当てはまってしまう。

では私たちは一体何を頼りに生きていけばよいのだろうか？

言葉や思念が頼むに足りないのであれば、それらとはまったく別個のものに頼らざるを得ないのはごくごく当たり前の理屈なのだと思う。


プリントアウトしてこうやって読み返してみても、いかにもとっ散らかった、趣旨の不明瞭な文章というほかはない。だが、近年は雑文にしろ、小説にしろ、このエッセイのようなとりとめのないものしか書けなくなっているのだった。

出来が悪いと自覚している文章を締切に追われて編集者に送る。しかし、返ってくる感想は歯の浮くような賛辞ばかりだ。作品を出版すればいまでもそこそこの部数を刷ることができ、過去作がたまにテレビドラマや映画になってその都度、文庫版が派手に売れたりするから、編集者たちも触らぬ神に祟《たた》りなしの態度がありありと窺える。デビューしたての時期に二人三脚で仕事をした編集者たちは出世の階段を上って現場から遠ざかるか、定年を迎えて業界を去っていくかして、もう顔を合わせる機会もなかった。

それなりに担当編集者とは付き合いがあるが、一緒に食事をしたりお茶を飲んだりといったことは滅多にない。メールでのやりとりがほとんどだった。

彼らの方からは新刊が出れば集まって食事会を開こうとか、文学賞の選考会に出席した日は他の選考委員も交えて一緒に夕食をとろうとか、たまにはホテルでの授賞式に顔を見せてくれないかとか誘ってくることもある。だが、そういう会食や会合に出かける気力がどうしても湧いてこない。

これも最大の原因は酒だった。

毎晩、一人で夜中まで飲み歩いているので、大勢で飲むことが億劫で仕方がないのだ。酒は一人が一番だと、独り酒を憶えてしばらく経ったときにはたと思い知った気がした。

妻を失うまでは酒なんて好きでも嫌いでもなかった。小雪の方がずっと呑兵衛で、彼女の晩酌に付き合うことが多かった。

飲めば飲める口だったので、いずれは酒浸りの日常というものをどこかで体験することになるのかな、と漠然とだが思っていた。

それがまさか小雪の死によって実現するとは考えもしなかったが……。

流行作家の端くれとなり、経済的な不安が消え、子供ができなかったこともあって夫婦二人の穏やかな日々が続いていた。あれこれ想定しても、いきなり大怪我をしたり重篤な病気にでも罹《かか》らない限りは一旦手にしたこの安定を失うことはなさそうな気配だった。仕事は多忙を極めていたが、下積み時代に書き溜めた習作がようやく時流に合致した気味もあって創作の苦労は傍で想像するよりもずいぶんと軽かった。

このままでは〝作家として忌むべき安定〟が我が身に染みついてしまうという恐れを常に抱えていた。

妻にも他人様にも迷惑を極力かけずにバランスを意図的に壊すには、酒が何より手っ取り早い手段だろう。クスリやセックスにのめり込むよりもリスクは格段に低い。

振り返ってみれば、思い上がっていたのだと思う。人生を甘く見ていたし、将来に対する迂闊な油断があった。

その痛烈なしっぺ返しが妻の死だったのではないか。

到底のみ込むことのできない現実に直面して、バランスは崩れるのではなく消し飛んでしまった。シーソーの片側にいきなり何十キロの重りが載ったのではない。シーソーそれ自体が粉々に砕け散ってしまったのだ。

酒浸りの暮らしは意図的にバランスを壊すためではなく、皮肉にも、破壊されたシーソーを前に発狂しそうな自身を安定させるための苦肉の策として始まったのだった。

なぜ身体の一部がプラスチックに変質してしまうのか？

そのくせ夜ごと浴びるように飲むことができ、太りもせず痩せもせず、体調不良にあえぐでもなく、こうして物を書いて生きていくことがいまだに許されているのはなぜなのか？

小雪を失った事実にも、そのせいで酒に溺れていることにも、案外自分は慣れきってしまったのかもしれない。その何よりの証拠が、ここまで益体《やくたい》のないものを書いていながら依然として作家でいつづけられているこの現実ということになるのだろう。

幸福になれば書けなくなると信じてきたが、幸福にならないことによって何十年も書き続けてこられたことで、いまやその過去の堆積自体が〝幸福の持続〟や〝人としての安定〟へと転化してしまったのかもしれない。

だとすれば、今度こそ小説が書けないという絶対的な不幸を引き受けない限りは、もう新しいものは一行も書くことができないということになる。

ならばいま我が身に降りかかっているプラスチック化という奇怪な現象は、まさしくその究極の不幸に他ならないのではないか、とたまに思うこともあるのだ。

4

築地の仕事場を別にすれば、あとの三つは１ＬＤＫか２ＤＫでそれほど広くはなかった。

ただ、マンション内に駐車場だけは必要なので、大体は大手の不動産会社が経営している賃貸マンションを借りることになる。近年は至るところにその種のマンションが建ってきているので物件を探すのに苦労はなかった。

三部屋のなかで一番使っているのは、半年ほど前に借りた門前仲町のマンションだ。築地で一仕事終わったりするとぶらっと出かけて、二、三日滞在する。築地↓門仲↓築地↓門仲というパターンが多く、残りの二部屋には一カ月間一度も行かない月もあった。

門仲にいるあいだは毎日足を運ぶ場所が二つある。

深川不動堂と木場公園だ。

「深川のお不動さま」を教えてくれたのは小雪だった。再会した頃、彼女は隣の木場駅そばのアパート暮らしで、会社を辞めてそこに転がり込んでからはしょっちゅう二人で不動堂にお参りに出かけた。

初めて参詣したとき、小雪がずかずかと本堂に上がっていくのにびっくりし、あとからついていくとそのまま腰を下ろして合掌し、遠くの台座に鎮座する不動明王像に向かって何やらぶつぶつと奇妙な言葉を呟き始めた。

聞き耳を立てても何を言っているのかさっぱり分からなかった。

「それ、何のおまじない？」

「お不動さまのご真言」

彼女は答えると、バッグから定期入れを出し、中に入っていた黄色い紙を取り出して見せてくれた。三つ折りのそれの表紙には「不動明王御真言」と記され、開いてみれば梵字が並び、そこに次のような振り仮名が振ってある。

のーまく　さん　まん　だー　ばーざらだん　せん　だー　まー　か　ろ　しゃーだー
そわ　た　や　うん　たら　たー　かん　まん

たしかにさきほどから小雪が口ずさんでいたのはこれだった。

「へぇー」

感心していると、次第に本堂が混み合ってきた。人々がぞろぞろと集まってくる。この日は水曜日だった。水曜日が小雪の仕事の定休日だったのだ。こちらは何もすることがない日々が始まったばかりだった。

またたく間に立錐の余地がないほどに本堂は人で埋まり、誰もが正座して何かを待ち受けるようにじっとしていた。小雪もすました顔で遠く上段に祀られた不動明王像を見ている。

「ねえ、何か始まるの?」

「御護摩だよ」

そういえば本堂の中央には不動明王像を正面から仰ぎ見る形で護摩壇が設けられていた。こんな平日の真昼間から護摩行が始まるというのだろうか。参拝客は年配者が多かったが、若者や背広姿の一団なども交じっていた。

「御祈禱料を払ってお願いごとをすれば、あとで自分の名前の入った御護摩札を貰うこともできるのよ」

勝手知ったる感じで小雪が言った。

「でも、仲昌さんはやんなくていいと思う」

幾許かの祈禱料で先の道が拓けるのならぜひやりたいと、とっさに思ったが口にはできなかった。

小雪との思い出が眠る町に部屋を借りるのは勇気が必要だった。

彼女が死んだ後、まずは共に暮らした部屋を引き払い、二人で出かけた場所には決して足を踏み入れないようにした。だが、そうは言っても長い夫婦暮らしとなれば、思い出の場所のいちいちを完璧に外して生活を組み立てるのはとても不可能だった。彼女の足跡を一切辿りたくないのであれば、それこそ東京を離れて神戸以外の別の地に移住するほかに手がなかった。

五年も過ぎると、共に住んだ幾つかの町でも普通に歩けるようになった。馴染みだったレストランや酒場、デパートやショッピングモールなどにあえて通う気にはならなかったが、誰かに誘われて不意に連れて行かれたとしても平気な顔でいられるくらいには立ち直っていた。

しかし、それでも二人で住んだ町にもう一度一人で住みつくというのは考えられなかった。だから門前仲町の部屋を借りるまでは、自分にそんなことができるとは思ってもいなかったのだ。

半年前、銀座のど真ん中で突然車のエンジンが止まってしまうという出来事があった。酒が入る夜は絶対にハンドルを握らないことにしているので車を走らせるのは昼間だけだった。その日も新刊のサイン本を作って欲しいと頼まれ、午前中に築地のマンションを出て目白にあるK書店に向かっているところだった。

何度やってもエンジンはうんともすんとも言わず、結局、車を路肩に寄せることもできないままハザードをつけて後続車に合図を送り、その場でＪＡＦとディーラーの担当者に電話を入れた。

ずっと乗っていた大型のセダンから小型車に買い替えたばかりで、それまでトラブルに見舞われたことはなかった。

ディーラーの担当者はすぐに駆けつけてくれ、レッカー車で車を整備工場に運んでくれたが、数日後に入った連絡によれば、

「徹底的に点検したのですが、トラブルの原因が分からないんです」

ということだった。

「しかし、原因もなくいきなりエンジンが止まるはずもないでしょう」

彼も運転席で何度もリスタートを試み、ぴくりとも動かないのを確認済みだったので、

「その通りなんですが……」

と言葉に詰まる。

結局、原因はつかめず、納車から半月足らずでもあり、新しい車を用立ててくれることになった。

　その二台目の新車がやって来た日は滅多にないほどの晴天で、届いた車を目の前にしてひょいと真っ青な空を見上げた瞬間、

　――そういえば車のお祓いを忘れていた。

と思ったのだった。

　先代のセダンは小雪と暮らしている頃からの車で、その車のときも、さらに一つ前の車のときも納車当日に深川不動堂に安全祈願のお祓いを頼みに行ったのだった。

　――あれをやって貰ってなかったのがまずかったのかもしれないな。

　担当者が帰ったあと、すぐにハンドルを握って深川不動堂に向かっていた。

　寺の駐車場に新車をとめて外に出ると、ご真言を唱える僧侶たちの声と太鼓の音が薄っすらと聞こえてきた。本堂では御護摩勤修の最中だったのだ。

　その声と太鼓の音を耳にしたとたんに腹の底からじーんと痺れるような感覚が湧き起こってきた。

　かつて何度も一緒にお参りした小雪との記憶ではなくて、いま耳に届いている護摩行の声や音そのものが自分の心をわしづかみにしている感じだった。

　その瞬間、これまた不意に、

――ここに戻ってこよう。

と思ったのだ。

深川不動堂では一度だけ、不思議な体験をしたことがある。

会社を辞めたあとツテを頼って原稿を見てくれる編集者を探し出し、その編集者宛てに小説を送るようになった。もちろん同時に文芸誌や小説誌の新人文学賞にも応募を続けていた。

しかし、三年が経ち五年が過ぎても結果は出なかった。会社員時代の蓄えはとっくに底をつき、小雪のヒモ同然と言ってよかった。

あれはデビューを果たす三年くらい前だったと思う。

とある日の午後に不動堂に出かけた。平日の御護摩でも結構な人出だが、一日五回の護摩行のうちで午後三時の回は比較的空いている。散歩がてらよく一人でその時間帯に不動堂を訪ねていた。

例によって本堂に上がり、護摩壇の右側の定位置に席を占めた。

脇僧が吹く法螺貝の音と共に鮮やかな袈裟を身にまとった導師が登壇し、寺の縁起が読み上げられたあと、護摩壇に組み上がった護摩木に火が放たれて護摩焚きが始まる。導師の周囲を固める幾人もの脇僧たちによって高らかにお経やご真言が唱えられ、屈強な若年僧二人が護摩壇の左右に据えられている大太鼓を見事なばちさばきで打ち鳴らす。

迫力満点の読経やご真言にも胸を打たれるが、何より本堂の空気を震わすほどの太鼓の響きにいつも肺腑を直に揺さぶられるような衝撃があった。

その日はいつにもまして人の数が少なかった。法螺笛の音が聞こえるまで両隣にも背後にも誰も座っていなかった。ところが護摩行の真っ最中にもかかわらず背中で誰かが立ち上がる気配を感じたのだ。鳴り響く太鼓の音や次々と唱えられるご真言の大合唱にむろん人が動く音が聞こえたわけではないが、それでも、誰かが背後で起立し、右手の方へと立ち去っていくのがはっきりと分かった。

誰もいなかったのにと不思議な心地になりながら僧たちと一緒になってご真言を唱えていると、背中の人物が消えて一分も経たないうちに、今度は同じ右手の方から和服姿の女性が近づいてくるのが分かった。ちらりと横目で窺うと、薄い紫色の着物を着たさほど若くはない女性が右脇を通って、入れ替わりのように背後に座ったのだった。

御護摩の真っ最中にそうやって人が出て行ったり、まして入って来たりするのはかつて経験したことがなかったので非常に面妖な心地になった。

それでも三十分ほどの勤修のあいだ護摩壇で燃え盛る炎を身じろぎもせずに一心に見つめながらご真言を唱え続けた。

ひときわ大きな太鼓の一打を合図に勤修が終わり、すぐさま背後を振り返った。御護摩のあいだにやって来た女性がどんな人なのかをどうしても確かめたかったからだ。

しかし、そこには誰もいなかったのである。

夕方、仕事から戻ってきた小雪に、真っ先にお不動さままで起きたその不思議な出来事を

報告した。すると小雪は、

「もしかしたらノブちゃんの守護霊が交代したのかも……」

と言い、

「ノブちゃん、これからきっと運が開けてくるよ」

と笑みを浮かべた。

結婚して二年余りが過ぎた頃、小雪はようやく「伸昌さん」を「ノブちゃん」に切り替えてくれた。「僕だけ小雪と呼び捨てにするのは気が引けるから」と繰り返し、「その伸昌さんとさん付けするのだけはやめてくれないか」としきりに申し入れた末のことだった。小雪とは八歳の年の差があったが、夫婦になればその程度の年齢差は無いも同じに違いない。

「守護霊」などを急に持ち出されてもどう考えていいのか分からなかったし、それからすぐに運が開けてきたわけでもなかった。

ただ、いまになって振り返ると、あの不動堂での不思議な出来事をさかいに運気が底を打って上昇に転じたような気がしないでもない。

不動堂で安全祈願のお祓いをして貰うと、車を置いて門前仲町の町を久方ぶりに歩いた。むかし住んでいた頃とさほど印象は変わっていなかった。二人でたまに食べに行ったイタリア料理店や和食の店、甘味処もそのままの風情で残っていたし、よく一緒に買い物に行ったスーパーも以前のままだった。

当時はとにかく金がなかった。木場のアパートから門仲寄りのマンションに一度引越したが、その費用も小雪が出した。現在の自分だったら小雪にどんな贅沢でもさせてやることができたろうにと思わずにはいられなかった。

ぶらぶらと小一時間ほど歩きながら、自分の気持ちの確かさをじっくりと見極めた。

やはりここに仕事場を借りようと思った。

帰宅して、すぐにいつも使っている不動産サイトを開き、門前仲町駅周辺で手ごろな部屋を探した。めぼしい物件を幾つか見つけて内覧希望のメールを送信し、あわせて、それまで借りていた日本橋浜町のマンションの解約手続きを行うことにした。

新しい仕事場を借りると、それまで借りていた仕事場を一つ手放すのが方針だった。どの仕事場をやめるかは使用頻度ではなく、そのときどきの気分で決めていた。

二日後には内覧に出かけて、三つの物件を回り、永代通り沿いの少し広めの部屋を選んだ。

翌週には浜町の荷物を丸ごと新居に運び込んで、その日からでも暮らせるように室内を整えたのだった。

それでも門仲で一泊したのは半月くらい経ってからだ。あの町で一夜を明かすのにはやはり勇気が必要だった。

初めて泊まりに行った日の朝は、車の安全祈願に出かけた日と同じようにまたとない快晴の空が広がっていた。せっかく借りたものの、今日行かなかったらもう二度とあの部屋に泊まることはできないだろうと思った。

目覚めてみるとプラスチック化していた左手の小指の先が元通りになっていたのも大きな弾みになった。

足の指のように一時的に欠損してしまうことはまだなかったが、それでも手の指に異変が生ずるとキーボードを叩くにも用心が先に立つし、透明化しているだけでも誰かと会ったり外で飲むことを控えなくてはならなくなる。不便極まりなかった。

小指が正常化したのなら、あっちでも小説に集中することができる――そう思うと出かける意欲もさらに高まり、その日の午後には執筆用の資料も抱えて門仲に移動したのだった。

藤谷千春には門前仲町以外にも仕事場を持っているとは伝えていなかったので、

「どうしても外せない会議が入っていて悠季《ゆうき》のお迎えに行くのが難しいんです。お願いできますか？」

と彼女から連絡があったときは少し困った。ここ数日、久しぶりに東中野の仕事場に泊まっていたのだ。

「いま出先なので急いでも一時間はかかるけど」

と返事すると、

「それくらいなら大丈夫だと思います。保育園には連絡しておきますから。熱は昨日の晩に比べたら大したことないみたいなんですけど、ただ、ひどく吐いちゃったらしくて。病院には私が連れて行くので夕方まで預かっていただけるとありがたいんです」

藤谷は申し訳なさそうな声で言う。いままで三度ばかり悠季のお迎えに行ったことがあったが、今日のような病気による早退を引き受けるのは初めてだった。

「じゃあ、すぐに向かいます」

そう言って電話を切る。

資料や衣類などをキャリーバッグに詰め、持ち歩いているPCやタブレットをケースにしまうと、それらを抱えて急いで部屋を出た。エレベーターで一階の駐車場に降り、荷物を車の後部座席に置いてエンジンをかける。深川不動堂で貰ったステッカーはリアウィンドウに貼り、守り札はグローブボックスにしまってある。新車だから当然とはいえ、あれ以来、エンジントラブルは一度もなかった。

ナビに登録してある悠季の保育園を目的地に指定して車を出す。到着時間はちょうど一時間後と表示されている。

藤谷の言葉からして、昨夜すでに悠季は熱を出していたらしい。解熱剤でも使って熱を下げ、何とか保育園に連れて行ったのだろう。藤谷には頼れる親も親戚も、友達もほとんどいないようだった。悠季が生まれて一年足らずで離婚したというから、この四年以上、文字通りの母一人子一人の生活を送っていた。

数年ぶりに再会した折、頼りにしていたベビーシッターが実家の佐渡島に戻ってしまい、次の人がなかなか見つからずに難儀していると聞いた。

女子大の学長から例のサングラス写真が届いて二日後のことだった。

「だったら、適任のシッターさんが見つかるまで、困ったときは僕が預かってもいいよ」

こちらとしてもある目論見があってそう持ちかけてみた。

藤谷の方は、かつて担当していた作家にいきなりそんなことを言い出され、しばらく目を丸くするだけだったが、

「ただし一つ条件があるんだ。僕は子供というものと接した経験がまるでないからね。うまく扱えるかどうか分からないし、そんな僕に預けること自体が冒険でもある。その上で条件というのはね、僕が彼女の面倒を見るということは、それすなわち取材だということだ。いずれ僕と彼女のこと、加えてあなたのことも作品に書くことになると思う。それでもいいと言うのなら、力を貸すのはやぶさかではないんだけどね」

と言葉を繋いでいくと、

「悠季や私のことを姫野先生に書いて貰えるのならそれほど光栄なことはありません。でも、ご多忙な先生に本当にそんなお願いをしてしまっていいんでしょうか？」

びっくりするほどすんなりと話に乗ってきたのだった。一見ではそう見えなかったが、よほど切羽詰まった状況に陥っていたのだろう。

それから約一カ月間、彼女は先々週を除いて毎週一度、悠季のお迎えを頼んできた。

藤谷千春はB社の社員で、B社が刊行している総合月刊誌に長編小説を連載していると

きに、途中から担当となった女性だった。二年の連載期間のうち彼女に原稿を渡したのは最後の半年ほどで、それきり一緒に仕事をしたことはなかった。担当編集者としては最も縁の薄かった部類の一人と言っていいだろう。やがて結婚したという噂を耳にし、編集部門を外れて広告のセクションに移ったという話も古くから馴染みのB社の人間に聞いた。ただ、子供を産んだことや離婚したことは先だって本人の口から聞かされるまで知らなかったのだ。

過去三回は、帰宅が遅くなる藤谷の代わりに夕方、保育園に迎えに行き、自分の仕事場に連れて行って面倒を見た。園児とはいえ来年小学校に上がる年長組だから悠季は想像以上に聞き分けがよかった。初めて預かった日、門仲の仕事場まで迎えに来た藤谷に娘のしっかりぶりをほめそやすと、

「母子家庭の女の子はどうしても大人っぽくなってしまうんですよね」

彼女は弁解でもするように返してきたのだった。

熱と吐き気のある悠季をいつものように仕事場に連れ帰っていいのだろうか？来客用の布団さえないあの部屋で具合の悪い五歳児が身を休められるとはとても思えなかった。

——いっそのこと藤谷の家に連れて行こうか……。

藤谷のマンションは深川公園のすぐそばだから仕事場とは目と鼻の先でもあった。前回悠季を預かったときに藤谷から部屋の合鍵も渡されていた。

だが、いくら悠季を連れているとはいえ赤の他人が断りもなしに家に上がり込むのは憚られる。それに藤谷がそうして欲しかったのであれば、先ほどの電話で向こうから依頼があったはずだ。実際は「病院には私が連れて行くので夕方まで預かっていただけるとありがたいんです」としか言っていなかった。

――よほど様子が変だったら、勝手に病院に連れて行くしかあるまい。

あれこれ迷った末にそう決めて、きっちり一時間後に保育園の玄関で悠季と対面したのだった。

5

「今日、すごくいやなことがあった」

助手席に乗って、悠季の額に手を当てるとそれを鬱陶しそうに右手で払いながら彼女が言った。多少熱っぽかったが、高熱という感じでもなかった。

「病院に行かなくていいのか」

車を出しながら訊ねる。

「全然平気」

「吐き気は？」

「もうない。すっかり元気」

ぶっきらぼうに答えて、悠季は車のシートに背中を預ける。そういう仕草はまるきり大人の女だった。

園から仕事場のマンションまでは五分もかからない。いつもは少し遠回りして帰るようにしていたが、今日は直行するしかないだろう。

「あーいやだ、あーいやだってずっと思ってたら吐き気がしてきて、そしたらほんとに吐いちゃった」

独り言のように言う。

「ごはんのあと?」

「うん」

時刻は二時を回ったところだった。

「だったら何か食べて帰るか?」

すると悠季はしばし無言になる。

「また、あれ作ってくれる?」

媚びを含んだような声で訊いてくる。

「いいよ」

「やったー」

ようやく年相応の反応が返ってきた。

ひと月ほど前の日曜日の昼、深川公園で藤谷母娘とばったり会った。

日課にしている不動堂参りを終え、普段はそのまま木場公園まで歩いて広い園内を小一時間かけて散歩するのだが、この日はなぜだかそうはせず、隣接する深川公園へと足を踏み入れたのだった。どうしてそんな気になったのか理由は分からない。おおかた前夜の深酒が響いて木場公園まで歩くのが億劫だったのだろう。

日曜日とあって深川公園は賑わっていた。広場の周囲に点在するブランコや滑り台などの遊具には子供たちが群れ、見守る大人たちがそれを遠巻きにしていた。

その大人たちの中に見覚えのある顔を見つけたのである。

「藤谷さん」

背中に声を掛けると彼女は振り返り、

「姫野先生！」

と心底驚いたような顔になった。

そのまま十五分ほど立ち話をし、悠季も紹介されて三人で近くの中華料理店に昼ごはんを食べに出かけたのだった。藤谷は以前よりふっくらとしていた。かつては顔立ちは整っていても神経質そうな印象が前に出る女性だった。事務処理能力は高いものの作家とのあいだにきっちり一線を引いているふうがあって、付き合いやすいタイプではなかった。

編集者は一癖もふた癖もある小説家相手に常に自分ばかりが心を砕いている気でいるが、実は作家の方がそれ以上に担当編集者に気を遣っていたりもするのだ。小説でも書こうという人間におよそ人間付き合いの上手な者はいないから、彼らにすれば出版社といういっぱしの企業で生きおおせている編集者というのは、もうそれだけで仰ぎ見る対象でもある。

そうした作家の持つコンプレックスをいかにほぐしていくかが編集者の腕の見せ所なのだが、藤谷千春について言えば、当時はそうした打ち解けた雰囲気がまるでなかった。

悠季にも似た感じがある。

藤谷が我が子の面倒を見てくれるママ友を一人も作れないでいるのと、娘の悠季が派遣会社からやってくるベビーシッターとうまくやっていけないのとは軌を一にしているに違いなかった。

藤谷はどちらかと言えば自分自身の殻に閉じこもるタイプだった。学生時代から本を読んだり音楽や映画に触れるのが好きで、それが昂じて出版社に入ったものの自分の仕事相手が本や活字ではなく、その原稿を書く人間の方だと知って面食らった口だろう。

そういう人種は編集者向きでないと即断されることが多い。これは半分正しいのだが、残りの半分は全然正しくない。

藤谷のような人間は、物書きとよく似た気質の持ち主でもあるのだ。何かのきっかけで担当作家と縁を結ぶことができれば、相手の一番優れた部分を引き出せるのは、実は彼女のような作家と同類項の編集者の方なのである。

たった半年の付き合いで親しくなることもなかったが、それでも藤谷のことは密かに買っていた。編集部門から外されたと知って合点がいくと同時に、勿体ないことをするものだとも思った。

離婚してシングルマザーになっているのも、いかにも藤谷らしかった。

木場のイトーヨーカドーでベーコンや卵、ピーマン、マッシュルームなどを買い、それから部屋に帰った。悠季は本人の言う通り、「すっかり元気」のようだった。

初めてここに連れて来た日、夕食に何を食べさせればよいのか分からないので直接訊いてみた。悠季の方も緊張していたのか、ろくに返事もしない。ハンバーグ、生姜焼き、コロッケ、オムライス、ナポリタンと挙げていくと、

「ナポリタンかオムライス」

ようやく答えてくれた。

その日はナポリタンを作り、二度目にはオムライスを作った。三度目は迎えに来た藤谷と一緒に近くのお好み焼き屋に行ったのだった。ナポリタンもオムライスも気に入ってくれたが、ことにナポリタンは大好物だったようで、

「こんなに美味しいナポリタン、初めて」

とすごく喜んでくれた。

料理に手を染めたのは小雪を失ってからだ。

酒に頼って夜を乗り切る暮らしが始まったので、一日ろくに食べない日々が長く続いた。てきめんに体重が激減し、たまに人と会うと相手が声を失うような有様になり、一年ほど経ったところで昼食を自分でこしらえるようにしたのだった。

いまではたいがいのメニューをこなせるが、なかでもナポリタンは得意だ。自分でも好きで週に一度は作って食べていた。

工夫を重ね、それなりに手の込んだ作り方をするようになっている。

一・九ミリの太い乾麺を表示より二分ほど長くゆで、ゆであがったらザルにあげてサラダオイルを大さじ一杯くらい振りかける。これでほぐれやすくなるし、麺にねっとり感が生まれてケチャップとからみやすくなる。

具材はなるべく少量にしていた。ベーコン、たまねぎ、ピーマン、缶詰のマッシュルームをバターで炒め、ピーマンは色落ちする前に皿に取り出しておく。具材を炒め終えたら塩コショウとうま味調味料で味をととのえ、大量のケチャップを投入して強火でぐつぐつと煮立たせて酸味を飛ばす。煮立ってきたら、その中に麺を入れてケチャップソースとからませ、うま味調味料と最後にふたたびバターを大匙一杯くらい加えて混ぜ合わせる。皿に盛りつける前にピーマンを放り込めば、それで完成だった。

誰かに食べさせるのは悠季が初めてだったが、味には自信があった。予想通りの反応で彼女との付き合いは滑り出しから上々だったのだ。

大人に対しても子供に対しても、うまいものを食わせて良好な関係を取り結ぼうとするのは万国共通の常套手段でもあろう。


仕事部屋に戻ると、悠季はリビングのソファに陣取って、まずはテレビをつけてザッピングしながらいろんな局の番組を眺めていた。やがて飽きてテレビを消すと、今度は壁際に置いた書棚の彼女のコーナーの前に行ってお気に入りの本を選び、それを持ってソファに戻る。

本は〝お預かり〟を引き受けたときにネットで大量注文して揃えたものだった。藤谷からも悠季の好みを訊いたが、大半は各社の担当編集者にメールで問い合わせ、タイトル出しをさせた。若手からベテランまで年齢層はまちまちだったが、そこは本好きの集まりだけあって各人、様々なタイトルをあっという間に知らせてきてくれた。

本物の子供を預かるとは書かず、作品の中にそのようなエピソードを盛り込むので「五歳くらいの女の子（かなり知能が高いという設定）が読みそうな絵本や物語を教えて欲しい」と依頼したのだった。

今日はリンドグレーンの『やかまし村の子どもたち』を熱心に読んでいた。『長くつ下のピッピ』が好きだと藤谷に聞いて、リンドグレーンの作品はあらかた注文しておいた。届いた本を開いてみると文字がびっしり詰まっていて、五歳児にこんなものが読めるのかと疑問だったが、たしかに悠季はすらすらと読みこなしているのだった。

彼女が本を読んでいるあいだにナポリタンを作る。

オムライス風に卵で包んでオムレッツナポリタンにした。

「できたぞ」

と言うと、本を畳んで書棚に戻し、リビングのテーブルにやってくる。目の前に皿を置き、温めたミルクの入ったコップも置いた。

いただきます、と行儀よく手を合わせ、悠季は子供用のフォークを手にする。一口食べてにんまりとした顔になった。

「おいしいか？」

「おじちゃん、やっぱり天才だね」

「そうかな」

「うん。ママもいっつも言ってる。あのおじさんは悠季と同じように天才なんだって」

「へぇー、それはちょっぴり嬉しい話だなあ」

「よかったね、おじちゃん」

「まあね」

オムナポをきれいに平らげた悠季はソファに戻ってまた本を読み始めたが、皿を洗ってリビングに戻ってみると眠っていた。タオルケットを寝室から持ってきて掛ける。額に触れると薄っすらと汗をかいている。熱はなさそうだった。

西日がきつくなっているのでレースのカーテンを引いた。部屋が少し暗くなる。

年明けに刊行予定の短編集のゲラをキャリーバッグから出してダイニングテーブルに広げ、校正に取りかかった。最近は、誤字脱字のたぐいしか朱筆を入れないようにしている。下手に文章をいじるとかえって内容を損ねてしまう気がするのだ。小雪が死ぬまでは、著者校正に充分な時間を割いていた。自作への執着が減ったのもあるが、やはり同工異曲に陥っている作品と正面から向き合って自信を失くすのがつらかった。

いまは同じ場所をぐるぐる回って落ち穂拾いに身をやつしている気分だ。もう一度腰を真っ直ぐに伸ばし、遠くを見据えて新しい土地へと勇躍踏み出していく気力が戻ってくるのかどうか……。そこは、はなはだ心もとない。

気持ちよさそうに眠り込んでいる悠季の姿に時折視線をやりながら機械的に作業を進めていく。

自分たちにもあんな子供がいたらどうだったろう？

小雪との関係は全然違ったものになっていただろうか？

ふと、そんなことを思う。

先週、三人でお好み焼き屋に行くと、悠季はお好み焼きにほんの少し口をつけただけで眠ってしまった。個室だったので畳の上に寝かせ、藤谷が自分の上着を掛けてやっていた。

それから二人でゆっくり飲んだ。

「別れた旦那さんはいま何をしてるの？」

と訊ねると、

「彼はアメリカでバイクに乗ってますよ」

藤谷が変なことを言う。

だが、よくよく聞いてみるとそれが正解のようだった。夫だった男は資産家の次男坊で、「生まれながらの自由人」だったのだそうだ。藤谷もむかしはバイクに乗っていて、もとはツーリング仲間だったのだという。

「バイクが生き甲斐みたいな人で、結婚してみたら本当にそうだったんです。大学のときに向こうに留学したことがあって、アメリカでバイクにずっと乗っていたかったってよく言っていました。そしたら、悠季が生まれてしばらくした頃、みんなでアメリカに移住してバイクに乗ろうよって言い出して」

「それで別れたの？」

「まあ、そうですね。私にはわざわざアメリカにまで行ってバイクに乗る気持ちがなかったので」

「後悔してない？」

「してませんね。いまのところは」

藤谷はそう言ったあと、

「ときどき電話で話すんですけど、彼もぜんぜん後悔してないって言ってます」

と付け加えた。

「その子のことはどう思ってるんだろう」

「悠季がもう少し大きくなってアメリカに来たくなったら、いつでも来ればいいって。僕もその頃にはどこかに落ち着いてるだろうからって」

「じゃあ、なに、彼は本当にアメリカでバイクに乗ってるだけなわけ」

「そうみたいです。いまもアメリカ中を走り回ってるみたいです」

「なるほど」

「羨ましい人だと思います」

「たしかにね」

そう言いながら、ちょうどこの時間もアメリカのどこかでバイクを走らせている悠季の父親の姿を想像した。羨ましいとまでは思わなかったが、彼は自由だと思った。そしてまた小雪のことを思い出していた。


悠季を預かった目論見は、彼女がここにやってきた最初の日にあっさりと成就した。

その日は、仕事で藤谷の帰りが十時過ぎになるというので、食事をさせ、風呂にも入れることになっていた。子供を風呂に入れるなんてできっこないと思ったが、藤谷の話では「何の問題もないですよ」とのことだった。

実際、悠季はちゃんと一人で入浴し、身体も拭いて、上手に着替えもできた。彼女のあとに風呂に浸かり、出てきたところで昼間買っておいたプリンを一緒に食べた。

そのとき、一人だとそうするように半袖のTシャツを着たのだ。

ここ数年、そもそも半袖姿を誰かに見せたことが一度もなかった。なので相手が五歳児とはいえ幾らか緊張した。

ダイニングテーブルに差し向かいで腰掛けて、悠季にはハーブティー、自分にはコーヒーを淹れた。プリンも好物だったらしく、

「姫野先生、やるね」

と彼女が言った。その日はまだ「姫野先生」だったのだ。

悠季の方が先に食べ終わった。ゆっくりとスプーンを使っているとその視線がこちらの手許に注がれているのが感じられた。

タイミングを見計らい、手を止めて顔を上げた。

目と目が合って間もなく、

「姫野先生、それどうしたの？」

と悠季が言ったのだった。

彼女の視線はケロイドのある左腕ではなく、右の手首に固定されている。

「何だと思う？」

スプーンを置くと、手首を裏返し、右の前腕をテーブルに乗せて前に突き出してみせた。肘の方は数日前に元通りになっていたのでプラスチック化しているのは手首だけだった。

悠季は不思議そうな顔で手首の裏をじっと見ている。

「触ってみるかい？」

彼女はおずおずと右手を伸ばしてきて、その部分を指でなぞる。

「どんな感じ？」

「ガラスみたい」

「もっとよく触ってごらん」

悠季が人差し指を立てて、案外力を入れて押してくる。

「やわらかい」

驚いた顔でこっちを見る。

「グミみたい」

左の手で自分でも触ってみる。なるほど今日は特に弾力があった。

「おじさんにもこれが何なのかはよく分からないんだよ」

悠季が怪訝そうな表情になった。

「ある日、気づいてみたらこんなふうに透明になってたんだ」

「ふーん」

「いろいろ調べてみたけど、やっぱり何かは分からなかった。自分にだけこんなふうに見えるんじゃないかってずっと思ってた。目がおかしくなったのかもしれないってね。だから、一度誰かに見て貰って、これが本物なのかどうか確かめたいと思ってたんだよ」

どれどれという感じになって、悠季が手のひら全体でその部分を撫ぜたりつまもうとしたりし始めた。興味津々の気配だ。

「キラキラしてるね」

シーリングライトの光に、たしかにプラスチック化した手首は光って見える。

「すごくきれい」

うっとりした表情になっていた。

「もういいかな」

と断って右腕を引っ込める。

「悠季のおかげで、これが目の錯覚じゃないってことが分かったよ。本当にありがとう」

彼女は引っ込めた手の方をまだ注視している。

「実は一つ、きみにお願いがあるんだけど」

「何？」

「このことを誰にも言わないで欲しいんだ。人に心配されるのがイヤだし、病気だと思われて病院に連れて行かれるのはもっとイヤなんだよ。だから、このことは僕と悠季だけの秘密にしておいて貰いたいんだ。約束してくれるかな」

「おかあさんにも言わない方がいいの？」

と訊いてくる。

「そうだね。ずっとっていうわけじゃないけど、まだ言わないで欲しい。そのときがきたらおかあさんには僕からちゃんと話すつもりだから」

「分かった。約束するよ」

悠季ははっきりとした声で言った。

藤谷が迎えに来たときはまだ悠季は眠っていた。

「熱も吐き気ももうおさまったみたいだ」

と伝えると、藤谷はほっとした顔になった。部屋に上げて一緒にコーヒーを飲んだ。疲れの滲んだその顔を眺めながら、この人は幾つになったのだろうと思う。担当だった頃はまだ二十代だったのではないか。

　身寄りもなく、頼りになる人も持たぬまま女手一つで子供を育てていくのは困難だろう。このままだと早晩、母子の生活は立ちいかなくなるのではなかろうか。

「きみは誰かいないの？」

　彼女がカップを置く。

「いま付き合っている人とかさ」

「それらしい人はいるにはいるんですけど……」

　藤谷が言う。

「もともと男性が苦手だったので、いまでもどう付き合っていいのか分からなくて」

「だけど、その相手とは付き合ってるんだろう」

「さあ、どうでしょう」

「彼に奥さんがいるの？」

「そういうわけでもないんですが」

　いかにも要領を得ない感じだった。

「先生の方はどなたかいらっしゃらないんですか？」

　逆に彼女が質問してくる。

「僕はもう全然だね。年がら年中飲んだくれているだけだから。何しろこの部屋に上げたのだって、悠季ときみが初めてという体たらくだよ」

この言葉に、なぜだか藤谷は微かに笑ってみせた。

プラスチック化が幻覚でも妄想でもないと分かって夜毎飲む酒の量が目に見えて減っていった。

一カ月もするとたまに一滴も飲まない夜も出てきて、そんな日は昼間に引き続いて原稿を書くこともあった。夜中の執筆は小雪が死んで以降、一度もしたことがなかったので実に八年ぶりと言ってもよかった。

小雪を失った直後から始まった酒浸りの日々も、歳月と共に酒量自体は少しずつ減ってきていた。そこは、少しの量で酔いが回るというアルコール依存のあらわれでもあれば、一方で、やはり時間薬が効いてきたという一面もあったと思われる。

その酒量がプラスチック化によってふたたび増えたのは、アルコールの力でプラスチック化を遅らせたり、身体を元通りにできるという確かな感触を得たためだった。

だとすれば、プラスチック化が現実のものと分かって、にわかに酒の量がどんどん減っていくというのは我ながら不思議な現象のようにも感じられた。

――やはり心の奥底で、これをアルコール依存によるただの妄想だと信じ込んでいたかったのだろう。

そんな気がした。

アルコールの力でプラスチック化の度合いを左右できるということは、それ自体がアルコールが生んだ妄想と考えられなくもない。結局自分は知らず知らずのうちにこの異変を全部酒のせいだと思い込もうとしていたのだ。あれだけ浴びるように飲んでいれば、これくらいの妄想や幻覚が出てきても不思議ではないし、酒が生みの親であるのならば、その親の力を借りれば一定のレベルで妄想をコントロールできるはずだと勝手な理屈をつけていた。そうやって尚更に酒に溺れていったのだ。

しかし、悠季のおかげでプラスチック化が紛れもない現実だと知り、酒への歪んだ信頼が急速に薄れていったのは確かだろう。

肉体の一部がプラスチックになるなんて、およそ酒の飲み過ぎくらいで起きるはずがなかった。

精神科医を訪ねるという最後の選択肢もきれいさっぱり消えてしまった。

こんなものを医者に見せたらバケモノ扱いされるだけでは済まない。検査漬けにされた挙句、世間の好奇の目にさらされるだろう。

そもそも誰の力をもってしても原因も治療法も分かるはずがないのなら、独力でこの奇妙な現象の原因を突き止め、解決法を探り出すしかあるまい。そうなると、いままでのように年中酔っ払っているわけにもいくまい――という月並みな発想も酒を抑制する方向に強く作用したのだと思う。

――しかし、なぜこんな突拍子もない異変が突然降りかかってきたのか？

三年以上が過ぎて、ようやくそのことを真剣に考え始めた。

思えば、かかとのプラスチック化を初めて見つけたとき、これは天罰だと直感した。あんな形で小雪を失った当然の報いに違いないのだと。

事実だろうと妄想であろうと、酒に逃げて罪の意識を免れようとあがく我が身への痛烈なしっぺ返しだと思った。いよいよ破滅のときがやって来たのだと覚悟を決めたのだ。

だが、現実はそうならなかった。

全身がプラスチックとなって溶解したり破砕したりする事態にも、心が妄想に侵されて発狂してしまう事態にもいまのところ至ってはいない。

この三年間、ほとんど誰とも深い関わりを持たなかったとはいえ、破滅とはほど遠い生活を積み重ねてきた。内容うんぬんを別にすれば小説だって書き続けることができたのだ。

最初の直感は正しかったのだろうか？

これは本当に、小雪を死なせてしまったことへの報いであり懲罰なのだろうか？

現実と向き合い始めた途端、これまで思いもしなかった疑問が首をもたげてきたのである。

小雪を死なせたことへの天罰であるならば、どうして直後ではなく、死後五年も経って下されたのか。五年というのは幾らなんでも長過ぎやしないだろうか。

もしも、これが小雪の死とは無関係に起きた異変だったとすると……。

本当の原因が三年前のどこかに埋もれているのかもしれない。

こんな奇怪な現象に繋がる何か大きな出来事が三年前に果たしてあっただろうか？病気、事故、何かを掘り出したり拾ったり、初めての土地への旅、意想外な人物や動物との出会いなどなど、そのどれ一つとして記憶には残っていなかった。せいぜい思い出せるのは、すでに化けの皮が剝がれてしまった例の三つの〝前兆〟くらいのものだった。だとすれば、やはりこれは小雪の死に関わるものなのだろうか？おおもとの原因は彼女の死にあり、三年前に起きた何らかの出来事が火のついた導火線となってその眠っていた火薬庫を一気に爆発させたというのか。

手首の透明化はなかなか元に戻らず、肘が正常化して十日ほど経つと今度は同じ右手の小指の付け根がプラスチック化してしまった。手の指が透明になると人前で手袋を外すことができず、それでかえって怪しまれてしまう。絆創膏で誤魔化すしかないのだが、相手の注目を引く点では手袋とさほど変わりがなかった。

以前は回復するまで誰とも会わないようにしていたし、それこそ宅配便の受け取りですら宅配ボックスに任せていた。だが、週に一度とはいえ悠季を預かるようになると、約束を交わしている悠季はともかくも藤谷に対して用心する必要が生まれた。

ふと思いついて近くの化粧品店でファンデーションを一つ買って来た。

それをさっそく透明化した小指の付け根に塗りつけてみると、あっという間に肌色に変わって、見た目にはほとんど分からないくらいになったのだ。

手首の裏でも試してみる。こちらも正常な肌と色合いも質感もほぼ同じ状態になった。どうしてこんな簡単なことに気づけなかったのか、と臍《ほぞ》を噛む思いだった。女性だったら、最初の異変が起きた時点ですぐにやっていただろうに……。

顔の一部がプラスチック化することをずっと恐れてきた。

そうなったときは、幻覚なのかどうかをすぐに確かめようと腹を括っていた。鼻や耳、唇が透明化すればもはや隠しようがない。

だが、ファンデーション一つ手に入れただけで、その恐怖が雲散霧消してしまった。

これは本当に大きな進歩と言ってよかった。プラスチック化が現実のものだと知って最初に危惧したのはやはり顔のことだったからだ。

銀座のデパートに出かけて化粧道具を一式買い揃えてきた。

化粧品フロアの販売員に声を掛け、左腕のやけど跡の一部を見せて、「この傷をできるだけ目立たないようにして欲しいのですが」と頼んでみると、彼女はもとの肌色に近い色のファンデーションを選び出し、さらにさまざまなパウダーを駆使して見事にケロイドを覆い隠してしまったのだった。

その腕前には舌を巻くしかなかった。

みっちりと化粧法の手ほどきを受けて築地の仕事部屋に戻り、右手の小指と手首とで何度も復習を繰り返した。

そのうち自分でも気にならなくなるほど上手く隠せるようになった。

顔全体がプラスチック化してしまえばさすがにお手上げだろうが、鼻や唇程度であれば化粧で何とか誤魔化せそうだった。

もうそれだけで快哉を叫びたいほどに嬉しかった。

最初の実験台はやっぱり悠季だった。

彼女は目ざとく、手首の裏が元通りになっていることに気づいた。

「おじちゃん、あれは？」

と言うので、

「あれって何のこと？」

しらばっくれると、悠季はひどく困惑した表情になった。

「ちょっと待ってて」

と言って洗面所からクレンジングクリームを持って来てタネ明かしをすると、

「すごーい。全然分かんなかった」

と照れくさそうにした。その悠季の笑顔がまたたまらなく可愛いのである。

第二章　遠い出会いの記憶

1

小雪は高校時代の同級生、川添晴明《かわぞえはるあき》の腹違いの妹だった。

当時の福岡では、大学進学を目指すならば県立高校に何としても合格しなくてはならなかった。現在のように県立と肩を並べる私立高校がほとんどなかったのだ。県立高校の入試は全県統一試験だったので難易度は決して高くはなかったが、その代わり、難関校に入るためには全ての科目でほぼ満点に近い点数を叩き出すことが求められた。

たまたま一科目でもミスをしてしまうとそれだけで合格は覚束なくなってしまう。

そういうわけで、毎年中学浪人を強いられる生徒たちがかなりいたのだった。

母校は県内有数の進学校だったので、クラスに二、三人は中学浪人組がいた。川添晴明はそんな浪人組の一人だった。

十五歳と十六歳は、二十五歳と二十六歳とはまるで違う年齢差だ。浪人組はクラスの中では浮いた存在だった。現役組にすればどんな言葉遣いで話しかけていいかも分からない相手だったのだ。

クラス分けに従って、これから一年を共に過ごす級友たちと教室で席を並べた最初の日、啞然とするような事件に遭遇した。

高原という数学担当の若い担任が、

「いまから学級委員長を決めたいと思うが、立候補する者はいますか？」

と口にした途端、何とクラスのほぼ全員が一斉に挙手をしたのだ。目の前に出現した信じがたい光景にめまいを感じた。

当時のいなかの学級委員長というのは、クラスで一番勉強ができる男子と女子が選ばれるのが通り相場だった。選挙とは言っても普通は担任の指名があって、その二人を承認するだけだったのだ。ただ、勉強はできても指名を受けない生徒も稀にいて、クラスをまとめる能力がないと見做されるか、まるでやる気がないと思われればその名誉な役目から免れることができたのだった。

もちろん中学時代から学級委員長など一度もやらなかったし、積極的にそんなバカげたことを引き受ける連中の気が知れないと思っていた。なので、まさか男女含めてほとんど全員が自ら名乗りを上げるとは思いもよらなかった。

——これはとんでもなく場違いな学校に入ってしまった。

泣きたいような気分になった。

手を挙げなかった数人の一人が川添だった。あとの二人の浪人組は立候補し、男子の学級委員長は結局、そのうちの一人が当選したのだから挙手しなかった川添の姿は印象に残った。

級友たちは勉強だけでなく運動能力にも秀でている者が多かった。いわゆる文武両道というやつで、質実剛健を校訓とするバンカラな校風だっただけにそういう〝ちょっと無頼な優等生〟がもてはやされていた。

走るのも球技もからきしで、勉強はそこそこできるものの本ばかり読んでいる〝作家の息子〟は軽んじられるわけではなかったが、教師にも級友たちにも敬遠されがちだった。夏休みが近づいてきても校内で軽口をきく相手はともかく校外で親しく付き合うような仲間は一人もできなかった。

スポーツ奨励の学校とあって年がら年中、クラス対抗マッチというのが行われていた。バスケ、バレー、サッカー、柔道、剣道、それにラグビーの強豪校だったからラグビーのクラス対抗戦というのまであった。

入学間もなくバレーボールのクラスマッチが挙行され、よせばいいのに「全員参加」が決まりとなっているせいでコートに立つ羽目になった。サーブもレシーブもスパイクも何もできなかった。飛んでくるボールを避けながらコートの中を逃げ回るような無様を同級生たちの前で演じるしかなかった。その上、隣のクラスの蒲原という男が打ち込んできた強烈なスパイクを顔面で受け、鼻血を出して負傷退場という惨めな結末が待っていた。

あのときの屈辱感はいまでも忘れることができない。

次のバスケットボールのクラスマッチには出なかった。病欠したのだ。

その次の柔道のクラスマッチが夏休み直前で、これも欠席した。バスケのときは家に引き籠っていたが、柔道のときは登校するふりをして繁華街に出かけた。ようやく受け身を習い終えたばかりというのに、柔道の対抗戦を、しかも全員参加で行うという柔道教師の発想がまるきり理解できなかった。

——これじゃ、いのちが幾つあっても足りやしない。

と本気で思ったのだ。

柔道の初授業のとき、畳の上に登場した柔道教師の帯は、かつて見たこともない赤白だんだらだった。すると真新しい柔道着に身を包んで体育座りをしていた一団の中で、一部の連中からどよめきが上がり、聞き耳を立ててみれば紅白だんだら帯を締めることができるのは六段から八段の有段者だというのである。

痩せっぽちの風采の上がらない教師だったが、その話を聞いた途端に背筋が冷たくなってきた。歳もさほどいっている感じでもない。

「飯島先生は講道館八段やぞ。オリンピック寸前までいったんや」

柔道部に入っているクラスメートが誇らしそうに言った。

当時から福岡は柔道王国として知られ、数々のメダリストが輩出していた。ただ、そういう気の遠くなるほど縁のない世界の住人がいま自分の目の前にいる、という事実だけで逃げ出したくなるような気分に陥ったのだった。

天神の繁華街に出て、ダイエーショッパーズプラザの中にある「りーぶる天神」という本屋で時間を潰した。その頃はりーぶる天神が福岡で一番大きな本屋だった。育った環境のせいなのか血筋ゆえなのかは分からないが、本屋に行くのが何より好きだった。書棚を眺めながら店内をぶらぶら歩いているとあっという間に時間が過ぎてしまう。中学に入ってからは、日祭日は天神の本屋をめぐるのが習慣になっていた。

この日も昼過ぎまでりーぶる天神で本を選んだり立ち読みしたりして、それからいつものラーメン屋に昼飯を食べに行った。大丸百貨店そばの古い店で、いまはもうなくなってしまったが、平打ちの細麺に濃厚なとんこつスープがからんで絶品のラーメンだった。

平日の昼どきは初めてだった。混み具合は日曜日と変わらなかったが客層が違った。背広にネクタイ姿のサラリーマンたちが気忙《きぜわ》しそうにラーメンをすすり、焼き飯をかき込んでいる。こっちまで忙しい気分になって、急いでラーメンを食べ終えて店を出た。

普段のようにスープまで飲み干すことはできなかったが、何だか満足だった。サラリーマンたちに交じって自分もいっぱしの大人になったような気がした。

早く大人になりたい、と強く思ったのはあのときが初めてだった。

ドトールもスタバも何もない時代だった。祇園町に幾度か父に連れて行かれた喫茶店があったので、そこに向かった。上背はあるから私服に着替えていれば大学生に見えないこともないはずだった。それでも紫煙をくゆらせるサラリーマンたちの群れに分け入って席に着き、「ホット一つ」とウエイトレスに注文するときはひどく緊張した。

学校をサボって喫茶店に入ったことなど一度もなかった。

コーヒーが無事に届くと、先ほど買ったばかりの画集を包みから取り出してページを開いた。それからはほとんど顔を上げずに画集に見入った。絵や活字に触れていると自分の周囲に結界のようなものが生まれることにすでに気づいていた。その結界さえ作ってしまえばこっちのものだった。何人もその中に侵入することはできなかったし、他の何物にも興味を奪われることがなかった。

小説を書くようになってからは、書くことがすなわち結界を張り巡らすことだった。書いているあいだは、この世界に自分しか存在しないと信じられるのだ。

翌日、昼休みにいきなり川添晴明が話しかけてきた。

「姫野君、ボナールが好きなの？」

のっけに彼が何を言っているのか分からなかった。ボナールって一体何の話だ。心でそう呟いた瞬間、はたと思い当たった。昨日、喫茶店で広げていたのが買ったばかりのボナールの画集だったのだ。たしかにボナールは大好きな画家だった。

「りーぶるにいたと？」

画集を買うところを見られたのかもしれない、と思った。

「俺も、あんときブラジルでコーヒーを飲んどったとよ」

川添は首を振りながら店の名前を口にした。

そこでようやく気づいたことがあった。

「じゃあ、きみもクラスマッチサボってブラジルにおったと」

川添は大きく頷き、

「姫野君と一緒よ。あげなもん何が面白いかいっちょん分からん」

と笑った。

それから川添とちょくちょく話すようになり、夏休みに入る頃にはクラスで浮いた者同士、すっかり仲良くなっていた。休みの間は両方の家を行き来して一緒に過ごした。川添の家は「川添生コン」という地元では名の通った企業グループのオーナー一族で、川添の父、晴久《はるひさ》は川添生コンの社長であり、福岡商工会議所の副会頭を務める有力者だった。川添家の屋敷は県庁のすぐ近所で、初めて訪ねたときはその豪壮さに度胆を抜かれたものだった。

すでに父は海洋時代小説の第一人者として活躍しており、自宅も東区和白の博多湾沿いに構えていた。我が家も相当な敷地と建物ではあったが川添家と比べればさすがに見劣りがした。

両家とも息子の新しい友人には好意的だった。晴久はかねて父の小説の愛読者であり種々の会合で面識もあったようだ。その息子が遊びに来たというので、居合わせた折はいつも歓待してくれた。父の方も川添家の長男との付き合いに異存はなさそうだった。

川添には五歳下の弟が一人いた。母の秋代《あきよ》はずいぶんと若々しく、訊いてみると晴久とは十五も歳が離れているという。

「だったらお前はおかあさんの幾つのときの子供なんよ？」

「そげんこと、どうでもよかろうも」

川添は迷惑そうに言っていた。

この夏休みに川添から油彩の手ほどきを受けた。彼は小学生の頃から油絵をやっていて、その頃にはずいぶんと立派なものが描けるようになっていた。自分でやるのはともかく絵を見るのは大好きだったので、描いてみないかと勧められてすぐに乗り気になった。画材屋で道具一式を見繕って貰い、アトリエがわりに川添が使っている二階の八畳間で一緒にキャンバスを並べた。

「できれば東京に出て美大に行きたいと思うとるとよ」

川添家に通い詰めるようになってしばらくすると川添が言った。

「お前の場合、そうもいかんやろう」

「秋久《あきひさ》がおるからな。会社はあいつが継げばいいけん」

「だけど親父さんも本社はやっぱり長男のお前に継がせたいやろう。秋久はグループ企業のどれかをやればいいんやけん」

五歳下の次男が秋久だった。

「さあ、どうやろね。親父はお袋に頭が上がらん人やけんね」

そこで川添が不思議なことを言った。

「なんね、お袋さんが秋久にあとば継がせたいとね」

「うーん」

と川添は溜めを作り、

「そうかもしれんねえ」

と言ったのだった。

夏休みが明けてすぐ、「姫野、ちょっと話があるんやけど」と川添があらたまった様子で声を掛けてきた。授業が終わり、教室から次々と人が消えていく時間帯だった。二人きりになったところで、

「何ね、話って」

と訊いた。

「二人で美術部ば再建せんね」

川添が言う。

「美術部？」

「先週、野口先生に相談してみたら、やりたいならやってもいいんじゃないかって言われたんよ。もうそろそろ美術部が復活しても罰は当たらんやろうって」

二人ともクラブには所属していなかった。クラブ活動は義務ではないが、部活無しの生徒は全体の一割くらいだろうか。初日に校風に馴染めないと痛感し、これからの三年間は目を閉じ鼻をつまんで通り過ぎるしかないと覚悟していた。部活などやりたくもなかった

のだ。

川添の方は「入りたいクラブがない」と言っていた。「どんなクラブなら入りたいと？」と一度訊ねると「美術部」と即答だった。

「この学校、美術部ってないと？」

「もう十年近く前に廃部になってしまったらしいよ」

「なんで？」

「学生運動が盛り上がった時代に、ここじゃ美術部が拠点になったらしいんよ。それで、美術部員の一人が手製の火炎瓶を職員室に投げ込む事件が起きて、それで潰されてしまったみたいやね」

まったく初耳だった。

だから、美術部再建を川添が持ち出してきたときはさほどの驚きはなかった。ただ、彼が自分に油絵を勧めたのはそういう魂胆があったからなのかと腑に落ちた気がした。

秋の文化祭直前に美術部の再建はなった。

部長は川添に任せ、部員は一年生ばかりで四人だった。文化祭には五人全員の作品を出品した。大半が川添の絵だったが、素人離れした出来に観覧者からは結構な評価を得た。

文化祭後、さらに三人が加わり、うち二人は二年生だった。まずまず順調な再出発であった。

美術部を一緒に始めたことで川添との仲はさらに深まった。おそらく自分たちの関係は大人になってもずっと続いていくだろうと互いに感じていたと思う。

高校二年の二学期が始まって間がなかったある日、部室で煙草を吸っていると川添が入ってきた。慌てて消して窓を開ける。川添は極端な煙草嫌いだった。高校に入ってすぐから吸い始めていたが、彼の前では吸わないようにしていた。

「悪いな」

煙を追い出しているといつものように川添が言う。放課後の遅い時間で、美術部の連中は全員帰っていた。顔を見なかったので、彼もとっくに帰ったと思っていた。だから、ふらっと部室に入ってきたときは意外な気がした。

例によってひどく冴えない顔をしている。

月曜日で、土日はめずらしく二人とも用事があって会っていなかった。クラスも別になっていたので三日ぶりの対面だった。

「ちょっと話していいか」

小さなテーブルを挟んで向かいの椅子に座り、川添が陰気な表情のまま言う。

「いいよ」

恐らく進路のことだろうと予想がついた。

川添は夏休みのあいだに、初めて美大進学の志望を伝え、父の晴久ににべもなく突っぱねられていた。何度も説得を試みたが取り付く島もないようで、このところ部活にも身が入らない様子だった。

義母の秋代にも周旋を頼んだらしいが、彼女は彼女でいろんな思惑もあってこれという働きかけはできないでいるようだった。秋代が義理の母で、秋久が腹違いの弟であることを打ち明けられたのは二年に進級してクラスが別々になると決まった直後だった。

「もともとあの人は川添運輸ていう関連会社の事務員さんやったんよ。親父がその事務員に手をつけて秋久を産ませて、それで俺のお袋が家を出てしまったわけ。俺が小三のときのことやった。俺はお袋についていきたかったけど、男作って家出しよったもんやけんそうもいかんかった。離婚が成立して半年くらいしたら、秋代さんが秋久を連れてあの吉塚の家にやって来たんよ。秋代さんは悪い人やないし、俺にも気を遣ってくれてはおるけど、やっぱり可愛いのは秋久に決まっとるけんね。俺にとって、あの家は居場所があってないような家でもあるわけなんよ」

と川添は淡々と話したのだった。

黙っていると川添はなかなか話を切り出さなかった。

「どげんしたと。また親父さんとやり合ったとね」

仕方なく水を向けてみる。

実は川添の進路については父にも相談していた。父と川添の父親は面識があるので、何とか作家である父から根回しして貰えないかと考えたのだった。

「川添さんに話はしてもいいが、彼の人柄からして他人があれこれくちばしを挟んできたら却って意固地になるだろう。いざとなったら父親の意向なんて無視して勝手に上京して美大を受けてしまえばいい。どうしてもやりたいんだったら、その道を押し進むしかないからな。家のことや金のことなんて美大に入ってしまえば何とでもなる。学費がないならおとうさんが貸してやってもいい。晴明君にはそう伝えておきなさい」

いかにも父らしい物言いだった。

「一昨日、お袋の弁護士と会った」

しかし川添が口にし始めたのは予想とはまったく異なる話だった。

「弁護士？」

川添が苦いものでも嚙むような表情で頷く。

「お袋は半年前に死んどった」

「えっ」

彼の言っていることがよく分からなかった。

「親父も秋代さんも、俺にそのことを黙っとった。親父一人、知らん顔して岡山に行って葬式に出たらしかよ。俺には何も教えてくれんかった」

実母の死をなぜ息子に知らせなかったのかも、その事実をどうして亡くなった実母の弁護士から聞いたのかもよく分からないままだ。

「こりゃあ、ひどか話ばい。こげんひどかことをあの二人がするとは思わんかった」

俯いてぼそぼそ喋っていた川添が顔を上げる。

「姫野」

食い入るような目つきでこっちを見ている。

「こりゃ、あんまりやろ。お袋の死に顔を見て帰ってきとるのに、親父はその晩もその次の晩も何食わぬ顔して俺と一緒に晩飯ば食っとったとばい。秋代さんも知っとるくせに何も言わんで、飯食らって味噌汁すすっとったとばい」

その瞳から涙がこぼれる。

「姫野、俺はあの二人が許せんばい。何がどうあったっちゃ、これだけはもう一生許せんと思うとるよ」

川添の涙は頬を伝ってさらさらと流れ続けた。

2

その日から数日後――。

学校が終わると二人で大橋まで出かけた。西鉄大橋駅で降り、川添が持ってきた市内地図を頼りに目指す番地を探す。福岡の東部でずっと生活している人間には南や西は余り馴染みがなかった。住宅街の風景は変わらないが、それでもどことなく空気の匂いが違うような気がする。大橋は南区だ。

五分ほど歩いたところで見つけた煙草屋に寄って「さつき荘」というアパートの場所を訊ねた。煙草屋のおじさんが店の外まで出てきてくれて方角を指さしてくれる。

「そこに郵便局があるでしょうが。その手前の路地ば入って真っ直ぐ行けば、さつき荘ていう看板が出とるけんすぐ分かっとよ」

二人で頭を下げて通りを渡り、郵便局の方へと進んでいった。

郵便局と平屋の古めかしい眼科医院とのあいだに細い路地がたしかにある。目で合図して川添が先に入っていった。左右には戸建てが並び、五十メートルほど行った突き当たりに灰色の大きな二階建ての建物が見えた。

そのアパートの敷地は存外広く、南向きのベランダ側には花壇があった。外階段のついた玄関側もゆったりとしたスペースになっていて、小さな砂場とブランコがある。門柱とフェンスがぐるりを囲み、門柱の表札に「さつき荘」と書かれていた。これが煙草屋の人が言っていた看板だろう。二本の門柱のあいだにゲートのようなものはない。

さつき荘の建物は結構年季が入っている感じだった。木造モルタルで壁の色はくすんでいる。築十年以上は経っているたたずまいだ。

一階、二階とも四つのこげ茶色のドアが並んでいる。玄関わきには三輪車や子供用自転車なども置かれているので家族向けのアパートに違いなかった。洗濯機は玄関にもベランダにも見当たらないから室内に設置場所があるのだろう。

「204号室だから、あの一番左の部屋やろう」

外階段から遠い二階のドアを指さして川添が言う。一階に並んだ郵便ポストの名札を見るとなるほど204号室には「本村」という苗字が記されていた。

父親の晴久に隠し子がいると川添が知ったのは中学卒業の時期だったというから二年以

上も前のことだった。

教えてくれたのは腹違いの弟の秋久だったらしい。

「なんでお前、そんなことば知っとるんや」

兄ならもっと詳しく承知していると思って、「お兄ちゃん、僕たちに妹がいるの知っとった？」と秋久は訊いてきたのだが、川添はその話自体が初耳だった。秋久は母親の秋代から聞いたようだった。

彼はたまに家にやって来る父の部下の一人に真偽を質《ただ》してみる。

「晴明さん、そげなこと誰から聞いたとですか？」

父の部下は驚いた顔をしたが、

「おかあさんがこっそり教えてくれたと」

と返すと、

「社長には私が言うたとは絶対内緒ですけんね」

と釘を刺しつつ詳細を語ってくれたそうだ。

今度の相手の本村千鶴《ちづる》も秋代同様に子会社の事務員なのだという。秋代は川添運輸の事務員だったが千鶴は川添薬品という天神にある会社で働いているらしい。

「それこそ十年近くになるんやないですか。お嬢ちゃんの小雪ちゃんがもう小学生になっとりますけんね。社長は決しておんな癖の悪い人やないですけど、惚れたらとことんまっしぐらなところがありますけん。いまの奥さんのときもそうやったですもんね」

「やけど、おかあさんがどうしてそのことを知っとるんやろう」

「そりゃあ、千鶴さんとは長いですけんね。バレますよ。それもあって社長は奥さんに頭が上がらんとでしょうも」

と彼は言った。

実母の死を半年も経って知らされた川添は、父の晴久のことも義母の秋代のことも金輪際許さないと心に誓っていた。その誓いの証として、二人と絶対に和解不能になるような敵対行動に出ると決めたようだった。

その行動というのが、父の現在の愛人、本村千鶴と腹違いの妹にあたる小雪の家に乗り込むことだった。二年前、彼に事情を話してくれた社員をふたたびつかまえて千鶴の住所を聞き出し、この日、彼は母娘に会いに行くことにしたのである。

「姫野も一緒に行ってくれんね」

と誘われれば、こちらとしても断るわけにはいかなかった。

他人の家の複雑な人間関係に首を突っ込むのは本意ではないが、親友のたっての頼みとなれば是非もない。

自分の父親にも愛人がいる、というのも同行を承諾した理由の一つだったかもしれない。

父の愛人の件は母もどうやら察しているようだったが一度も面には出さなかった。それでも、父がたまに中洲に飲みに行って帰宅が遅いと、彼女はひどく不機嫌になるのだった。

一度、父の愛人と思しきバーのママさんとばったり会ったことがあった。父が月に一度出演している福岡の夕方のニュース番組があって、学校帰りにスタジオ見学に行ったら、なぜかそのママさんが楽屋にいたのだ。父は別に慌てた様子もなく息子のことを紹介し、「いつも番組が終わったらスタッフと一緒にこの鈴音《すずね》さんの店に打ち上げにいくんだよ」と言った。

ママは小さな名刺をバッグから抜いて渡してくれた。そこには「マッジョ　有村《ありむら》鈴音」とだけ記されていた。あれが生まれて初めて貰った女性の名刺だった。鈴音さんはにこやかな笑顔で、

「伸昌さん、とっても勉強ができるんだそうね。いつもおとうさんが言っていますよ」

と歌うような声で言う。背が高く長い髪はさらさらで、目がものすごく大きな人だった。日本人じゃないみたいだというのが第一印象だった。

母には申し訳なかったが、鈴音さんはとても感じのいい女性だった。

川添から「親父の愛人のところに乗り込む」と言われてすぐに頭に浮かんだのが鈴音さんのことだったのだ。

２０４号室の前まで行って中の気配を窺ったが誰もいないようだった。平日の午後だから千鶴は会社だろうし、娘の小雪はまだ学校なのだろう。川添の話だと、小雪はいま九歳。小学校三年生だという。今年十八歳の川添とは九つ、十七歳の自分とは八つの差だった。

玄関前の空き地に戻り、二人でブランコに腰掛けて小雪が帰るのを待つことにした。すでに午後五時を回っていたからそろそろ帰宅する時分だろう。

並んで小さな座板のブランコに座り、川添とどんな話をしたのかは憶えていない。ただ、小雪の前に立ったとき、きっと何も言葉が出てこない川添に代わって、いかに自分たちが怪しい者でないかを説明するにはどうすればよいか、ずっと頭の片隅で考え続けていたのはよく憶えている。

小学校三年生の少女を怖がらせたり驚かせたりするのは嫌だった。

十五分ほど待っていると、路地の入口のあたりからランドセルを背負った数人の子供たちが歩いてくるのが見えた。性別も背の高さもばらばらだった。両脇の戸建てやさつき荘の子供たちが集団下校しているのだろうか。

案の定、「じゃあねー」と言いながらパラパラと集団はほどけ、子供たちが一人、二人と戸建ての玄関へ吸い込まれていく。残ったのはのっぽの男の子と、同じくらいの年恰好の女の子二人だった。二人のうちの一人が小雪なのか。一人は青いスカート、もう一人はチェックのスカートをはいている。

ブランコから同時に立ち上がり、門柱の方へと歩み寄った。西日が照りつけて、あたりは真昼のように明るい。

子供たちは突っ立っている我々に遠くから視線を投げて寄越した。学生服を着た上背のある二人の高校生が通せんぼのように門の向こうにいるのだから、目を引くのは当たり前だった。

三人が次第に近づいてくる。

振り返ればあのとき、やがて自分の妻となる人と初めての邂逅《かいこう》を果たしたのだ。生涯で唯一、こんな男に深い深い愛を捧げてくれた人とあいまみえた瞬間だったのだ。

だが、目の前にやって来たのは、赤いランドセルが大きく見える、おさげ髪の小柄な女の子だった。

その青いスカートをはいた女の子に向かって、

「小雪」

川添は一歩前に出て声を掛けた。チェックの子なのか青の子なのか判断がつきかねているのを尻目に彼は何のためらいもなく妹の名前を呼んだのだ。その声は、まるでいままで何度も会ったことがあるような親しみの籠ったものだった。

一緒だった男の子とチェックのスカートの子が「じゃあね」と言ってそれぞれ長い紐のついた鍵を取り出して去っていくのを、小雪も「またねー」と明るい声で見送った。そして、こちらの顔をじっと見上げてきた。

「小雪。こんにちは。俺はきみのおとうさんの息子の川添晴明、こいつは親友の姫野伸昌。小雪に会いたくなって、いきなりだったけど遊びに来たんだ」

川添は柔らかな口調でそう言った。紹介されて、

「こんにちは」

と小さくお辞儀してみる。

不思議そうな顔つきで小雪は我々の顔を交互に見ていた。

「俺のこと、おとうさんやおかあさんから聞いとる？」

川添が訊くと、こっくりと頷く。

「ごめんな、ずっと会いに来れなくて」

川添の言葉に、小雪は少しだけ首を傾げるような仕草を見せた。

結局、その日は二人で204号室に上がり込み、母親の千鶴が帰ってくるのを小雪と共に待ったのだった。どちらの家にも部活で遅くなると言い置いてきていた。最初から川添はこの展開を予想し、狙ってもいたのだった。

「だけど、そんな愛人さんの家に上がり込んで、万が一、親父さんがやって来たらどうするつもりね」

懸念を口にすると、

「親父が来たときは来たときやろ。びっくりするのはあっちの方に決まっとる」

川添はあっさりと言った。

小雪と三人でトランプをしていると一時間ほどして買い物袋を提げた千鶴が帰ってきた。ドアの鍵を開けて玄関に入ってみれば、娘と一緒に制服姿の高校生が二人も部屋にいたのだ。彼女の驚きようは尋常ではなかった。ただ、千鶴は晴明の顔は見知っていたようだった。

「おとうさんに何かあったの？」

開口一番、そう言ったからだ。

千鶴はそれこそ鈴音さんとは似ても似つかない雰囲気の人だった。年齢も秋代より上に見えたし容貌も彼女よりずっと地味だった。ただ、気さくで明るくおおらかな人のようだった。川添が畳に額をすりつけるようにして非礼を詫び、自分がどうして今日、突然やって来たのかを説明すると、千鶴さんはうんうん頷いて、

「そりゃ、あん人のやりようがひどか。晴明さんが怒るんは当たり前たい」

とえらく同情的になった。

「そげなこと何も聞いとらんかった」

川添の実母が亡くなったことは知らなかったようだった。

実母が亡くなり岡山から弁護士が訪ねて来た事実のみならず、実母の遺した資産――それは彼女が両親から受け継いだものだった、を直接息子に渡すようにという遺言状にもとづいて弁護士が会いにきたこと、さらには億に近かった遺産の金額まで包み隠さず川添は千鶴に打ち明けたのである。

夕飯をご馳走になり、川添と二人で小雪の宿題を見てやってから暇乞いをした。

「ときどき、遊びに来てよかですか？　小雪の面倒も見たいし」

川添が言うと、千鶴は、

「ぜんぜんよかよ。ただし、おとうさんには内緒にしときんしゃいよ。私も今日のことは一切あの人には言わんけんね」

と笑顔で答えたのだった。

一度ならず、父親の愛人宅に入り浸るつもりなのかとさすがに呆れ返っていると、

「こいつもまた連れて来てよかですか。勉強はこいつの方が俺より何倍もできますけん」

川添はとんでもないことまで付け加えた。

「もちろんよかよ。姫野さん、えらいよか男ぶりやけん、私は一目見て気に入ってしもうとったとよ」

千鶴は面白そうに頷いている。

帰りの電車の中で、

「もう気が済んだんやないとね。それに、親父さんに一泡吹かせるんなら、千鶴さんから今日のことば伝えて貰うのが一番手っ取り早いんやないと」

と言った。すると川添はしばし黙り込んだあと、

「姫野」

と名前を呼んだ。そして、

「あの人、俺の本当のお袋によう似とらした。小雪をパッと見たときもそげな気がしたとよ。親父のことはもうよか。これからは俺があん人と小雪のことば守ってやらんといかんと思うとる」

と強い口調で言ったのだった。

3

高校二年の二学期から卒業するまでの一年半くらいのあいだ、川添と一緒にさつき荘を訪ねて小雪に勉強を教えたり、みんなで一緒に夕餉を囲んだりを繰り返した。

当初は川添の気が済むまでで、あまり深入りしないし、川添のこともどこかで引き返させようと思っていたのだが、千鶴や小雪と時間を共にしているうちにそんな鯱《しゃちほこ》張った気持ちはいつの間にか飛んでいってしまったのだった。

何より、息子と愛人一家との付き合いを父親の晴久が黙認し続けたのが大きかった。息子が千鶴宅に入り浸っているのはじきに彼の知るところとなったが、千鶴にどう説き伏せられたものか、晴久は一切口出ししてこなかった。

千鶴によると、川添の母親の訃報がもたらされたとき、晴久は一度は川添を連れて前妻の嫁ぎ先だった岡山に向かおうとしたようだった。それを断固として阻止したのが秋代だったのだという。

「だけど、なんでおかあさんはそんなにムキになって反対したんやろう」

川添が意外そうな顔をすると、

「やっぱり秋久君のことば考えたんやろうね」

と千鶴は言った。

「秋久君が何の関係があるとですか」

川添に代わって訊いてみた。

「秋代さんは、きっと秋久君が小さかった頃のことば思い出したんでっしょ。心細い思いばさせたと思っとるんやないの」

「何で？」

「そりゃそうでしょうも。あん人が晴明さんば連れて、亡くなったとはいえ前の奥さんのところに帰っていったら、自分たち母子はまた置いてけ堀やけんね。秋代さんはもう二度とそういう思いばしたくなかったんやろうね。やから、晴明さんには何も言わんようにて釘を刺したんやと思うわ」

「うーん」

まだ高校生の身にはよく分からない話だった。

「ていうことは、千鶴さんも小雪ちゃんと二人でそういうさみしい思いをしとるってことですか」

いまの解説からすると当然そうなると思った。

「あら、姫野君も痛いとこ平気でついてくるね」

千鶴は面白そうにしている。

「まあ、うちたちだってさみしい思いをしてないと言うたら嘘になるよね。あん人は、秋代さんのことが怖くて小雪の認知もしとらんし。もし、あん人に万が一のことがあったら、うちらはあっという間に路頭に迷うわけやからね」

「そげなことは、俺がさせませんけん」

川添がきっぱりと言う。

「晴明さんは、別に何もせんでよかよ」

千鶴は苦笑する。

「おとうさんとのことは、うちが好きで始めたことなんやし。一期一会。そういうときが万が一来たらそれはそれ。うちと小雪は自分たちの力で生きていくだけやけんね」

「千鶴さん、あんまりそげんことば親父に言うて甘やかしたらいかんですよ。あん人は、マジでおかあさんに頭が上がらんのですから」

そこは川添の言う通りだと思った。

こうして、川添が千鶴の家に頻繁に顔を出すのを晴久が黙認しているのも、いざというときは千鶴たちのことを息子に肩代わりして貰おうという弱気のあらわれに違いなかった。そもそもあれほどの資産家が、二人をこんな古いアパート暮らしに甘んじさせている現実が、晴久の器量の小ささを象徴していると言うほかない。

結局、川添は現役で九州芸術工科大学に進学した。東京の第一志望に受からず天神の予備校通いとなってからも大学生の川添とはしょっちゅうつるんでいた。ただ、それまでのようにしばしばさつき荘を訪ねることはなくなった。

どういう風の吹き回しか、川添もそんなに誘ってこなくなったのだ。彼自身は以前同様に頻回に大橋に通っているようだった。

ときどき、

「小雪がどうしても姫野に会いたいって言いよるけん」

と声がかかり、休みの日にみんなで外で食事をすることはあった。

小学校五年生になっていた小雪は最初に会ったときとはまるで印象が異なっていた。

身長も百六十センチ近くになり、地元のバスケットボールチームに入って年中コートの上を走り回っているようだった。

ある日、四人で大橋駅前の洋食屋で夕食をとり、久しぶりにさつき荘まで一緒に歩いて帰ったことがあった。

「姫野さん、勉強そんなに忙しいと？」

二人並んで歩いていると小雪が言う。

「そうでもないよ」

「やったら何であんまりうちには来てくれんと？」

不意に小雪が強い口調になった。よく訳が分からず黙っていたら、

「私は、おにいちゃんやなくて姫野さんに勉強教えて貰ってる方がずっとよかった」

と言ったのだった。

それはいかにも大人びた口ぶりでもあった。

翌年の二月、受験のために上京する数日前に突然、小雪から自宅に電話が来た。そんなことは一度もなかったのでびっくりしながら出ると、

「姫野さん、明日とか会えん？」

と言う。

「どっから掛けとると？」

もう七時過ぎだったが自宅からの電話ではなさそうだった。

「練習が終わってコーチに送って貰っとるとこ。車とめて貰ったと」

公衆電話のようだった。

「何かあったと？」

「姫野さんに渡したいものがあるけん」

「渡したいもの？」

「うん」

どうしようかと迷っていると、

「ねえ、明日の夕方、ちょっとでいいけん大橋の体育館に来てくれん？」

と小雪は言う。

「夕方て、何時頃？」

「五時とか六時とか。私、バスケの練習しとるけん」

午後から予備校に用事があったので、その時間なら行けそうだった。

「そしたら五時に体育館に行くよ」

「ありがとう。姫野さん」

小雪は声を高くしてそう言った。

早めに体育館に着いて、しばらく小雪の練習する姿を見ていた。運動はからきしだったが、スポーツ観戦は好きだったし、選手の能力を見分ける力には自信があった。格闘技だと、これと目を付けた選手はその後必ず世界で活躍するようになったし、野球でもサッカーでも伸びる選手は一目見れば持っている雰囲気の違いが感じ取れた。その伝でいくと、ボールを追いかけ、ドリブルで走り、鮮やかなシュートを決めている小雪の運動センスは他の子たちと比べて抜きん出ていた。

小雪の方が目を留めて、慌てて近づいてきた。手には小さな紙袋を持っている。

「いつから東京行くと?」

体育館の中は冷え切っているが、小雪は額に汗を滲ませている。

「明後日だよ」

「頑張ってね」

そう言って袋を差し出してくる。開けてみると見覚えのあるシャープペンシルとお守りが入っていた。

「そのシャーペン、姫野さんに返す。それ使ったら絶対合格やけん。お守りは近所の神社で貰ってきたと。太宰府に行こうかて思ったけど、太宰府のお守りは誰かくれるやろ」

紫色の袋守りだった。金糸で「無病息災」という文字が縫い込まれている。

「姫野さんに合格お守りは必要ないけど、東京に行ってるあいだ風邪とか引かんでほしいけん」

小雪はちょっと照れくさそうに言った。

「これ、愛用のシャープペンシルの方は、彼女の勉強を見るようになってほどなく、これで期末受けて一番取ったやつやから、小雪ちゃんも使えば必ずいい点が取れるけんね」

と言ってプレゼントしたものだった。

取り出したペンとお守りを紙袋に戻して、

「ありがとう。シャーペンは無事に合格したら返すよ」

と言った。

小雪は笑顔で頷き、細い手を前に出してきた。その手を握る。

「姫野さん、間違いなく合格するけんね」

と大きな声で言うと、彼女は踵《きびす》を返して練習の輪の中に戻って行ったのだった。

4

大学生になっても帰省すれば必ず川添に会っていた。

といっても夏休みと正月に戻るか、またはそのどちらかに帰るくらいだったから、年に一度か二度、顔を合わせる程度だった。専攻もこちらは経済学科であちらは環境設計学科。川添はすでに欧米で流行となりつつあった環境建築を真剣に学んでいた。入学直後から経済学に嫌気がさしてろくすっぽ大学に通わなくなったこちらとは学問に向き合う態度に天と地のひらきがあった。

九州芸工大のキャンパスは大橋だったので、同じ町に住む本村母子とは相変わらず親しく交わっているようだった。たまに二人の話も出たが、何となく小雪のこととなると川添の方に口ごもる印象があった。小雪が病気を抱えているとか、グレてしまったとかそういうことではないのだが、余り詳しく話そうとはしないのだ。

川添は妹を親友に近づけたくないのだろう、と感じた。

考えられる理由は、彼女がこちらに好意を寄せているからとしか思えない。なぜ小雪が自分の親友のことを好きになっては困るのかよく分からなかったが、中学生の妹が大学生の男を慕うこと自体が、歳の離れた兄には耐え難いのかもしれなかった。妹どころか兄弟もいない自分にはおよそ想像のつかない感情ではあったが……。

むろん、小雪を恋愛対象だと感じたことは一度もなかった。

あの年頃の女の子が好意を示すのは、言ってみれば担任教師にラブレターを渡すといったたぐいの、将来に向けた安全な恋の予行演習に過ぎない。

それくらいは川添だって百も承知だろうと思うと、彼の老婆心がいささか滑稽に思えるほどだった。

川添が大学三年のとき、父の晴久が重病にかかった。

急性骨髄性白血病である。

アメリカへの留学を三カ月後に控えた時期で、このときはさすがに弱り切った声で連絡を寄越してきた。最後まで逡巡《しゅんじゅん》は続いたようだが、結局、川添は留学を断念し、父の抗がん剤治療に付き添ったのだった。

東京で彼と会った。

治療を開始するにあたって念のためセカンドオピニオンを受けたいと上京してきたのだ。大学の恩師の紹介で都内の大学病院の血液内科を訪ねたという。

晴久の病態は白血病の中でも深刻な部類に入るようで、

「なんとか寛解に持ち込めるといいんだけど、さっき話を聞いてきた先生も、うちの主治医と同じ意見だったよ。うまくいくかどうかは五分五分かそれ以下らしい」

当時住んでいた東中野のアパートに招き、その晩はすき焼きを作って振る舞った。朝方まで飲んで、川添はほとんど一睡もせずに福岡に帰っていった。

晴久が亡くなりでもすれば、残された千鶴と小雪はどうなるのかという危惧があった。

川添はいまも晴久との関係は悪くないようだったが、その頃までには大橋に通い詰めていることが秋代と秋久の承知するところとなっており、彼らとのあいだは口もきかないくらいに悪化していたのだ。

川添は大学一年の終わりには吉塚の家を出て野間のアパートで独り暮らしを始めていた。実家との関わりは盆、正月も顔を出さないほど疎遠になっているようだった。

晴久亡き後、千鶴たちが丸裸で放逐されるのは目に見えていた。川添としては秋代たちの攻勢に備えるべく準備万端整えておく必要があった。父親ともしっかり意思統一を図っておかなくてはならないだろう。

そうしたことも是非話しておきたかったのだが、実際に顔を見てみれば、そんな縁起でもない話題を持ち出せる雰囲気ではとてもなかった。普段は父親の悪口をさんざっぱら並べ立てていた彼が、見る影もないほどに意気消沈していたからだ。

結局、千鶴や小雪の話は何もしないままに早朝の羽田まで見送りに行った。

東京で川添と会ったのは、それが最初で最後だった。


晴久の抗がん剤治療はどうにか奏功し、川添はちょうど一年遅れでアメリカへと旅立って行った。今回は大学院進学を織り込んでの留学だったから、留学期間は三年から四年と長期にわたる予定だった。

かたやこちらは、就職せずにそのまま小説家になるという甘い人生設計はもちろん破綻し、四年の半ばを過ぎて会社を物色するという無様なことになってしまった。いずれ作品のための財産になればと新聞、テレビの報道畑を中心に入社試験を受けたが全滅だった。最後は父に泣きついて準大手の総合出版社にかろうじて入ることができた。

入社して二年後には、そこから父の作品が初めて刊行され、それも新聞連載をまとめた大作だったので、おそらくはその長編小説を交換条件に息子の入社を決めてくれたに違いなかった。

川添の留学後も入退院を繰り返していた晴久の訃報が届いたのは入社三年目の頃だったろうか。

連絡してきたのは川添ではなく、弟の秋久だった。

秋久は和白の実家に問い合わせて自宅の電話番号を聞いたのだという。

晴久が亡くなったのは十日ほど前で、とうに葬儀も終わっていた。にもかかわらず彼がわざわざ電話してきたのはまったく別の用件だった。

「姫野さん、いま兄がどこにいるかご存じないですか？」

と訊いてきたのだ。

「どこって、お父上が亡くなったんだからそっちに戻ってるんじゃないの？」

面妖な質問に逆に問い返していた。

「それが、兄といまだに連絡が取れないんですよ」

いかにも困惑した口調で秋久が返してくる。

「父が亡くなって、すぐにアメリカの家に電話を入れたんですが誰も出ないんです。それで大学に問い合わせて、父が死んだことを一刻も早く伝えてくれるよう依頼したら二日ほどで折り返しの連絡が来て、兄の所在がどうしてもつかめないというんですよ。向こうはちょうど夏季休暇で学校は休みみたいなんです。ミスター・カワゾエは旅行にでも出てるんじゃないかというんです」

よりによってたった一人の親が死んだときに旅行中とは、とため息が出た。

「だけど、お父上の病状は知ってたんじゃないの。だったら旅に出るとしたって連絡先くらい残していったでしょう」

「僕もそう思うんです。父のことはずっと気にかけていましたし、もうずいぶん悪いというのも、それこそ亡くなる数日前に伝えてあったんです。だから、僕たちに何も告げずに旅に出るというのもちょっと考えにくいんですよ。姫野さんならいま兄がどこにいるか、もしかしたらご存じなんじゃないかと思って、それで電話したんです」

「いやあ、僕は何も知らないなあ。あいつがあっちに行ってからはたまに葉書が来る程度だし、それにしたってもう半年以上前だった気がするしね」

「そうですか……」

秋久は明らかに落胆したふうだった。五歳下の秋久ももう二十歳くらいだろう。彼がいま何をしているのか川添からは全然聞いていなかった。

「もしかして……」

晴久の訃報を耳にした途端に思い浮かべた顔があった。

「千鶴さんなら知ってるんじゃないの。訊いてみた？」

と秋久に言った。

「もちろんです」

「彼女も何も知らなかったんだ」

「はい」

千鶴と小雪は晴久の葬儀に参列したのだろうか。それともこの電話と同様、秋久は葬儀を終えてから二人に連絡をしたのだろうか。川添の実母が亡くなったときのことを考えると後者の可能性が高い気がした。

「たしかに、あの川添がそんな時期に行き先も告げずに家を空けるのはちょっとヘンだね。とにかく、彼と連絡がついたら電話ちょうだいよ。僕の方も何か言ってきたらすぐに知らせるから」

そう言ってその晩はやりとりを終わらせたのだった。

電話を切るとすぐにアメリカに掛けてみた。当時の国際電話はべらぼうな料金だったので、川添と電話で話したのはそれまで二、三度だった。現在のようにネットや携帯でいつでもどこにでも繋がる時代が来るとはあの頃は思いもよらなかった。その後も日を変えて何度か電話を入れたが川添の声を聞くことはできなかった。

一週間経っても十日が過ぎても秋久からは何の連絡もなかった。しびれを切らして吉塚の家に電話してみると、秋代が出てきて、

「秋久はいまアメリカに行ってるんです」

と言う。

「川添は見つかったんですか」

「それがいまだに連絡がつかなくて。それで秋久もたまりかねて向こうに渡ったんですよ」

秋代は心細そうに言った。

「さっそく晴明の住んでいたアパートを訪ねてくれたんですが、もう何日も帰っている様子がなくて、書置きも何も残っていなかったみたいです。晴明の研究仲間や留学仲間にも話を聞いたそうですが、その人たちも、晴明がどこに行ったのか知らないらしくて……」

いくら不仲とはいえ、子供の頃から一緒に暮らした息子が行方不明となれば秋代が途方に暮れるのも無理からぬことに思える。まして夫を亡くした直後なのだ。

「あいつのことだから、よほどの事情で家を空けているんだと思います。とにかく向こうから連絡が来るのを待つしかないし、大学が始まるまでにはさすがに戻って来るでしょう」

そんなふうに言ったが、事態の深刻さはありありとしていた。

川添は何か重大な事件に巻き込まれてしまったのではないか？

ちょうど前年に、テキサスで日本から留学していた高校生が卒業パーティーの最中に民家で射殺されるという衝撃的な事件が起きていたこともあって、悪い想像が鎌首をもたげるのを止められなかった。

5

あれから一体何十年の月日が流れたのだろうか……。

川添はいま、どこで何をしているのだろう？

千鶴の家に電話を入れたのは、秋久から最初の連絡が来て三カ月ほど過ぎた頃だったと思う。もはや川添の失踪は確定的となっていた。さつき荘の電話番号はすでに使われてはおらず、勤務先の川添薬品に掛けると、

「本村はしばらく前に退職しております」

と告げられた。転居先についても、

「何も承知しておりません」

とにべもなかった。

いつぞやの千鶴の言葉が脳裏によみがえってきた。

「おとうさんとのことは、うちが好きで始めたことなんやし。一期一会。そういうときが万が一来たらそれはそれ。うちと小雪は自分たちの力で生きていくだけやけんね」

そんなことはさせない、と断言していた肝腎の川添がいなくなった以上、千鶴はその言葉通りの選択をせざるを得なかっただろう。

――小雪は父親だけでなく、大切な兄までも失ったことを知っているのだろうか？

問い合わせの電話を切ったあと、そんなふうに思ったのをよく憶えている。

それにしても、川添晴明はなぜ、アメリカの地で忽然と姿を消したのか？

秋久の説明によれば、現地でトラブルのタネを宿していたという痕跡もなく、学業での行き詰まりやプライベートでの悩みを抱えていたというわけでもなさそうだった。

地元の警察によって失踪前後の足取りが洗われたようだが、捜査はすぐに暗礁に乗り上

げたらしい。川添がどういう理由でどこへ向かったのか、何一つ手がかりめいたものは見つからなかったのだという。

「行ってみたら分かるんですけど、アメリカと言ってものどかな学園町で治安も日本と変わらないくらいいいんです。あんな町で凶悪犯罪に巻き込まれるなんてとても想像できないし、もしそんな目に遭ったのなら絶対に証拠が残っていると思います」

秋久はしきりにそう繰り返していた。

「まるで神隠しですよ、これは」

とまで言っていたのだ。

誰よりも親しかった人間がいきなりいなくなり、しかも絶交したわけでも死なれたわけでもないというのは、経験すると分かるが、実に中途半端で不愉快で苛立たしいものである。

せめて自分にくらい連絡が寄越せないのか、出奔する前に理由の一つもなぜ明かせなかったのか――相手の身を案ずれば案ずるほど、そうした呟きが口をついて出そうになる。

消息が知れぬまま一年が経ち、二年が過ぎるうちに次第に川添のことを思い出す時間は少なくなっていった。

彼と濃密に関わったのは高校から大学に上がるまでの四年間だけだった。大学以降は東京と福岡に別れてろくに顔を合わすでもなく、留学してからはその顔を見ることさえ一度もないままだった。失踪時点で、淡い繋がりとなった時間の方がすでに長くなっていた。

しかも、彼は別れの挨拶一つ残すでもなく、ある日、唐突にみんなの前から消えてしまったのだ。

第三章　海老沢龍吾郎と『呪術の密林』

1

サラリーマンになってしばらくは仕事を覚えるので精一杯で、小説を書くどころではなかった。新入社員の最初の配属先は通例に従い営業部か商品管理部だった。商品管理部であれば半年間、新座市の倉庫に毎日通うことになる。九時～五時の業務だから学生時代の延長で夜は執筆に勤しむこともできたかもしれない。だが、幸か不幸か営業部に配属となったので、日本橋の本社勤務とはいえ朝から晩まで先輩社員と一緒に書店や取次を回る羽目になった。

仮採用の半年が過ぎ、本採用の時点で正式な配属先が決まる。営業を経験させられた新人はおおかた編集畑に回され、新座の新人は営業や広告、総務といった業務畑に回されることが多かった。

辞令は、「十月一日付ヲモッテ『ノベルス編集部』勤務ヲ命ズ」だった。

ノベルス編集部は、ミステリーノベルスを編集、制作する部署で、十名足らずの編集部員で毎月、十点以上の新作を刊行し続ける激務の職場でもあった。当時のミステリーブームを背景に、ノベルス編集部が社の屋台骨を支えていると言っても過言ではなく、そこに配属されるのは新人にとっては何よりの栄誉となっていた。

学生時代からミステリー研究会に所属し、ミステリー通を自任していた同期たちを差し置いて選ばれたのは、当然ながら父親の威光が働いたからで、それ以外の理由は自分にも周囲にも見つけられなかった。

配属と同時に海老沢龍吾郎《えびさわりゅうごろう》の担当を命じられた。

海老沢はベストセラーを連発する超売れっ子作家で、会社にとって最も大切なドル箱作家だった。その担当編集者に指名されるのは異例と言えば異例ではあったが、実際は、編集担当の専務を筆頭に歴代の担当者たちが下にも置かぬもてなしで彼を遇しており、新人はずらり居並ぶ先輩たちの末席に連なる下働きに過ぎなかった。

海老沢からも初対面のとき、

「おお、きみが新任の丁稚どんかあ」

と開口一番言われた。そして、五年先輩の前任者に向かって、

「中村、お前もようやく丁稚どん卒業だなあ」

と鷹揚な口調で言い、そこで中村はじめ一同大笑いとなったのだった。

ところがである。

この駆け出しの「丁稚どん」が、何度か海老沢の謦咳《けいがい》に接しているうちにえらく気に入られてしまったのである。

もとから海老沢には男色家の噂がつきまとっており、それもあって各社の現場の担当編集者は美形の若い男性陣で占められていた。

海老沢の担当を命じられた、と同期で最も親しかった田丸亮太《たまるりようた》に伝えたときも、

「俺もそうなるんじゃないかと思ってたよ」

と彼は薄笑いを浮かべ、

「海老沢さんは大のお稚児さん好きって話だからな」

と言った。

この田丸は大学のミス研の部長経験者で、同期全員が彼こそがノベルスに配属されるだろうと思っていた人物だった。だが、実際は営業部で一緒に仕事をした四人のうち田丸一人がそのまま営業部残留の辞令を受けたのだった。

「てことは、俺がノベルスに行ったのはそういうこと？」

たしかに前任の中村もかなり見栄えのする男だった。

「こんな言い方は姫野に申し訳ないけどさ、俺じゃなくて姫野がノベルスに行った理由がよく分からなかったんだよな。だけど、中村さんの後任にお前が指名されたって聞いて、なるほどなあと正直思ったよ。俺のこの風体じゃあ、とても海老沢大先生のお眼鏡にかなわないだろうからな」

そう言って田丸は愉快そうに笑ったのだった。

海老沢龍吾郎が「お稚児さん好き」との風評は真っ赤な嘘だった。というか、そんなまことしやかな噂を流して面白がっているのは当の海老沢本人だったのだ。

「あの先生ほどの女好きは見たことがない。ああいう人を本物の漁色家と呼ぶんだろうな」

歴代担当者は口を揃えて言っていた。

「先生は誰とも結婚したくないんだよ。だから、妙な噂を自分で流して、付き合ってる大勢の女たちを煙に巻いてるつもりでいるのさ」

前任の中村はしたり顔で解説してくれたものだ。

事実、海老沢は五十を過ぎていまだ独身だった。もちろん子供もいない。

担当した初めてのノベルスは半年後に出た。いつも通りの書下ろし作品だったが、これがいきなり大ベストセラーに化けた。海老沢の数々のヒット作品の中でも一、二を争う部数を記録したのだ。もとから決まっていた企画だったし、何の手柄でもないのだが、

「姫野は編集者としての強運を持っている」

と海老沢は盛んに持ち上げてくれた。

その作品が、これもたまたま大学時代の友人が勤めていたテレビ局で連続ドラマ化されることになった。その話を友人から直接持ち込まれ、海老沢と三人で打ち合わせを行ったとき、主演に誰を起用するかという話になり、これまた冗談半分の思いつきで、ずっとファンだったとあるロックグループのボーカリストの名前を出した。すると友人がこれに食

いつき、海老沢まで悪ノリしてくれて、あっという間に彼に出演交渉することが決まってしまった。

そして、主演に決まったこのロック歌手の怪演が大当たりを取って、原作本はさらに版を重ねたのだった。

こうして海老沢とのコンビは社内外に響き渡ることとなり、以降の海老沢作品も立て続けにベストセラー化していった。社長賞を二度も受賞し、すっかり有頂天になった。

結局、その慢心が油断に繋がり大事件を引き起こしてしまったのである。

あれは担当になって五作目の海老沢作品だった。ベストセラーが続いたこともあり、海老沢は半ば社の専属のような形でハイピッチで新作を提供してくれていた。その中でもこの五作目は野心作と呼べるもので、いままでの軽妙な探偵小説から一転、従来の海老沢ファン以外の読者にも訴求力を持つ重厚なミステリーを目指していた。海老沢自身も長年あたためていたテーマをぶつけると大いに張り切っていたのだ。

毎週、細切れに届く原稿は、文章からして既存の作品とは一味も二味も違っていた。見事な筆致に、

――この人にもこれほどの文章が書けるのだ。

と驚きを禁じ得ないくらいだった。

つききりで伴走し、三カ月あまりで作品は出来上がった。

ところが完成した作品は、ミステリーにおいて何より重要な最後の謎解きの部分で、大

いなる問題を孕んでいたのだった。

もつれにもつれた家族関係を背景に母親が殺され、その真犯人を突き止めていくというのが大筋だったが、数々の怪しげな人物たちの中で海老沢が最終的に真犯人として持ち出したのは、被害者の実の娘だった。

しかも、女子大生だった彼女が母親を殺した理由というのが、母親に対する嫉妬心ゆえだったというのだ。直截《ちょくせつ》な表現は避けているものの、海老沢は作中で娘と小説家である父親との近親相姦を色濃く匂わせて物語をしめくくっていた。

このラストは余りにも唐突で、それまで紡がれてきたストーリーとの整合性に著しく欠けていると言わざるを得ないものだった。

幾ら意外性を狙ったとはいえ、これでは作品自体が台無しになってしまう。作家としての可能性を大きく広げるせっかくの作品をこんな通俗的な幕切れで片づけてしまう海老沢の神経を疑った。終盤の十数枚の原稿――それは真犯人であった娘の独白だったのだが、を読了したときは正直、啞然を通り越して怒り心頭に近い気持ちになったのだった。

すぐに編集長にも原稿を読ませ、彼もまったく同意見である点を確認した。

そのうえで、改稿を促す長文の手紙を慎重に言葉を選んで書き上げ、その日のうちに速達で海老沢宛に送ったのだった。

仮に作家である父親と真犯人の娘とが異常な関係にあったとしても、それで娘が嫉妬に駆られて実の母親を殺害するというのは、幾らなんでも無理があると言いたかった。

もし娘が罪を犯すならば、自分を幼い頃からおもちゃのように扱ってきた父親に対してであろうし、そうした家族関係ならば誰より殺意を持つのは殺された母親のはずで、この場合も殺害相手は愛娘を性的に虐待し続けてきた夫である小説家にほかならないのではないか？

自分としては至極もっともなことを書き送ったつもりだった。

だが、二日経っても三日経っても海老沢から返信はなかった。これまでであれば、手紙を一読するやすぐに電話が来て、彼の世田谷の仕事場に馳せ参じるというのが通例だったのだ。

四日後、短い手紙が届いた。

内容を一行たりともあらためるつもりはなく、もしこのままで不採用ということであれば原稿そのものを引き揚げる、というかつてない最後通牒ともとれる不穏な文面だった。

手紙を読んだ瞬間の、胸底が一気に凍りつくような感触はいまも忘れることができない。

編集長も一読して顔色を変えた。

「姫野君、きみは一体どんな手紙を書いたんだ」

さっそく自分の責任を免れようとする発言が彼の口から飛び出した。

「もちろん編集長と先日話し合った内容を、できるだけ丁寧にお伝えしただけです」

と答える。

編集長は苦虫を嚙み潰したような顔になった。さっそく海老沢と最も親しい専務と三人で海老沢の仕事場に出向いた。もちろん突然の訪問である。

ところが海老沢の対応はまったく予想外のものだった。

「今回はこの姫野が不躾なお願いをしてしまい、先生にはまことに申し訳ありませんでした」

専務が真っ先にそう言って深々と頭を下げ、編集長も、

「今後は私が直接、作品の担当をさせていただきたいと考えております」

とあたかも担当を外れるのは当然という物言いをした。行きのタクシーの中で海老沢に送った手紙の複写を二人に読ませ、

「まあ、この文面なら問題ないよなあ」

と口々に慰めてくれていたのがまるで信じられなくなる光景だった。

むしろ助け舟を出してくれたのは当の海老沢の方だった。

「いやいや、別に姫野君の手紙でカチンときたとかそういうのではないんだよ。ただ、次の仕事もあるものだから、これはこれで最終的判断は読者に委ねてみようと思っただけでね」

海老沢は笑みを浮かべながら言ったのだった。ただ、最後に、

「もうこの件は、これで水に流しましょうよ」

としっかり釘は刺してきた。

刊行された作品の売行きは最悪だった。

三十万部でスタートし、大宣伝を打ったにもかかわらず再版するどころか初版の半分近くが売れ残る惨敗だった。突然かつ不自然極まりないラストへの批判はやはり大きかった。

海老沢からの陰湿ないじめが始まったのはそれからのことだ。

たとえば各社の担当者たちと一緒に海老沢を囲んで、彼が渋谷で愛人にやらせているクラブで飲んでいると、朝方になっていきなり、

「おい、お姫様、築地までマグロを買いに行って来い」

と海老沢から言われる。

酔うと「お姫様」と呼ぶようになったのも例の一件のあとからだった。

仕方なく店を出ると、さすがに気の毒に思った他社の編集者が一緒についてきてくれる。夜も明けきらぬ冬の場外市場でとびきり値の張るマグロの刺身をたっぷり買って店に戻ると、

「おいおい、わさびはどうした？」

とすぐさま因縁をつけてくる。また二人で築地に向かおうとすると、

「お姫様一人で行って来いよ」

と追い打ちがかかる。

渋谷からタクシーで場外市場まで戻り、わさびと下ろし金を求めて店に帰ると、海老沢はママに頼んでわさびを山盛りすらせ、それをマグロの切り身にてんこ盛りにして、

「味見だ。お姫様、食ってみろ」

と目の前に突き出してくるのだ。

醬油もつけずにわさびまみれのマグロを頰ばると、余りの辛さにさすがに吐き出してしまいそうになる。必死で我慢すればどうしたって涙が溢れてくる。

それを見て海老沢は愉快そうに、

「こいつマグロ食って泣いてるぞ。お姫様、そんなにうまいのか」

と大笑いするのだった。

各社の担当者たちも海老沢の毒気に当てられてお追従笑いを浮かべるしかない。義俠心を出して文句でもつけようものなら今度は自分に嫌がらせのお鉢が回ってくるのだ。

そうしたことが一年以上にわたって何度となく繰り返された。

川添が留学先のアメリカで失踪したという知らせが届いたのは、ちょうどそんないじめがピークを迎えていた時期だった。

それもあって、彼の身に起きた重大な異変に注意を振り向けることができなかった。自分自身のことで精一杯で、彼のために何かしてやろうという余裕はまったくなくなっていた。

本来であれば、父に相談すべきだったのかもしれない。

しかし、その頃には父との関係も疎遠になっていた。無理やり押し込んで貰った会社でトラブルを抱えたからといって親に泣きつくような真似はしたくなかった。

父との不仲については海老沢にも話していたので、それが悪い方へと作用した感は否めない。そもそも海老沢はすでに文壇で重きをなしていた父に対して面白くない気持ちを抱えているようだった。あの姫野伸一郎と反りが合わない一人息子だからこそ、彼はその息子に肩入れする気になったのだ。

そこを察知して、こちらも父との不仲を誇張して伝えてきた一面もあった。

それにしても、海老沢がどうしてここまで陰湿な嫌がらせを仕掛けてくるのか？

渾身の一作と自らは信じた原稿にしたり顔で注文をつけてきた担当のことが何としても許せないのか。挙句、彼が指摘した通りの批判を浴びて、なおさら面目を潰された心地になったのか。しかもその男が、日頃から嫌いだった時代小説の大家の子息だというのが余計に癇に障ったのか。

海老沢は売れっ子作家の御多分に洩れずクセのある人物だった。だが、どんなにわがままでも根っこのところでは気配りに長けたやさしさを持ち合わせてもいた。そんな彼が、たった一作のことで共に連戦連勝を重ねてきた担当編集者をいじめ抜くのは非常に不可解でもあったのだ。

一年を過ぎた頃、ようやく真相が判明した。

ある日、突然専務に呼び出された。役員室に入ると、

「姫野君、きみ、小説を書いているらしいね。前回のG社の新人文学賞の最終候補に残ったそうじゃないか」

と切り出してきた。

　これには仰天した。

　誰がそんなことを洩らしたのか。

　最終候補作に残った時点でG社の文芸誌の編集者から連絡を貰った。そこで初めて自分の勤務先を伝えたのだが、彼には厳重に口止めをしておいた。向こうも相手が同じ文芸編集者だと知って、

「分かりました。僕と編集長以外には誰にも知らせません。もし当選した場合もしばらくは覆面のままでいきましょう」

　と固く約束してくれたのだった。

「誰がそんなことを……」

　否定も肯定もせずに専務に問い返してみた。

「海老沢先生だよ。私は、その話を聞いて驚いたよ。先生の前でとんだ恥をかかされてしまった」

　この瞬間、すべてが腑に落ちたのだった。海老沢がなぜあれほどの嫌がらせを続けてきたのか、その理由がはっきりと分かった。

　海老沢の〝文学コンプレックス〟は尋常ではなかった。見ていて滑稽に感じるほどと言ってもよかった。もとは純文学作家を目指して文学修業を始め、彼が若い頃に所属していた同人誌の仲間の中には純文学の登竜門と呼ばれる文学賞を受賞した者や、同じく中間小

説の登竜門と言われる大きな文学賞を受賞した者も幾人かいた。そうした文学賞ホルダーに対する海老沢の敵愾心《てきがいしん》はたいへんなものだったし、父を嫌っていた理由の一つは、父がそうした文学賞の選考委員に名を連ねていたからでもあった。

まして、最終候補に残ったG社の新人文学賞は、青年時代の海老沢が当選を目指して何度も応募を重ねたもので、しかも彼の場合は一次選考を通過することさえなかったのだ。そのこともあったから最終候補の連絡が届いたとき、絶対に内密にしてくれるよう、わざわざ海老沢の名前まで出して依頼したのだった。

「姫野さん、それはバレたら大事ですね」

と向こうも真剣に相談に乗ってくれたのである。

いつぞや、海老沢を案内した銀座の文壇バーで、著名な文学賞の選考委員を務めている純文学作家と偶然に出くわしたことがあった。むろん海老沢は作家とは一面識もなかったのだが、挨拶のあと互いのボックス席に分かれるや否や、

「俺があいう連中を食わしてやってるんだ」

とぶつぶつ言い出し、浴びるように飲んで、同席した社の幹部連にとどまらずホステスたちにまで当たり散らしたこともあった。

就業規則で、他社の雑誌への寄稿、他社からの出版などを行う場合は、事前に会社に届け出るようにと定められていた。文学賞への応募が寄稿、出版に該当するかどうかは玉虫

色だったが、仮に受賞すれば当然、応募作は他社の雑誌に掲載され、その後単行本化されるため、結果的には届け出の対象ということになる。

　要するに他社の出版物に何かを書いたり、そこから作品を出版するのは社員として罷《まか》りならぬというのがこの就業規則の秘めた眼目なのであった。

就業規則違反を問われて戒告処分を受け、ノベルス編集部からの異動を通告された。

次の配属先は資材製作部で、およそ二十代の若手が回されるような部署ではなかった。

海老沢龍吾郎の逆鱗に触れた社員として、わずか数年で編集者失格の烙印を捺されてしまったのだった。

　後任は田丸亮太だった。

　その人事を耳にして、ようやく海老沢に密告したのが誰であるのかに気づいた。G社の新人文学賞の最終候補に残ったことを打ち明けた相手は、当時付き合っていた女性と同期の田丸の二人きりだった。

　それでも、恋人はもとより田丸をも疑わなかったのは、彼を本物の親友と思い込んでいたからだった。情報洩れはやはりG社の関係者からだろうと推量していたのだ。

　田丸を会議室に呼び出して真偽を確かめると、

「本当にこんなことになるなんて思いもしなくてさ、海老沢先生のサイン会を紀伊國屋の本店でやったときについぽろっと口を滑らせてしまったんだよ。具体的なことなんて何も言ってないよ。姫野も作家の息子だからいずれは小説家になりたいと思ってるみたいだって、それだけ言ったきりなんだから」

田丸は顔色を変えて弁解した。

「へぇーそうなの、って先生が笑顔になって、じゃあ姫野君もどこかの新人賞にでも応募すればいいじゃないか、今度僕からもアドバイスしておこうっておっしゃるから、G社の新人文学賞にはこの前応募したみたいですよって。もちろん最終候補に残ったなんて話は絶対にしてないよ」

紀伊國屋書店本店でのサイン会は例の新作を刊行した直後に開いたものだった。

これですべての平仄《ひょうそく》が合った。

海老沢からの執拗な攻撃で、当時は心身ともにグロッギー寸前の状態だった。とりあえず真相
田丸の密告が故意であれ過失であれ、もはやどうでもいい気がした。とりあえず真相とと思しきものを知った上で海老沢の担当を外れるのであれば、いまさら異存はなかった。

そもそも死ぬほど小説家になりたい人間が、別の小説家の担当編集者を続けるのは土台無理な話だった。海老沢の嫌がらせに耐えることができたのも、心の底にそうした乾きった諦念が横たわっていたからでもある。

田丸に裏切られたこともまた、失踪した川添への関心を薄くする一要因になった。

親友だなんだと言ってみたところで、互いの利害が相反したり、自らの関心事に心を奪われてしまえば相手の身の上など微塵も顧慮しなくなる——それが人間なのだと思い知ったからだ。

2

半年ほど悠季の面倒を見た。

そのあいだにも藤谷は幾人かのベビーシッターを試したようだった。五人目までいったところで、ようやく悠季のお眼鏡にかなう女性が見つかったという。

悠季を預かった最後の週は、土曜日に藤谷がお気に入りのレストランに招待してくれた。店は歌舞伎座の近くで、築地の仕事場から歩いてすぐだった。藤谷には他に仕事場があることは相変わらず伝えていなかったので、彼女がそんな場所を指定してきたのがいささか不思議に思えた。

ビストロ風のフレンチだったが味は良かった。なかでものどぐろを使ったブイヤベースは絶品だった。

「長いことありがとうございました」

乾杯のあと、悠季と並んで向かいに座った藤谷が頭を下げる。

「取材期間とすればちょっと短かったかもしれないな」

「申し訳ありません」

律儀に謝ってくる。

この女性が〝アメリカのバイク乗り〟に惹かれたのはよく分かる気がした。

「で、どうだった」

悠季に向かって話しかけた。

「彼女は合格だったわけか」

「バッチシ」

悠季が頷く。

「合格って？」

怪訝そうな目で藤谷が隣の娘を見る。

「悠季にちょっとした知恵を授けておいたんだよ」

「知恵？」

今度はこっちを向いた。

「まずは五人、面接しろってね。そして毎回、必ずマンションの入口のところに立って彼女たちの姿が見えなくなるまでずっと見送っていればいいって言ったんだよ」

すると、ストローでジュースをすすっていた悠季がグラスをテーブルに置いて、

「一番たくさん振り返ってくれた人にしなさいって、おじちゃんに言われたの」

と言った。

「最初の人が三回でしょ、次が二回でしょ、その次が三回でしょ、そして中里さんが四回、最後が二回だったでしょう。それで決めたの」

思い出し思い出しの口調で悠季が言う。

「そうだったの。だから、中里さんにしたのね」

「そうだよ」

「おかあさん、全然知らなかったわ」

「四回は合格だな」

そう言うと、悠季はなぜだかちょっと照れくさそうな表情になる。この子ともう会えなくなると思うとさみしかった。

「で、その中里さんって人は幾つくらいなの」

「まだ女子大生なんです。新潟の生まれらしくて、前のシッターさんと同じなんです」

そういえば辞めたシッターは実家のある佐渡島に帰ったと藤谷が言っていた。

「うちと同じで母子家庭で育ったみたいで、話を聞いてみると結構な苦労人なんですよ。でもとっても明るい子で、私もこの人がいいとすぐに感じたんです。なのに悠季があと一人どうしても連れて来てくれって言うんでヘンだなと思ってました。なるほどそうだったんですね。先生がそんな知恵を授けておられたんですね」

「まあね」

と言ってワイングラスを持ち上げる。ウエイターおすすめのブルゴーニュだったが、深みのある美味いワインだった。最近は節酒に励んでいた。焼酎やウィスキーといった度数の高い酒はやめて、もっぱらワインばかり飲んでいる。初めのうちは却って二日酔いが重くなったが、そのうち気にならなくなり、そうこうしているうちに酒量も次第に減ってきていた。

「最近、別れた夫からしょっちゅうメールが来るんです」

デザートまできたところで藤谷が言った。悠季は黙々とアイスクリームの盛り合わせにスプーンを入れている。

「メールって？」

「そろそろアメリカに来ないかっていうんです」

「また一緒に暮らしたいって言ってるの？」

「そうみたいです」

藤谷は例によって気持ちの見えない表情をしている。

基本的に彼女は状況主義者であるらしかった。与えられた状況に最適の反応をするのは得意だし、へこたれないだけの忍耐心も持ち合わせているが、真っ白な紙を前に置かれて「好きに線を引いて下さい」と言われると尻込みしてしまうタイプだ。

「向こうでバイク仲間ができて、その人がやっている会社に誘われてるみたいなんです。月に半分働けばあとは好きにしていいって言われてるらしくて」

「どんな仕事？」

「そこはバイオ絡みの会社のようなんですが、彼はもともとウェブデザインとかやってた人なんで業種はあんまり関係ないんですよね」

ウエイターを呼んでエスプレッソをダブルでおかわりしてから、

「だったら、悠季を連れて向こうに行っちゃえばいいじゃない」

と言った。

「そうでしょうか」

「きみだってこのままあの会社にいても先は知れてるだろう。だいいちあそこ自体がいつまで存続できるかも分からないと思うしね」

この四月に悠季は小学校に上がる。アメリカに行くにはいいタイミングだろう。

「わざわざ二人でアメリカに行くんですか……」

「それとも、いまの人の方がいいわけ?」

声を少し絞って訊いてみる。

「そのことはどうでもいいんですけど」

藤谷はあっさり言った。

「最近ね……」

届いたエスプレッソを一口すすって少し彼女の方へ身を乗り出す。

「きみのだんなさんの話を聞いたせいか、もう三十年以上も前に別れた高校時代の親友のことをたまに思い出すんだよ」

話の先が読めず、怪訝な顔になっている。

「彼は、大学のときにアメリカに留学してね、そのまま行方不明になってしまったんだ。何しろ昔の出来事だし、ほとんど忘れかけてたんだけど、あの話を聞いてからは、何だか、彼もきみのだんなさんみたいにバイクに乗ってアメリカ中をいまも走り続けてるような気がしてね。アリゾナあたりの赤茶けた大地をハーレーかなんかに跨って颯爽と駆け抜けてる、そういう彼の姿がなぜだか目の裏に浮かんでくるんだよ」

これは本当だった。

〝アメリカのバイク乗り〟の話を聞いて以来、ひょろ長いという形容がぴったりだった細身の川添が真っ直ぐなハイウェイを疾駆するさまが映像となってときどき脳裏に映し出されてくる。

「そうなんですか」

その話と自分たちのアメリカ行きとにどんな繋がりがあるのだろうと藤谷は考え込んでいるふうにも見える。

「ま、別にきみたちの話とは何の関係もないんだけどね。ただ、きみのだんなさんは案外捨てたもんでもない気がするんだよ。僕のその友人も素晴らしいやつだったからね」

話にちゃんとした蓋をする心地でそう言っていた。

新聞の訃報欄で海老沢龍吾郎の死を知った。

亡くなったのは数日前で、通夜・葬儀は近親者のみで執り行ったとある。かわりに一カ月後、お別れの会を催すことに決まったようだった。場所、時刻は未定で追って発表するとされていた。

さっそくK書店の吉岡君にメールを送り、お別れの会の日取りと会場が知れたら連絡をくれるように頼んでおいた。

いまとなっては海老沢との関わりを知っている編集者はほとんどいないだろうから、いきなりそんなメールを受け取って、向こうも奇異に思っているのかもしれなかった。しかし、「了解いたしました」という簡単な返事は来たが、どうしてまた？　といった質問は何も記されていなかった。それはそれで放っておくことにする。

一週間ほどしてふたたびメールが届いた。日取りと場所を記したあと、末尾に、

「ご出席のおつもりでしたら、車でお迎えに参上します」

とあったので、

「まだ出欠を決めかねているため、ご無用に願います」

と返信を打っておいた。そのメールで、実はかつて海老沢の担当編集者をしていたことがあるのだと伝えておいた。

手首の裏のプラスチック化は元通りに戻っていた。かわりにいまは両足の膝小僧と右の腰骨の先っぽが透明になっている。膝小僧の方はそれぞれ交互に三日か四日でぽろりと取れて、翌日にはまたプラスチックの膝小僧が生えてくるのだった。

膝や腰であればファンデーションで隠す必要もない。人前に出るのに不都合はなかった。

当日まで悩んだ末、出席と決めた。

会場がホテルニューオータニで、車で行けると分かったこと、そして、その日の天気が桜の季節にはめずらしいほどうららかであたたかだったことが背中を押してくれたのだっ

た。

開式は午後五時となっていたので、五時少し前に会場に到着すると、すでに献花のための長蛇の列ができていた。係員の指示に従って横五列で献花台の前に並ぶ。前と言っても献花台ははるか前方で、天井から吊るされた巨大な海老沢の遺影以外は何も見えない。平服で構わないとメールにあったが、誰もが礼服かダークスーツに黒ネクタイを締めている。女性たちも礼服姿がほとんどだった。

献花の前に二人が弔辞を読み上げた。一人は、海老沢のヒットシリーズの主人公をテレビで繰り返し演じた有名俳優で、もう一人は大学時代の同級生だった。最近は真っ白な顎髭をたくわえているはずのその俳優の姿も、かつて気象庁長官を務めたという同級生の姿もちっとも見えなかったし、弔辞の内容もうまく聴き取れなかった。

俳優も歳も歳、同級生に至っては海老沢と同じ八十九歳なのだから、幾らなんでも老いぼれ過ぎだった。彼らに弔辞を読ませるのは酷というものだろう。

海老沢もまたつくづく過去の人と成り果てていたというわけか……。

献花するだけで二十分以上かかった。遺影を仰ぎ見て合掌する。何一つ感慨はなかったが、かねて彼には感謝するところなきにしもあらずではあった。あそこで見限ってくれたおかげで文筆の道に進む踏ん切りがついた。資材製作部に飛ばされてからは仕事そっちのけで小説修業に励み、小雪との再会を経て会社を辞めた。自分を作家にしてくれた最大の功労者はむろん小雪だが、考えようによっては海老沢もその一人に数えていいのかもしれない。

デビューしてからは海老沢の全盛期には遠く及ばないもののベストセラーも何冊か出した。作品に対する評価で見るならば、いまの自分は海老沢とは別次元の場所に立っている。

とうとう海老沢と再会することは一度もなかった。

パーティーなどにも滅多に顔を出さなかったし、出したところで会う機会はなかっただろう。彼もまた大のパーティー嫌いだったからだ。ここ十数年は新作も出なかった。作家としてはとうに終わりを迎えていた。晩年の消息も耳にしたことがない。

献花を済ませると、大きな衝立の向こうへと係員に誘導される。

衝立の先は広い宴会場になっていて、大勢の人たちが飲み物を片手に談笑していた。適度な間隔でテーブルが配置され、ロングスカートのバンケットガールが皿やグラスを持って人々の間を縫うように行き来している。見知った顔も大勢集まっており、それこそ何かの文学賞の授賞パーティーと同じような雰囲気だった。

誰かに見つかるのも嫌だし、各社の担当者と出くわすのも面倒だった。少なくとも吉岡君はきっとこの中にいるに違いない。

広い宴会場を突っ切って出口に向かおうとしたところで、

「お久しぶり」

背後から声を掛けられた。

銀髪の痩せた男が目の前に立っている。海老沢同様、それこそもう十年以上は顔を合わせていない相手だったが、一目見て懐かしさが込み上げてきた。

「石坂さん」

ノベルス編集部にいた頃の上司、石坂禄郎《ろくろう》だったのだ。

例の事件のとき専務と彼と三人で海老沢の仕事場に頭を下げに行った。専務の方はとうの昔に鬼籍に入っている。

「お元気でしたか？」

通りかかったバンケットガールから赤ワインのグラスを貰う。石坂はウィスキーグラスを手にしていた。

「おかげさまで。といってももう今年で七十五ですよ」

あの会社で石坂は常務まで上がり、社長レースに敗れて退任したはずだ。それにしても十年近く前の話だった。髪が真っ白になったほかは変わりがない。「お元気でしたか？」と訊くのが野暮なくらいだ。

「姫野さんこそ相変わらずご活躍で何よりです」

「僕ももう今年で五十八です。お互い信じられないような年齢になりましたね」

現役を離れた石坂とこれといって話すネタはないのだが、それが逆に心地よい。

「海老沢さんとはずっと付き合いが続いていたんですか？」

何となしに訊ねると石坂はわずかに顔を曇らせた。

「五年くらい前まではたまにお目にかかってたんですよ。先生は最後まで独身だったんで、八十過ぎて自分から介護付きマンションに引っ越しましてね。そこにちょくちょく遊びに行かせて貰って二人で日がな碁を打ったりしていました」

「そうだったんですか」

「だけど、五年前に脳梗塞をやっちゃって。それからはもう全然会ってくれませんでしたね。ああいう人だし、自分のそんな姿を誰にも見せたくなかったんだと思いますよ」

「なるほど」

海老沢にはたしかにダンディな一面があった。

「でも、姫野さんの話はよくしてらっしゃいましたよ」

そこで、石坂が意外なことを言った。

「僕の話をですか？」

「そうそう」

笑顔になって大きく頷いている。

「姫野さんの作品は全部読んでおられましたしね」

さらにびっくりするような話だった。

「姫野さんが作家になって、先生はすごく喜んでいたんです」

「本当ですか？」

「もちろん、もちろん」

あの海老沢がどうして？　にわかには信じがたかった。

彼にさんざんいじめられ、編集部からも放逐された。デビューまで十年以上の歳月を費やしたものの何とか作家になりおおせたとき、真っ先に溜飲を下げたのは海老沢に対してだった。自分が活躍すればするだけ彼は面白くないはずだと思うとやりがいさえ感じた。

その海老沢が自分の書いた作品を全部読んでいたというのは意外や意外だ。こっちは三十年余り、海老沢の書いたものなど一行だって読んだためしがない。

「あいつとはいろいろあったけど、結果的にはあれでよかったんだっていつもおっしゃっていましたよ」

「そうだったんですか」

何とも返事のしようがなかった。

「だけど……」

石坂が含み笑いのような表情を浮かべた。

「あの頃は面白かったですね。作家と編集者との関係もいまみたいに他人行儀じゃなかったし。例の手紙のあと、先生と姫野さんもずいぶん長いあいだガンガンやり合っていたでしょう。ああいう熱い関係なんていまじゃとてもあり得ないですよね」

「例の手紙？」

石坂が何のことを言っているのかよく分からない。

「姫野さんが『呪術の密林』のときに先生に出した手紙ですよ」

石坂が念を押すような言い方をした。『呪術の密林』こそが、海老沢が謎解きの段階で唐突に近親相姦を持ち出してきた問題の作品だった。

「しかし、あれは凄い手紙だった。さすがの先生も最初はカンカンだったですよね。でも、私はあとから姫野さんにあの手紙を読ませて貰って、正直、姫野さんは作家になるべきだと強く感じたんです。先生も、姫野さんが担当を外れたあとで同じようなことを話されていました」

専務と石坂には海老沢の仕事場に謝罪に向かうタクシーの中で手紙を読ませた憶えがあった。そのときのことを言っているのだろうか？

「そのあともお二人はいろいろ凄かったですよね」

「凄かった？」

彼の話しぶりに微妙な違和感を覚える。どうやら石坂は過去の出来事を美化し過ぎているきらいがあるようだった。

「ほら、一緒に築地にマグロの刺身を買いに行ったことがあったじゃないですか」

「あのとき、石坂さんが一緒に行ってくれたんでしたっけ」

「そうですよ」

石坂が嬉しそうに笑う。

てっきり他社の海老沢担当だと思い込んでいた。ただ、具体的に誰だったか思い出そうとすると顔も名前も浮かんでこない。石坂が嘘をついているはずもないから、そこは自分の記憶違いなのかもしれない。

「シエルでいつものようにみんなで飲んでいたら、急に先生がマグロの刺身が食いたいってわがまま言い出して。それで、私と姫野さんがご指名を受けて築地まで走ったじゃないですか」

それは記憶と一緒だ。ただ、石坂も共に「ご指名を受け」たというのはニュアンスが異なるような気もする。

「それで、刺身を買って帰ったら、今度はわさびを買って来いって言われちゃってね」

あくまで石坂は愉快そうだ。

「シエルのママが気を遣ってくれて練りわさびを出してきたのに、そしたら今度は姫野さんが意固地になって、もう一度買って来るって一人で築地に引き返しちゃった」

「そうでしたっけ」

「そうですよ。おまけに生わさびと大きな下ろし金まで買って来て、千鶴ママにたっぷりすらせて、先生とわさびの食べ比べっこまで始めるんだから、あれには一同唖然呆然でした」

「食べ比べって?」

予想外の話の展開に思わず声がつり上がった。

「姫野さん、憶えてないんですか?」

「はい。まったく」

「たしかにお二人ともべろんべろんでしたもんね」

石坂が面白そうに笑う。

「とにかく、お二人は会えばまるで実の親子みたいに喧嘩ばかりで、見てるこっちは冷や冷やものでしたよ。あのときも姫野さんの方が、マグロの刺身にわさびをてんこ盛りに盛って、『先生、先に泣いた方が負けですよ。どうですか、やりますか？』って自分の財布のお金を小銭まで全部テーブルにぶちまけちゃったんですよね。先生もああいう人だから『面白いじゃねえか』とかなんとか言っちゃって」

「石坂さん、それ、本当ですか」

「本当も何も、そしたら姫野さんの方が先にわんわん泣いちゃって、あのときの涙目になって大笑いしてた先生の声はいまでもこの耳にはっきり焼きついていますよ」

残っていたワインを飲み干し、バンケットガールに水割りを注文した。石坂もグラスを空にして同じものを頼む。顔色ひとつ変わっていない。そういえば彼は業界一とも称された大酒豪だった。

「じゃあ、やっぱり海老沢さんが一番怒ったのは、『呪術の密林』の件じゃなくて僕が内緒で小説を書いていたってことだったんでしょうね」

「まあ、そうでしたね。あれは先生もショックだったと思いますよ。でも、姫野さんに担当を外れて欲しくないっていう気持ちが強かったのも事実で、先生もずいぶん悩まれたと思います。それでもやっぱり、姫野さんには書く道を選んで欲しかったんじゃないかなあ。

だから、悩まれた末に木崎さんにもそういう話をしたんだと思います」

木崎というのが海老沢と懇意にしていた専務だった。

「なるほど……」

いまさらながら、周囲の見る目と自分自身の受け止め方との落差を痛感する。それにしても自分の記憶と石坂の記憶とでは隔たりがあり過ぎるようにも思えた。一体どちらの記憶が正しいのか？

「おやおや。お二人で密談ですか」

そこへ、これまた聞き憶えのある声がした。振り向くとずんぐりむっくりのダブルスーツの男がウーロン茶のグラスを持って立っている。

「やあ、お久しぶり」

石坂がさらなる笑みを浮かべて男を見た。

「お久しぶりです」

男が丁寧に頭を下げる。そして、

「さすがに今日は来るだろうと思ったよ。吉岡は、『どうだか、まだ分かりませんよ』なんて言ってたけどな」

今日の件でメールのやりとりをしたK書店の吉岡君の名前を口にした。

「いま二人で海老沢さんの話をしていたんだよ」

と石坂が言う。

「海老沢さんという人は相当に分かりにくい人だったからなあ」

　ダブルスーツは言い、

「海老沢さんと本当の意味で深い付き合いができたのは、姫野一人だったと僕は思いますよ」

　と付け加える。その言葉もまた意外だった。

「いやあ、私もちょうどいま姫野さんに、そういう話をしていたんだよ」

「僕も前の会社で担当を引き継いだあと、海老沢さんからしょっちゅうこいつの話を聞かされてましたからね」

「でしょう」

　石坂が我が意を得たりという顔になった。

　黒のダブルスーツに身を包んだずんぐりむっくりのこの男こそが、自分を作家として世に送り出してくれた恩人であり、現在はK書店の社長を務めている田丸亮太であった。

3

　数年にわたって原稿のやりとりをしたJ社の編集者は、結局一度も採用してくれることがなかった。

　長編にしろ短編にしろ、原稿を送ると毎回しっかりと読み込んだうえで丁寧な感想を寄越してくれるのだが、作品を社内の出版企画に乗せてくれたり、小説誌への掲載を図ってくれたりといったことは一切なかった。

いま思い返してみると、一体彼はどんな小説を望んでいたのだろうと首を傾げてしまう。ただ、せっせと原稿を書いては送り、それが彼のお眼鏡にかなう日を切望していた当時は、大手の版元で敏腕と噂されていたその人の眼力を寸毫《すんごう》も疑ったことはなかった。

在職中に一度G社の新人文学賞の最終候補になった以外は、新人賞にもまったく残らなくなった。むろんJ社の彼に駄目出しされた作品も書き直して応募してはいた。だがほとんどが一次選考も通過しないありさまで、我が身の力不足を嘆くほかなかった。

田丸亮太から突然電話が来たのは、もう四十歳に手が届こうかという時期だった。

彼の声を聞くのは会社を辞めて以来で、すでに十年近くの歳月が過ぎていた。

田丸が三年前にK書店に転職していたこともそこで初めて知ったくらいだった。後任としてノベルス編集部に異動になってからはずっと編集畑を歩いてきたようだった。

「今度、K書店で書下ろしの文芸シリーズというのを始めることになってね。ついては姫野に長編を一本書いて貰いたいんだ。半年後にはスタートするんで、もうあんまり時間はないんだけどね」

最初の電話で田丸はあっさりとそう言った。新人賞一つ受けたわけでもなく、短編一本雑誌に発表したわけでもないずぶの素人にそんな頼み方をする編集者など滅多にいるものではない。すると、電話口で田丸もこちらの疑心を察したのだろう、

「心配しなくていいよ。俺が編集長で全権を握ってるんだ。姫野の長編は絶対に出版させて貰うからさ」

とまで言ったのだった。

翌日には門前仲町の喫茶店で久々に田丸と顔を合わせていた。

「俺もミステリーの世界じゃ結構鳴らしてきたんだけどね」

田丸はこれまで担当してきた人気作家の名前と作品名を挙げてみせた。どれもベストセラーとなって世間の耳目を集めたタイトルばかりだった。

「だけど、K書店ともなるとミステリーだけじゃ駄目みたいなんだよ。文学オタクがわんさかいて、幾ら部数を稼いでも文学性がどうのこうのと難癖ばかりつけてくるんだ。そうなると俺としても文学でパフォーマンスを見せとかないと今後が覚束ないってわけなんだよ。それで思い切って今回の文芸シリーズを起ち上げたんだけど、そっちはそっちで名前のある先生や売れてる先生は社内の担当ががっちり握ってて手放さないんだよな。だとすると俺的には何としてでもド新人を売り出して、大きく当てて貰うしかないのよ。で、あれこれ考えていたら、そう言えば姫野がいたなと思ってね。とりあえず声を掛けさせて貰ったってことなんだよ」

田丸はあけすけに台所事情を打ち明け、

「姫野だったら毛並みは抜群だし、デビューすれば話題になること間違いなしだからな。時間がないから新作とは言わないよ。これまで書き溜めたものがあるだろう？　とりあえずそれを全部俺に読ませてくれないか」

と持ちかけてきたのだった。

「原稿だったら段ボール箱三つ分も四つ分もあるけど、でも、全部J社の編集者に返された原稿だしね。とても使い物になるとは思えないよ」

と腰が引けると、

「それだけの原稿が全部駄目ってわけないだろ。そのJ社の人間と姫野の相性が単に悪かっただけだと思うね。とにかく今日にでも宅配便で全部送ってくれよ。もちろん着払いでいいからさ」

田丸はこちらの言い分など取り合いもしなかったのだった。

さすがに全部というわけにもいかず、多少とも手ごたえを感じていた長編を三本ばかり見繕ってすぐに田丸に送った。すると、三日ほど経ったところで、びっくりするような返事が届いたのである。

「姫野、どれもすげえ良かったよ。三本とも出版させて貰うけど、一番長いのだけ書下ろしで出して、あとの二本はうちの小説誌に連載するってことにさせてくれないかな。そっちの方が刊行時期も空けられるし、金にもなると思うからさ」

まさに耳を疑うような田丸の言葉だった。

田丸の始めた「K書店　書下ろし文芸シリーズ」は大成功をおさめた。

シリーズ第一弾として大々的に売り出されたデビュー作は彼の予言通り、文芸書としては数年ぶりと言われるようなヒットとなり、一気に注目を浴びるようになった。

そのあとはとんとん拍子で、三作目が早くも大きな文学賞にノミネートされ、すわ「史上初の親子受賞か」とメディアで話題になり、結局その作品での受賞はならなかったが、引き続き田丸と組んで出した四作目で「親子受賞」を果たすこととなったのだった。

お別れの会から十日ばかり過ぎた頃、これもまたすっかり無沙汰にしていた人物から突然の連絡が入った。電話ではなく手紙だったが、差出人の名前を見ても最初は誰だか分からなかった。

〈お久しぶりです。福中高校で同級だった中富健太《なかとみけんた》です。姫野君、憶えておられますか？〉

冒頭の一文を目にして、ああ、あの中富か、と記憶をよみがえらせた。それにしても誰にここの住所を訊いたのだろうか？　版元に問い合わせたのであれば、しかるべく担当者から連絡が入るはずだった。

中富とは二年時に同じクラスだった。川添と一緒に美術部を再建したとき、絵が上手かった中富に声を掛けた。気のいい彼は「テニス部とかけもちなら入ってもよかよ」と快く部員になってくれたのだ。学生時代、川添も交えて何度か飲んだ気もする。中富は福中高校の伝統にしたがい九州大学に進学した。福中高校は県内でトップの九大進学率を誇り、誰でも彼でも九大を受験させようとする学校だった。高校を出たら東京の大学に進みたかった身には、そういう進路指導のやり方も好きではなかった。当初は東京の美大を狙っていた川添と気が合ったのもそうした点がよく似ていたからだ。

中富は九大を出て、これも福中高校出身者が大量に採用される福岡電力に就職したのではなかったか。お互い社会人になってからは顔を合わせるどころか電話でだって一度も話したことがなかったので、そのへんの記憶はすでにおぼろではあった。

福中高等学校は、旧制福岡中学を前身に持つ県内屈指の名門校ということになっていた。だが、新制高校として再発足したときにわざわざ旧制福中の名前を学校名に取り込んだことでも分かるように大時代的な雰囲気を色濃く残した学校だった。その古臭い体質がどうにも肌に合わなかった。何しろ、入学したとたんに応援団主催の「応援練習」というのが放課後行われ、これが自由参加という名の強制で、校歌や幾つもある「福中応援歌」を新入生全員が喉が嗄《か》れるまで歌わされるのだ。

加えて入学直後に度胆を抜かれたのは、前を歩いていた同級生が学食のパンを食べながら下校していると、後ろから追いかけてきた生活指導の教諭に首根っこをいきなりつかまれ、

「この、福中の恥さらしもんが！」

と職員室まで引きずられていくのを目の当たりにしたことだった。

学級委員長の選挙でほぼ全員が立候補したことといい、応援歌の特訓といい、毎月開催されるクラス対抗マッチといい、そしてこのとんでもない出来事といい、「こんな学校、もう駄目だ」と思わせるに充分の校風だった。

中富の手紙は記念講演の依頼だった。

全然知らなかったが、我が母校は来年で創立百周年を迎えるらしかった。

〈ついては、たいへんご多忙の身であろうとは重々承知ですが、百周年記念事業の目玉の一つとして、ぜひ姫野君に母校での講演をお願いしたいのです。〉

とある。

どうやら歴代卒業生五名による連続講演が計画されているらしく、他の四人は、政治家、実業家、映像作家、学者などで四人とも世間に名の通った面々である。

――厄介なことを頼んできたものだ。

小雪が生きている時分から人前に出る仕事は極力避けてきた。対談や座談会のたぐいでさえ余り受けなかったし、小雪を失ってからはほぼすべて断っていた。例の神戸の女子大での講演などは例外中の例外だったのだ。

幾ら母校の百周年事業だとしても、ふだんなら引き受けなかったと思う。

だが、先だっての海老沢龍吾郎のお別れの会で、十何年ぶりかで石坂禄郎と会い、久々に田丸亮太とも顔を合わせてからは心境にいささかの変化が生じていた。

ことに石坂の話は頭の隅にひっかかったままだった。

彼の話を思い出せば思い出すほど、自分の記憶とのずれの大きさに戸惑いを感じざるを得ない。むろん齢七十五を数えて石坂の記憶もだいぶ変質してしまっているのだろう。同時に、こちらの記憶もまた自分の都合のいいように脚色されてしまっている面もあるにはあるだろう。だが、それにしても双方の記憶には違いがあり過ぎるような気もするのだった。

最も気になったのは、『呪術の密林』に関して自分が海老沢に送った手紙の件だった。
「しかし、あれは凄い手紙だった。さすがの先生も最初はカンカンだったですよね。でも、私はあとから姫野さんにあの手紙を読ませて貰って、正直、姫野さんは作家になるべきだと強く感じたんです。先生も、姫野さんが担当を外れたあとで同じようなことを話されていました」

と石坂は言っていたが、およそそんな「凄い手紙」を書いた憶えはなかった。まして石坂に「姫野さんは作家になるべきだと強く感じ」させるような内容だったとは到底思えない。詳しい中身はもちろん忘れてしまったが、余りに唐突な真犯人の登場にやんわり異を唱える、ただそれだけのへりくだった文面のものだったはずだ。

駆け出しの新米編集者がいまをときめく超売れっ子作家に対して、それこそ刃を突きつけるような辛辣な手紙など書けるはずがなかった。そう考えると、石坂は何かとんでもない勘違いをしている気がする。

そしてもう一点、気になる発言があった。

件の〝マグロ事件〟のとき、海老沢を囲んで夜っぴて飲んだ店が渋谷の「シエル」というクラブだった点は石坂の記憶と一致していた。ただ、海老沢の愛人でもあった「シエルのママ」の名前を石坂は、「千鶴ママ」と言ったのだ。

ママの名前は忘れてしまっていたが、それが「千鶴」というのが意外だった。

会場で「チヅルというのは千の鶴ですか？」と確かめたが、「たしかそうでしたよ」と彼は言っていた。

もし、石坂の言っている通り、彼女が「千鶴」という名前であったのならば、幾ら三十年前のことだったとしても名前を忘れることなどあり得ないのではないか。

何しろ「千鶴」は小雪の母親の名前と同じだ。当時はまだ小雪と再会していなかったとはいえ「千鶴」という名前を耳にすれば否が応でも強く印象に残ったに決まっている。

〝マグロ事件〟の後段、わさびをてんこ盛りにした刺身の食べ比べについてもそうだったが、三十有余年という時間の波に洗われると、思い出というものはへこんだり削られたり、変色したり、さらには最初の姿とは似ても似つかないものに生まれ変わってしまったりするのかもしれない。

たとえ一つの〝不動の事実〟が、その場その瞬間に存在したとしても、それを眺めている人々の記憶は、事実が起きた直後から各者各様に観察され理解されて一人ひとりの〝憶えたいように〟憶えられていく。そして時間の経過とともに、記憶の摩耗や重複、解釈の変更など実にさまざまな変化、修正が施されて、幾十年後かに人々が寄り集まって互いの記憶を突き合わせてみたとするならば、もともとの〝不動の事実〟などあたかも最初からなかったと思わせるほどに、それぞれの記憶する事実はバラバラになっているのかもしれない。

そしてそうなったとき、始まりにあったはずの〝不動の事実〟が一体どのようなものであったかを客観的に記述する術を我々はまったく持ち合わせていないのではないか？海老沢に送った手紙の複写にしても資材製作部に左遷された時点で処分してしまったはずだ。あの冬の一夜、渋谷のシエルに集まった海老沢の担当者たちは、石坂がそうであるように年老いるかすでにこの世を去ってしまっているだろう。シエルという店も千鶴というママもいまはもうあの場所に存在しない。そのことは先日のお別れの会で田丸から確認を取っている。

「シエルっていう店が渋谷にあったのは憶えているけど、ママの名前が千鶴だったかどうかは俺も憶えていないなあ。ただ、あの店はとっくの昔に潰れたはずだよ」

と田丸は言っていた。

中富から届いた手紙を封筒にしまい、二日前からプラスチック化している左手の中指を動かしてみた。いつものように違和感は何もない。いまのところ取れてしまう気配もなかった。指が落ちるときは足の指にしろ手の指にしろ二、三日前からむず痒さのようなものがある。根元からのときは根元が、関節から外れるときには関節の周囲が痒くなる。ちょうどしもやけのような感じだった。そういう痒さがしばらく続いて、ある瞬間にぽろりと外れる。そのときは痛くも痒くもないから、足の指なんかだと気づかないこともある。どことなく歩きにくさを感じて靴下を脱ぐと、ぽろりぽろりとプラスチック化した指が靴下の中から出てくるのだ。

——海老沢への手紙やシエルのママの名前に関する不可解さと、現にいま目の前でこうして起きている中指のプラスチック化と、一体どこが異なるというのだろう……。

ふとそんな気がした。

奇妙な現象という点においては、どちらもさほど変わらないもののように思える。両者に違いがあるとすれば、プラスチック化がありありと目に見える異変であるのに対して記憶のずれや誤りというのはしかとこの目で確かめることができないという点だ。

たとえばアルツハイマー病は脳の部分的萎縮によってもたらされるが、その原因はいまだ究明されていない。それだって考えようによってはこの中指と似たようなものではないだろうか。脳の一部が徐々にプラスチック化する——いかにもありそうな気がしないでもない。

4

「私の原発反対論」　姫野伸昌

もしも原子力発電所が暴走を始めたとき、それを止めるためには人の犠牲が要る。決死隊が必要です。東電本店であのとき総理大臣が怒鳴ったのはそういうことでした。「全員退避はあり得ない。会社が潰れるぞ」とは「そこで死ね」ということですよね。「自らの生命をなげうってでも原子炉を抑え込め。さもなくば国が滅びる」というのがあのときの総理の現状認識だったのだと思います。

日本国の総理をして「国家存亡の危機」だと背筋を凍らせてしまう。それが原子力災害というものなのです。そして最悪の事態となれば（現にあれはそういう事態でした）、この事故を収束させるには人間の生命を動員しなくてはならない。誰かが死なくてはならない。原発というのはそういう種類、性格の発電所なのです。

そのことがはっきりとあの事故で私には分かった。

なんと恐ろしい機械、装置、システムなのだろうと思います。

いざとなったら人間の生命を犠牲にしなくてはいけない。つまりはいけにえを捧げなくては鎮めることができない――それが原発なのです。

これは端的に言えば戦争状態と同じだということです。人間同士が殺し合いをすることで国家間の利益を競う。戦争とはそういうものですが、原発事故が要求するのはそれと類似した人間の犠牲、人の生命です。

あのときも「決死隊」という言葉を与党の実力者は口にし、いざとなれば決死隊を組んで何が何でも原子炉を冷やさなければならないと主張した。決死隊＝特攻隊、要するに生還を期すことのできない部隊を投入しないと原発の暴走は止められない。

原子力発電所というのはそういう戦争状態に近い状況をいまも静かに生み出し続けている、一つのエリアなのです。

たとえば今日あのボロボロの四号機が地震や台風、竜巻などによって倒壊したとする。千数百本の使用済み核燃料が地上に散らばってしまう。それらが放出する放射能で関東以北に人間が住めなくなる——こういう事態が起きればおそらくは自衛隊員からメンバーを選抜し、決死隊を組むことになるでしょう。それは国民大多数の生命や健康、生活、さらには国土や国家それ自体を守るために必要なことです。

私が総理であれば決断します。

だがそうした四号機倒壊といった事態は戦争によって生じたものではない。侵略してくる外国勢力がある戦争とは異なり絶対に不可避な事態というわけではない。原子力発電所さえなくしてしまえば、それだけで起こり得なくなる事態なのです。

特攻隊なんて要りません。

戦争であればやむを得ないでしょう。国々が互いの国民の生命を張って国家の存亡を競うわけですから、たとえそれがいかに無駄で非人道的なゲームであったとしても特攻隊はときに必要とされる。戦争における特攻は戦術の外道ではあっても、しかしあり得ないわけではない。ある部隊の全滅を前提にした作戦は特攻に限らずどの国でも採用されてきたのです。そして、人類がそういうどうにもならないゲームを飽きず繰り返してきたというのは明白な歴史的事実でもある。

しかし、原子力発電は違います。

国民の生命の犠牲を前提に、領土的野心や国家の存続をかけて我々は原子力発電を行っているわけではない。

にもかかわらずこの技術は最悪の場合、人間の犠牲を求める。いけにえ、人柱を求める。

そんな技術が他にあるだろうかと私は考えます。破局的な事故が起きたときに生還を望めぬ特攻作戦をやらなくてはならないような、そんな機械や装置、技術は他にあるのだろうか？

航空機事故、列車事故、自動車事故、炭鉱や鉱山の事故、さまざまな工場設備での事故。あれこれあげつらってみても、特攻隊の投入が現実味を帯びる事故はやはり原子力発電所の事故以外にはありません。他にかろうじて想定できるのは、実験室で作られる殺人ウイルスや細菌のたぐいが外部に洩れたときくらいでしょうか。

人を喰う機械

このたとえでも分かる通り、原子力発電というのは本質的に兵器や戦争の範疇、ないしは実験室の範疇のものだということです。

原子炉というのは人を喰う機械です。いけにえ、人柱を要求するという点ではある種、神的なまたは悪魔的な機械だとも言える。原子力の火はたしかに神の火ではあるのでしょう。しかし、この神の火を我々人間は使いこなすことができないのです。これは人間が扱ってはならない火なのです。だからこそいざというときにいけにえが必要になってしまう。

原子炉建屋が一気に吹き飛んだあの映像は衝撃的でした。ニューヨークのツインタワーが崩れ落ちたときの何十倍もの恐ろしさを感じました。身近だということ、被害があの場所だけに限定されず放射能汚染の悪夢が現実になるかもしれないということ。そうしたことがまずは恐ろしかった。

そして今現在も三十数万の人々が故郷を追われ、自分の町に帰ることができずにいる。私の親しい友人である某ジャーナリストは福島の地を巡りに巡って取材を重ねた結論として、

「原発事故というのは社会が受忍する限度をはるかに超えた事象だ」

と言っています。その通りだと私も思う。

いまになって放射能はさほど身体に悪影響を与えないと言い出している人がいます。除染の必要もないし、すべては杞憂に過ぎず、だから逃げている人たちも本当は平気な顔で故郷の町や村に帰っていいのだと言い出している人さえいる。

要は直接的な被曝さえしなければいいのだと。

しかし、私はその「直接的な被曝」こそが問題だと考えているのです。

たとえば現在もあの原発で収束作業に従事している人たちはかなりの放射線量を浴びています。むろん線量計を身につけて作業にあたり、被曝線量を厳密に測って、限度を超えた人は作業から離れることになってはいる。だけれど、作業員に限ってはすでにして被曝線量の上限そのものが大幅に引き上げられている。おまけに報道によれ

ば、作業員の中には線量計をわざと外して被曝数値が増えないよう工夫した上で作業を続けている人もいるという。

私たちは内心で、実はよく分かっているのですね。あの現場ではたくさんの線量を身に浴びながら作業している人たちがいるし、健康被害が充分にあり得るほどの線量をすでに浴びた人だってきっといるだろうと。でもそれはやむを得ない。原発がひとたび事故を起こしてしまえば誰かの肉体が被曝という危険にさらされ、最悪の場合は、誰かが犠牲にならなくてはならない。原子力発電というのは最初からそういうものなのだ――私たちはそんなふうにとうの昔から諦観してしまっているのです。

原発作業員の健康は本当に大丈夫なのだろうか？

金銭欲や自暴自棄、無知や知恵の不足につけこまれ、誰かが過剰な被曝を受け入れてしまっているのではないか？　またはそういう過酷な作業をやらせることで大儲けをしている狡猾なやからがいるのではないか？

そういう現実を想像すると心が冷え切っていくのを感じます。

そして、きっとそうした現実が確かにあるのだろうと私は思います。

グロテスクなエゴイズム

何度でも繰り返しますが、原子力発電は人の生命や健康（たとえそれがわずかな数であったとしても）を常に犠牲にすることによって維持されるのです。戦争でもないのにどうしてこんな人柱を必要とする発電所が必要なのでしょうか。もし必要だとするならば一体何のために？

戦争ではないということは国の自存自衛のためでも民族の繁栄のためでもない。それは電気のためなのです。しかも、ここが一番の問題なのですが、我々は原発がなければ電気が作れないわけではない。とりあえず電気料金を上げれば別の手段で電気なんて幾らでも手に入れることができるし、その技術も充分に開発されている。とどのつまりは、電気のコストを上げないために原発が必要で、または電力会社のバランスシートを真っ赤にしないために必要で、そのために私たちは人柱や特攻隊が必要な戦争仕様の原子力発電をいまだに続けているのです。

これは根本的に間違った態度だと私は思う。

日頃は「戦争反対」だの「生命の尊厳の尊重」だのを声高に叫んでいるくせに、電気料金を安く済ませるためだけに「人間の生命を喰らう機械」の存在を受け入れ続ける。これほどご都合主義で手前勝手な態度があるでしょうか。

我々は自らの豊かな生活のために誰かの安全を金銭の力で奪ってよいのでしょうか？

それは実に倒錯したグロテスクなエゴイズムではないでしょうか？

そうしたかねての疑問に都市生活者や私のような高額所得者は、今回あらためて強く気づかされたのだと思います。

放射性廃棄物の問題もまったく同様です。これもやはり誰か、たとえ少数であっても弱者の犠牲を初めから前提としている。

原発を巡っては本当にかなしい現実がたくさんある。

原子力発電所を抱えた自治体が再稼働を容認するという現実。

たくさんの金が落ちるという理由で再処理施設を引き受けようとする僻地の現実。

いざ事故が起きれば最も甚大な被害を受けるであろう人々が、「でもそんな万が一のことを心配していたらその日その日の暮らしが成り立たない」と言う。そうしたかなしいセリフを言わせてしまうような発電システムが原子力発電なのです。

これもまた人柱の思想なのではないでしょうか？

存続するために誰かの生命を常におびやかし続ける。時によって大勢の人々を死に至らしめてしまう。原子力発電とはそういうものです。

誰かの犠牲を前提とした繁栄は許されるのか？

南北問題に象徴されるように私たちはいま、この人類として本質的な問題を世界でも抱え、国内でも抱えている。物質的な豊かさを求めることが、単に物質の獲得競争に終わらず、誰か知らない人たちの生命の安全を引き換えにしているという冷厳たる現実に私たちはとっくの昔に気づいています。そしてものすごく居心地の悪いもの、もっと言えば深い罪悪感のようなものを抱えて一人一人が苦しんでいるのです。

原子力発電の問題もその典型的な一事例に過ぎません。

核兵器より悪質なもの

原子力の開発は、もともと兵器としての有用性が先に認められ、実証されて始まったものです。それ以前にあったのは科学者たちの純粋に科学的な好奇心でした。この世界に存在する四つの力（重力、電磁気力、強い核力、弱い核力）、その中で最も巨大な「強い核力」を手に入れたい。無限のエネルギーを獲得したいという彼らの野心が、原子爆弾という形で真っ先に結実しました。そして、その瞬間に、このエネルギーの運命は決まってしまったのです。原子力技術は徹頭徹尾、軍事技術として封じ込めておくべきものだったのだと思います。

相互確証破壊の戦略、恐怖の均衡理論の登場は世界平和に大きな役割を果たしたと思います。東西対立が破局的な第三次世界大戦にまで発展しなかった一大要因は、やはり米ソの核武装による冷戦にありました。

私は核武装を完全には否定しません。相手国の核武装を解除するためには自国の核武装が手続きとしてまず必要なのかもしれない。核兵器はあらゆる人に対して破滅をもたらすという点で、そのボタンを押すことを誰もがためらってしまう。その意味で核兵器の恐怖は全人類的であり、だからこそ一定の戦争抑止力を持つことができたのです。

原子力発電が核兵器よりもさらに悪質であるのは、とりあえず一部の人間たちの安全がおびやかされるだけで済んでしまっていることです。原発事故の前であれば通常の被曝を伴う作業従事者＝原発作業員に、今回のような事故が起きても、あの福島第一原発の周辺地域の人々や原発内で事故収束のために働いている作業員だけに危険は限定されている。

しかし、本来そのような人命を犠牲にする技術は実用化してはならない。原発は人を殺すための軍事技術とは違う。にもかかわらず人命の犠牲を前提としている点で、私は核兵器よりもさらにたちが悪いものだと考えているのです。

むろんテロの脅威もゆるがせにできません。

ニューヨークの世界貿易センタービルに旅客機を突入させたテロリストたちがまた西側世界の混乱を引き起こそうとするならば、今度はどこかの国の原子力発電所に突入するのではないでしょうか。想像するだに身の毛のよだつような事態です。

現在の議論を俯瞰すると、「とてつもない災厄を生み、ものすごい数の人間が死んだり健康被害を受けるから」という観点での原発反対論が主流です。ですが私は、極端に言うならば、大事故が起きたときにたとえ一人でも生還を期すことのできない任務を覚悟しなくてはそれを抑え込めない技術は平時では許されないと考えます。

それは戦時の技術であって平時の技術ではない。

原子力発電の最大の問題点はそこにあるのです。

原子力発電が生得的にまとっているその戦時的性質ゆえに私たちはこの原発という存在を決して自分たちの社会の中に受け入れてはならないのだと私は確信しているのです。

5

事故が起きた翌年、二〇一二年の春に書いた原稿を久しぶりに読み返した。

全国紙の中で最も鮮明に原子力発電への疑義を呈していた新聞社からのインタビュー依頼にこたえたもので、結局インタビューは受けずに自分でこの原稿を書き下ろして担当記者に送ったのだった。

当時すでに関西圏の原発の再稼働が日程にのぼっており、この年の春から夏にかけては、再稼働反対を訴えるデモ隊が連日、国会や首相官邸周辺を取り巻いている状況だった。

いまにして思えば、我が国の反原発運動のピークはあの時期だった。その後、政権は再稼働を強行し、原発反対を唱える元首相が東京都知事選挙で敗北し、新しい規制基準に基づく初の再稼働も福岡電力の手によって鹿児島で実行された。政権が交代し、新政権が集団的自衛権の行使容認を打ち出すと、原発反対の声は「安全保障関連法案反対」の大合唱の前に次第にかすんでいったのだった。

先の文章の趣旨からも分かる通り、安保法案によって戦時体制に引き戻されると危惧するのであれば、法案に反対する前にまずは原子力発電の撤廃を強力に主張しなければならなかったと思われる。反戦という点においては、集団的自衛権よりも原発の方がより戦時的な現実味を内包しているからだ。しかし、安保法案反対派が反原発を優先する気配はついぞ見られなかった。

とどのつまりは、どこの誰だか知らない人々が原子炉の清掃作業で被曝したり、さらには大事故で故郷を追われたりするのはいかんともしがたいが、自分や家族、恋人が戦争に行かされるなんてことは冗談じゃないし、絶対に許せないという話なのだろう。

気持ちは分からないではないが、物事の順序が逆になっているのは否めなかった。

あの原子炉建屋が水素爆発によって木っ端微塵になる情景を目にした瞬間、あたかも自分を取り巻く時空が歪むかのような感覚に見舞われた。

その衝撃は、東北の太平洋沿岸の町々に襲いかかった巨大津波を見たときのそれをはるかに上回るものだった。

いまだにあの事故で受けた精神的なダメージは払拭されていないと感じている。

原子炉へと流れる冷却水が途絶え、炉心の核燃料がメルトダウンを引き起こし、建屋が吹き飛んだ瞬間、その衝撃波はテレビ画面を通じてリアルタイムに伝わってきた。放射能とは異なる何らかの波動がこの肉体をぐわんと揺さぶるのを実感したのだった。

それからは、日本という国が徐々に歪んでいく有様をただじっと眺め続けてきた。生命の尊厳や基本的人権なるものが、単なる経済合理性に苦も無く敗れていく哀れな姿を目前にしてどうしようもない無力感がずっとこの身を浸している。

数年ぶりで原稿の載った新聞を引っ張り出してみると日常化した無力感がくっきりと際立ってくるのが分かる。こんなものは本当は読み返したくなかったのだ。だが、いましがた会ってきた中富健太の話を聞いて、どうしても読まざるを得なくなってしまった。

出張でたまたま上京したから会わないか、と中富は誘ってきたのだが、待ち合わせ場所の日比谷のホテルの喫茶室で対面してみるとどうやらこれが目的でわざわざ博多からやって来たようだった。

「来年の百周年記念講演、引き受けてくれて本当にありがとう」

開口一番、彼はそう言って頭を下げた。その頭頂部がすっかり薄くなっていた。だが、顔や体形は記憶の中の中富とそれほど違ってはいない。人の好さそうな温顔も高校時代のままだった。

石坂や田丸、それに藤谷千春と顔を合わせたときにも感じたが、過去に付き合いのあった人間たちと長い空白期間ののちに再会すると、時間が一気にその頃に巻き戻っていくような感覚があった。

それだけ自分が長く生きてしまったということだろうか……。

先々に待っている出会いの総量が、過去に出会った人々の総量よりも確実に少なくなった時点で、人間は秤が重い方へと傾くように過去の側へと持っていかれ易くなるのかもしれない。

中富はしばらく福中高校百周年事業の細目について説明していた。どうやら我々の卒業年次を代表して彼が百周年事業担当の同窓会幹事を引き受けているようだった。

名刺の肩書は「福岡電力　上席執行役員　業務本部長」となっているから福電ではそこそこ出世した方なのだろう。

「それでなんやけどね……」

説明の最後に、彼はちょっと言いにくそうな口調で付け加えてきた。

「講演の中身はもちろん姫野君におまかせなんだけど、原発の悪口だけはちょっとやめってもらえんやろうか」

最初は何を言いたいのか判然としなかった。

幾ら福電の執行役員とはいえ、やぶから棒になぜそんなことを言い出すのか。

すると、中富がさらに言葉を足してきたのだ。

「ほら、姫野君、新聞で一回、原発反対論ば書かんしゃったろ。あれが福岡でも当時かなり評判でさ。百周年はうちの会社も卒業生が多かもんやけん結構な額の資金協力ばしてくれとっとやけど、この前、川内っていう経営企画担当の専務に呼ばれてからさ、川内さんも福中の卒業生なんやけど、姫野先生の記念講演はほんとうにありがたか話やけども幹事のお前の方から原発のことだけは触れんでくれるように重々お願いばしてきてくれんかて頼まれたとよ。そいでまっこと申し訳なか話なんやけど、そのあたりのことばご了解いただいた上で、講師を引き受けて貰うというわけにはいかんやろうかと思うてくさ」

中富はわざとなのか、それとも気づかぬうちになのか、こてこての博多弁になっていた。

「なんば書いたか忘れたよ。そげん昔のこと」

半分本音で答えていた。

そうは言っても原稿を書いたことも、大筋どんなことを書いたかも憶えてはいたが、母校創立百周年の記念講演でいまさら反原発で一席ぶったりするわけがなかった。そんなことを気にかけている目の前の中富にしても、その川内という専務にしてもひどく滑稽な人物に思えてくる。

「やけん、講演で急に思い出したりもせんよ。心配せんでよかばい」

こっちも久しぶりに博多弁を使って答えた。

「そうね。そう言ってくれるならありがたか。姫野君、恩に着るばい」

愁眉を開くような安堵の表情を中富は浮かべたのだった。

しかし、原稿を読み返した理由はこの申し出のせいではなかった。理由は、中富との会話の後段の方にあった。

確約を取り付けて、中富は一気に冗舌になった。卒業後の同級生たちの消息のあれこれを熱心に話してくれた。その口から懐かしい名前がぽんぽん飛び出し、こちらも思わず身を乗り出して彼の話に耳を傾けていた。

「そうそう。木村が姫野君に会いたかねえ、ていつも言いよるよ」

話の中で中富が言った。

「木村？」

すぐには思い出せない。

「そうたい。あの木村庸三《ようぞう》たい」

木村庸三という名前はもちろん知っていた。今回の記念講演にも一緒に名前を連ねている。だが、その木村庸三がなぜ会いたいなどと言っているのか？

「姫野君、木村のこと憶えとらんと？　美術部の一年後輩やったやろうが。姫野君が美術部を起《た》ち上げたときあいつも入部してきたやないね」

あの木村庸三が美術部の後輩だったとは思ってもみなかった。まして一年後輩だったとは。

「そうやったかね」

「そうよ。姫野君とも仲良うしとったよ、木村は」

こちらの様子に、中富はかなり困惑の体になっている。

「そういえば木村っていうのがおったね。しかし、あの木村が木村庸三になっとるとは思わんかった」

苦し紛れでそんなふうにお茶を濁すしかなかった。

「大学出てから、姫野さんがいっちょん連絡してくれんようになったて、いまでも木村はこぼしよるとよ」

木村庸三は、欧米の数々のミュージシャンのプロモーションビデオを撮影し、アップルやインテル、ナイキなどのコマーシャルフィルムを制作し、最近ではプロジェクションマッピングの分野でも大きな仕事を行っている世界的な映像作家だった。

しかし、その木村が美術部の一年後輩だと知らなかったのは中富ならずとも驚くべき事実に違いなかった。

考えられるのはただ一つ。

知らなかったのではなく、忘れてしまったのである。

築地の仕事場に戻り、慌てて昔の原稿を取り出したのは、自分の記憶の現状を確認したかったからだった。三十年余り前に海老沢究に書いた手紙は現存していないが、原発事故の翌年に書いた原稿であれば新聞記事として残っている。「福岡でも当時かなり評判」になったと中富が洩らしていた原稿が果たしてどういうものだったのか、憶えている内容と現物とを照らし合わせて大きな異同の有無を検めないでは気が済まなかったのだ。

読み返した限りでは、記憶とさほど違わない内容だった。

それでとりあえず胸を撫で下ろすことができた。

両膝や腰骨のプラスチック化もおさまり、左手中指のプラスチック化も二日ほど前に消えてしまっていた。

いまは身体のどの部分にもプラスチック化の兆候はなかった。

右足のかかとにプラスチック化を認めて以来、プラスチック化した部位が消失したのはこれが初めてだった。

このままもう二度と出現しなければ、原因はともかくとしてごく普通の生活に復帰することができる。だが、そううまくはいかないだろうという予感があった。こうして突然のようにプラスチック化が鳴りを潜めたのがむしろ不気味なくらいだ。これが嵐の前の静けさとならなければよいがと思っていた。

それにしても、「木村庸三」が頭から飛んでいたのはなぜなのか？ 石坂禄郎の回想を自分の記憶と突き合わせたときも軽く受け流せないほどの相違を感じたが、今回のように一人の人間の存在を、しかも、その相手がいまでは世界的な著名人になっているにもかかわらず完全に失念していたのは、それとはレベルの違う話だった。こうして数年前に書いた文章を確かめてみても、さほど極端に記憶力が落ちているとは到底思えない。

だとすれば、木村庸三を忘れなくてはならない特段の理由があったと考えた方がより合理的なのではなかろうか。

なぜ木村の存在を忘れたかったのか？

それより何より、いま現在、この頭の中にある記憶は果たしてどれくらい正しいのか？ 自分は何を忘れ、何を憶え、何を記憶違いしているのか？

そうしたことを一度しっかりと検証し直した方がいいような気がする。

記憶の正誤や有無を問うという行為は、自分とは一体誰なのかと問うことと同じだった。そしてそれはとりもなおさず、この身体を侵し続けているプラスチック化という想像を絶した現象が一体何であるのかを問うことでもあるのではなかろうか。

第四章　タイムカプセル

1

　飯田橋駅の西口改札を出て東京大神宮方向に五分ほど歩くと、「てっちゃん」という昼間から開けている焼鳥屋がある。七十過ぎの徹子《てっこ》という名前の女将さんがバイトの子を使って切り盛りしている店で日曜日と年末年始以外は年中営業している。もう四十年近くになるというが、何度か改装を重ねているらしく狭いなりに店のたたずまいは小ざっぱりとしていて居心地がいい。最初にここに連れて来てくれたのは村正《むらまさ》さんで、いまもときどきのれんをくぐっているのは、その村正さんに会うためだった。

　村正さんは「てっちゃん」が営業している日は毎日「てっちゃん」で飲んでいる。昼の開店と同時に入って、大体、夕方七時前には早稲田鶴巻町の家に帰る。

「僕みたいな客は、店のゴールデンタイムが始まる前にふけちゃわないとさすがにお出入り禁止になっちまうからね」

　といつも言っているが、女将は村正さんのそんな言葉を耳に留めるたびに、

「また嫌味なこと言って」

と混ぜっ返すのが常だった。

村正さんとはひょんなことで知り合った。

ルミンが亡くなる半年ほど前、西早稲田の動物病院の待合室で長椅子に隣同士に座ったのが付き合いの始まりだったのだ。

ルミンは十五歳を超えた頃から腎機能が低下していった。フードを腎臓に負担の少ない高齢猫用に変え、毎日飲んでいる水にも数値改善に効果があるというサプリを溶かしていた。そんなこんなで元気に暮らしていたのだが、キャリーバッグに入りたがらなくなった時期から急速に症状が悪化していったのだった。

自分の飼い猫であるマルを連れて病院に来ていた村正さんと初めて会ったのは、獣医師から自宅での輸液を初めて勧められた日だった。マルの顎の下の脱毛を診せにきていた村正さんと、最初どんなふうに話し始めたのかはよく憶えていないが、猫好き同士の通例でたがいの猫の話をしているうちに、ルミンの病状にも当然触れることになった。

「だけど、毎日、家で注射するなんてできるのかなあ……」

それまで輸液などしたことがなかっただけに不安だった。すると、村正さんが、

「だったらしばらく僕がお手伝いしましょうか？」

まるで当たり前のように言ってきたのだ。

それからの一週間、村正さんは本当に高田馬場の仕事場にやって来てルミンの輸液を手

伝ってくれた。

嫌がるルミンの身体を押さえつけ、首根っこのあたりの皮膚をつまんで長い針を刺し、点滴バッグから移し替えた猫用の乳酸リンゲル液を太い注射で一本分、ルミンの皮下に注入するというのは、最初はおよそ一人でこなせる作業ではなかった。

村正さんは手慣れたものだった。独力でやるためのコツもしっかりと伝授してくれた。そうでなければ一週間程度では到底上手くやれるようにならなかっただろう。

わざわざ家まで手伝いに来ると言われたときは戸惑ったが、

「うちは女房が先に死んで子供もいないもんだから僕一人なんですよ。仕事もしていないんで毎日ひまで仕方がないってわけです」

という言葉を聞いて、遠慮なく頼むことにした。自分も妻を亡くして一人きりだと告げると、

「そうだったんですか……」

と呟き、

「何となくそうかなあって思いました」

と村正さんは付け加えた。

一週間が過ぎたあとも、たまに一緒に飲むようになり、行きつけの居酒屋にも案内したし、村正さんの馴染みの店にも連れて行って貰った。そのうちの一つが「てっちゃん」で、やがて村正さんとは「てっちゃん」でしか会わなくなった。

「あれこれ店を見繕うのももう面倒でね。六十五歳を区切りにてっちゃん一本に絞っちゃいました」

と村正さんは宣言したのだ。二年くらい前のことだったろうか。以来毎日せっせと通っているようだった。

出会ったときはすでにプラスチック化が始まっていた。それもあって頻繁に会うわけにもいかなかったし、そうでなくても月に一度か二度のペースが最適だった。村正さんもどちらかと言えば独り酒を好むタイプのようだった。

とはいえ、たまに「てっちゃん」に顔を出すと嬉しそうにしてくれる。そして、そのときばかりはゴールデンタイムになっても店に居座って飲む。

酒豪という感じではないが、村正さんの酒は静かでほんのりと明るかった。

カウンターの端に並んで腰掛けていると、注文なしでも料理が出てくる。酒も日々の村正さんの様子を見ながら女将が銘柄と酒量を決めてくれる。そうした点では実にありがたい店でもあった。

その日は、午前中に随筆を一本書き上げ、昼過ぎに「てっちゃん」に着いた。

ランチはやっていないので昼間の店はいつもがらがらだ。案の定、村正さんがカウンターの隅で冷奴をつまみに熱燗を傾けていた。彼が飲むのはほとんど日本酒だが、燗にするか常温かは女将次第だった。ここでは一緒に日本酒を飲むことにしていた。

「やあ、お久しぶり」

にっこり笑って村正さんが軽く会釈をする。

「お久しぶりです」

こちらもちょいと首を傾け、隣の席に腰を下ろした。

中富健太と会って数日が経っていた。桜の季節はとうに過ぎ、あと数日でゴールデンウィークが始まる。

前回「てっちゃん」で飲んでからひと月以上が経っている。

「マルは元気にしてますか？」

最初の挨拶は決まっていた。村正さんの飼い猫マルはまだ五歳になったばかりだ。

「マルは元気ですよ」

「それはよかった」

「姫野さんは、まだ駄目ですか？」

これもいつもの挨拶だ。

「そうですね。もう少しって感じですかね」

「もう少し、ですか？」

そこで村正さんが意外そうな声を出す。その声にこっちの方が意外に思う。

「『もう少し』なんて初めてですかね」

確かめてみた。

「はい。これまでは『とてもとても』か『まだまだ』でしたから」

「そういえばそうですね」

ルミンが死んだときも「てっちゃん」経由で村正さんに連絡した。一緒に小石川の寺院付設のペット専用火葬場に行ってルミンを骨にして貰った。持ち帰った小さな骨壺は、いまは築地の仕事場に置いてある。

村正さんはまた猫を飼えばいいと勧めてくるのだが、なかなかその気になれないでいる。

「姫野さん、猫はいいですよ」

村正さんがのんびりと言う。

「よく知っています」

そこに女将が燗酒とつまみを持って来てくれた。

「日置桜。鳥取のお酒だけど、おいしいよ」

つまみは名物の酢モツとマカロニサラダだった。マカロニサラダにはたっぷりと中濃ソースがかけてある。熱燗は盃に注いでみるとにごり酒だった。一口含むと微かな甘酸っぱさが口の中に広がる。それでいて、にごりとは思えないキレがあった。

「うまいですね」

「でしょう」

大きく頷いて女将は目の前からいなくなった。

それからはいつものようにだらだらと飲んだ。長尻を決め込むつもりだから勢い込んで話をする必要もない。ぽつぽつと言葉を交わしながら焼き鳥をつまみにゆっくり酒を味わう。日本酒はそういう飲み方に一番向いている気がする。

「昨日、隣り合った客が面白いことを言ってましたよ」

不意に村正さんが口を開く。

「男は仕事を辞めたら、何はなくとも、教育と教養が大事なんだそうです」

「教育と教養。なるほど」

「さすがの姫野さんも引っかかりましたね」

村正さんが愉快そうに言った。

「引っかかったって何がですか？」

「きょういくというのは、今日行くところがあるってことらしいんです」

「はあ」

「で、きょうようというのは、今日用事があるってことなんだそうです。それで今日行く、と今日用。なかなかいいでしょう」

「ほう」

素直に感心する。

「そうするとさしずめ僕なんてきょういくもきょうようもまるでない男ってことになります」

村正さんが笑う。

奥さんが亡くなってほどなく仕事を辞め、いまは何もしていない彼は確かにそうかもしれなかった。翻って「自分は？」と自問してみる。仕事がある点では「今日用」はあるが、しかし「今日行く」の方は村正さん同様、まるでなかった。

「このところ、いろんなことがよく分からなくなってるんですよ」

教育と教養という言葉に何となく釣られて話し始めた。

「分からないって、何がですか」

村正さんが女将が持って来た酒タンポと空のタンポを交換しながら興味深そうに訊き返してきた。この店の酒タンポは蓋つきだから冷めにくい。

「最近、若い頃の知り合いに何人か会って話をしてみたら、当時の記憶がこっちとあっちとでえらくずれているんです。それが思い違いとか勘違いというレベルじゃなくて、真逆とは言わないんだけど、とにかく全然違うんですよ」

そのあと手短に海老沢龍吾郎と木村庸三の件について説明した。

「そんなことってありますかね？」

訊ねながら、今日、自分がここに来たのはやっぱりこの話を村正さんに聞いて貰うためだったのだと感じていた。

村正さんは、しばらく黙り込んでいた。何度か思案気に首を回している。

「まあ、どっちも本当なんじゃないですかね」

それから割合きっぱりした口調で言った。

「どっちも本当、ですか？」

「記憶とか思い出ってのは、もともとそういうもんなんじゃないですか。物事なんてのは誰だって自分の都合のいいように憶えてしまうもんですしね。それでいいんだと思いますよ」

「うーん」

と唸って、にごり酒の最後の一杯を飲み干す。するとすぐに女将が新しい酒タンポと盃を持って来てくれた。

「白隠正宗。静岡のお酒。いい名前でしょう」

と言い置いてすぐにいなくなる。

「たとえばですよ、姫野さん」

納得のいかないようなこちらの反応に村正さんは言葉を重ねてくる。

「このぼんちり一つとってもそうじゃないですか」

「というと？」

村正さんが皿の上から取り上げたぼんちりの串を見る。

「ここにこのぼんちりの串が一本ある、というのは紛れもない事実ですよね」

「はあ」

「で、僕はぼんちりが大好きなので、このぼんちりは本当にうまいものだと記憶するわけです。ところが、姫野さんはいつもぼんちりには手をつけないから、ぼんちりが好きじゃない。ということは、このぼんちりを見ている姫野さんは、これはたいしてうまくないも

よ」

「つまりですよ。このぼんちりがうまいか、うまくないかどっちが本当かというと、どっちも本当なわけですよ。要するに本当なんてものはそうやって幾つもあるってことですよ」

「なるほど」

分かったような分からないような話だと思う。

すると村正さんが「姫野さん」と名前を呼んだ。

「何が本当かなんてどうでもいいんですよ。本当なんて、そんなものはどこを探してもなくて、本当かどうかを決めるのは全部僕たちの腹次第でね。僕たちがこれは本当だと思えば、それが本当なんですよ。もっと言うとね、いま僕がこの手でぼんちりの串を持っているじゃないですか、これだって本当に持ってるかどうか分からないわけですよ。というか、このぼんちりの串が本当にあるかどうかだって分からない。ただ、僕や姫野さんがあると思い込んでるだけなのかもしれない。物事なんてのは、結局、全部そうなんだと僕は思うんです。全部、僕たちが思っているだけでね、この僕たちの脳味噌がたったいま吹き飛んでしまったら、もうそこには何にもありゃしないんですよ」

村正さんの話を耳にしながら、そういう観念論的な考え方もあるにはあるという気はしていた。

確かに事実というものを事実たらしめているのは、我々がそれを見た、聴いた、触った、嗅いだ、味わったと認識し、しかも、そうやって認識したことを死ぬまで記憶しているからでしかない。村正さんの言うように、最初の最初がそもそも我々の五感によって〝事実化〟したに過ぎないので、たとえばの話、幻覚剤か何かを飲んで幻を見たとしても、我々の脳はそれを間違いのない事実だと認識し、誰かに「お前はあのとき幻覚剤を飲んでいた」と指摘されなければ、生涯ずっとその幻覚を「事実」と信じて生きていくことになるのだ。

村正さんの言う「本当かどうかを決めるのは全部僕たちの腹次第」というのは、そういう意味ではそれほど間違っていないのだった。

だとすれば、海老沢龍吾郎にまつわる石坂との認識の落差も、中富健太や木村庸三とのあいだにある関係性の受け止め方の違いも、それはごく自然のことと考えていいのだろうか。

『呪術の密林』刊行後、さんざん海老沢にいじめ抜かれたと思ってきたが、そこを事実としたうえで、しかし石坂の眼にはそのいじめが「実の親子みたいに喧嘩ばかり」という事実として映っていたと捉えるべきなのか。

木村庸三の場合も、中富や木村にとっては「仲良うしとった」という関係が、こちらにとってはすぐに忘れてしまう取るに足らない関係でしかなかった、ということなのか。

海老沢にはとことんいじめられたし、木村庸三とは一切の関わりがなかったのだと自分自身が記憶したかったからこそ、それらが事実として頭の中に定着した——要するにそういうことなのだろうか？

「姫野さん」

物思いに耽《ふけ》っていると、ふたたび村正さんが名前を呼んだ。

「はい」

白隠正宗は甘みのあるふくよかな味わいだった。燗酒にはどんぴしゃの酒だろう。

「僕たちのあの記憶だってね、いまになって思い返すとただの妄想だったような気もするんですよ」

村正さんが意外なことを言った。

「せっかく姫野さんに小説にまでして貰っておいて、こんなことを言うのは相済まないんですけどね……」

知り合ってすぐに村正さんから聞いたチロの話を、一年ほど経って四十枚ほどの短編小説にした。そして、その作品でS社が主催する短編文学賞を受賞し、その授賞パーティーには村正さんも招待したのだった。

村正夫妻がチロを拾ったのは、梅雨の雨が朝から降り続く日だった。

土曜日で、二人で車で買い物に出かけようと家の近所に借りている駐車場に入ると、隅の一台がいなくなった場所に雨に濡れた子猫が二匹横たわっていたのだった。一匹は首が不自然に折れ曲がってぴくりとも動かない。そのそばに転がっているもう一匹の方は右足の先が潰れていたものの、なんとか身をよじって動こうとしていた。雨を凌《しの》ぐつもりで車の下に籠り、それに気づかなかった車の持ち主がそのまま発進してしまったのだろう。生きている子猫もびしょ濡れですっかり衰弱していた。朝のうちに轢《ひ》かれて、通りかかった人たちの救いの手も与えられぬままほったらかしにされていたに違いなかった。

死んだ子猫はバスタオルにくるみ、生きている方はタオルを敷いた段ボールに入れて、そのまま動物病院に駆け込んだ。遺体は近くの広い公園の大きなクスの根元に葬り、足を潰された子猫は一週間ほど入院させたという。

その生き残った子猫がチロだった。

チロの足は完治しなかった。死ぬまで右足を引きずっていたが、それでも元気に家の中を跳び回っていたという。猫白血病ウイルスに感染していて絶えず発症の危険があったし、体重も軽いままで一番大きくなったときでも三キロに満たなかった。

「チロ」という名前は、村正さんの妻、久恵《ひさえ》さんが子供の頃に飼っていた雄猫の名前で、こっちのチロは二十歳過ぎまで生きた。それにあやかって何十年ぶりかで新しく迎えた子猫に同じ名前を与えたのだった。

子供のいなかった夫婦にとってチロはまさに実の息子のようだった。

村正さんは郵便局に勤めていた。久恵さんは医療事務の資格を持っていて、ずっと都内の大きな病院で事務員として働いていた。二人は中学校の同級生で、村正さんが高校を出て郵便局に就職した直後に再会して付き合うようになった。村正さんが三カ月久恵さんより年下だったので、彼の二十歳の誕生日が結婚記念日になった。二十歳になったら結婚しようと、付き合い始めたその日に約束していたからだった。

久恵さんはコツコツとよく働く生真面目な人で、亡くなった後で通帳を確かめてみるとびっくりするほどの貯金が残されていた。久恵さんの内助の功のたまもので村正さんはもう働かなくても食べていくことができるのだった。

「まあ、それが良かったのか悪かったのか、ちょっと分からないやね」

と村正さんはときどき自嘲気味に笑うのだが……。

久恵さんが好きだったものが、ライオンと鮫だった。

「鮫ってあの海の鮫ですか？」

「そうそう。ジョーズのあの鮫ね。どっちも自分にないもん持ってるから好きなんだってよく言っていましたね」

「はあ」

そういう雄々しいものが好きだった久恵さんだが、チロは同じネコ科とはいえライオンとは似ても似つかぬひ弱な猫だった。良くお腹をこわしたし花粉症もひどかった。

「うちのルミンも花粉症がひどいんですよ」

そう言うと、二度目の輸液のときに村正さんはさっそく猫の花粉症によく効くというサプリを持って来てくれた。それを水に混ぜて与えるとルミンの症状はだいぶ軽快したのだった。

「とにかく久恵が凝り性でね、チロの身体にいいと思うことは何でもかんでも試してたんですよ」

そんな久恵さんの努力でチロは八年も生きた。やがて白血病を発症したのだが、それほど苦しむこともなかった。最期は久恵さんの膝の上で息を引き取った。亡くなる寸前、久恵さんはチロにこう言ったのだという。

「チロ、今度はライオンに生まれ変わっておいで。そしてアフリカの大草原を思い切り走り回るのよ」

チロはその言葉にまるで小さく頷くようにして呼吸を止めた。

それから十年ほどして久恵さんの肺にがんが見つかった。

夫婦ともに煙草など一度も吸ったことがなかったので肺がんの告知には驚いたという。久恵さんは五十歳になったばかりだった。手術は無事に成功し、仕事にも復帰することができた。再発が確認されたのは三年後だった。

「三カ月ごとにちゃんと検診を受けてたんだけど、ちょうどあいだの三カ月で、びっくりするほど大きながんができてたんですよ。レントゲンを見た瞬間に、これはたいへんだなと思いましたね」

このときは転移も見つかり再度の手術を受けるわけにもいかなかった。さまざまな治療が施されたが病状は日ごとに悪化していった。

「一年くらいしたときでした。久恵がふいにこう言ったんですよ。『ねえ、私ももう長くはないから、そろそろチロに会いにいきませんか』って」

それまで海外旅行などしたことがなかったが、久恵さんは若い頃から「アフリカの大草原で本物のライオンを見てみたい」とは言っていたようだ。

二人は生まれて初めて海を渡り、遠くアフリカの大地へと旅立った。

ケニアのマサイマラ国立保護区に入り、三日間サファリツアーを体験した。

「ガイドと運転手を雇って朝と午後に二回、ツアーに出るんです。とはいっても、どんな動物に会えるかは運次第でね。とにかくこっちはライオンを見たいんで、ライオン、ライオンと言うんですが、ガイドは『お客さん、そんなにライオン、ライオンと言われてもこればっかりは神様の思し召しだよ』と笑ってました。でもとってもいい人でね。一生懸命、ライオンのいそうな場所へ車を走らせてくれました」

最初の二日間も草原で寝そべるライオンの姿を何度か見かけたりはしたが、遠目に眺める以上のことはできなかった。

「最後の日の午後のツアーでしたね。もうチロらしいライオンには会えないと久恵も諦めてました。でも、遠くからでもゆったりと草原で寝ているライオンの姿を見ることができて満足そうにしていました。チロもきっとあんなふうに立派なライオンになってこの広いアフリカの大地を駆け回ってるに違いないって。それで、最後の日、ガイドの勧めに従っていままで行ったことのない方角に車を走らせてみたんです。一時間くらい走ったでしょうか。不意に車が止まって、助手席のガイドがあっちあっちと指さすんですよ。そしたら、何と車の右側、ほんの数十メートル先にライオンの群れがいたんです。立派なたてがみの大きな雄ライオンと雌が何頭か、それに子供もいましたね。こんなライオンの群れに出会うのは滅多にないとガイドまで興奮気味でした。久恵と私は車窓越しにじっと、その立派な雄ライオンを見ていました。すると、ある瞬間、その雄ライオンがこっちを見たんです。僕たちと目と目が合ってね。久恵は涙ぐみながら『チロ、チロ』って呟いていました。そしたらさらに驚くようなことが起きたんですよ。雄ライオン一頭だけが車の方に近づいてきて、僕たちの乗ったジープの周りをぐるぐると回り始めたんです。久恵は滂沱《ぼうだ》の涙でした。僕も泣けてきて、どうしようもなかった。雄ライオンは僕たちのいる側の車の窓までやってきて、じっとこっちを見ているんですよ。それはもう鼻面が窓ガラスにくっつくらいで、ガイドが信じられないって叫んでいましたね」

　若い雄ライオンはそうやってしばらく車のそばにいた。

「最後に、大きな声で一回だけ吼《ほ》えたんです。もの凄かったですよ。地響きがするような吼え方で、まさしく腹の底が揺さぶられるみたいだった。巨大な太鼓を耳元で打ち鳴らされたようで身が竦んでしまった。ガイドやドライバーは縮み上がっていたけれど、でも僕たち二人はちっとも恐怖は感じなかったですね」

　そしてライオンはまた悠然と群れの中へと戻っていったのだという。

　この興味深いエピソードを使って一本の短編を作ったのだった。

　それをいまさら「ただの妄想だった」と言われても返す言葉がない。

「日本に帰った久恵は、医師の予測を大きく裏切って、それから一年余りも生きたんです。僕はひそかにあのチロの咆哮《ほうこう》が彼女のがんの進行を押しとどめてくれたんだと信じてるんですよ」

とまであのときは言っていたではないか。

「女房はすでにモルヒネの錠剤も服用していて、たまに妙なことを口走ることもあったし、あの雄ライオンが近づいてきたときだって、もとからチロを探すつもりでケニアまで来てたんだから、ああやってそばに来られたらどんなライオンだってチロになっちまうわけですよ。ライオンがサファリカーの周囲をぐるぐる回るようなことも、ごく稀にあるってあとから聞きましたしね」

村正さんは新しいタンポから酒を注ぎながら言う。

こちらは黙って白隠正宗をすするしかない。

「でもね」

盃を一息に干して村正さんが言った。

「たとえ妄想でも全然構わないと僕は思うんですよ。大袈裟に言えばね、この僕たちの人生そのものが妄想みたいなもんでしょう。ある日オギャアと生まれて、どこかの時点で俺は俺、私は私だと信じ込んで、それから先は俺がどうした私がどうしたってそればっかり。こいつが好きだのあいつが嫌いだの、これがうまいだのあれが不味いだの、ここが痛いだのあそこが痒いだの、そんなの全部、言ってみれば自分の頭で妄想してるだけですもんね。

僕も女房も、あの日、間違いなくチロに会ったんですよ。あの大きな若い雄ライオンはチロに間違いなかった。久恵だって僕だってライオンを見た瞬間にチロだって確信したんです。たとえそいつがモルヒネのせいだったとしても、久恵の執念に引きずられたせいだったとしても、それでもやっぱりチロだって思った。もうそのときの感覚を具体的に思い出すことはできないけれど、そう自分が確信したことだけははっきりと憶えているんですよ」

その晩は十一時過ぎまで村正さんと飲んだ。ふだんは七時前には「てっちゃん」を出て、帰宅後、八時か九時には寝てしまうという村正さんは最後の方はうつらうつらしていた。タクシーで鶴巻町の家まで送り届けたあと高田馬場の駅前で下車し、それから一時間ばかり馬場の町を久しぶりに歩いた。

早くに寝つく村正さんは午前四時前には起き出すらしい。小一時間近所を散歩し、帰って来たら風呂に入る。掃除や洗濯をやって簡単な朝食をとり、昼までまったりマルと過ごす。それから家を出て「てっちゃん」に向かう。そういう日々がもう何年も続いているのだった。

馬場の懐かしい風景の中を歩きながら自分だって似たようなものだと思う。

村正さんが「てっちゃん」で無為な時間を過ごしているあいだ、自分はその無為な時間を執筆でやり過ごしているだけの話だった。これが書きたい、あれを小説にしてみたいといった若い頃の情熱はもう一滴だってこの身体の中に残ってはいない。坂道のてっぺんで動き出したトロッコが坂に敷いた軌道を下るように、ただ何がしかの物語をなりゆきで紡ぎ出しているに過ぎなかった。その下り坂が終わりふたたび上りへと転じるとき、自分の筆はぴたりと止まってしまうのだろうと思う。

そのときが我が人生の終着点に違いなかった。

2

連休最後の日にふたたびプラスチック化が舞い戻ってきた。

鳴りを潜めているあいだも決して楽観などしていなかったが、それにしても今回プラスチック化した部位はいまだかつてない場所であり、かねて恐れていた箇所でもあった。

早朝、ベッドから降りて小用を足しにトイレに入った。パジャマがわりのジャージを下ろし、便器にペニスを向けたとき微かな違和感があった。寝ぼけ眼で先っぽに視線を落としながら排尿した。見た目には気づかなかった。すっかり出し終えてトイレットペーパーで先端を拭ったとき違和感の正体に気づいたのだ。

亀頭の右下が明らかに肥厚していた。急いでトイレを出て、手も洗わずに明かりの灯った寝室に戻る。下半身をむき出しにしてベッドの縁に座り、ペニスをつまんで問題の箇所を点検した。

間違いなかった。

亀頭の右三分の一ほどがプラスチック化していたのだった。

唇や鼻、頰や耳がプラスチック化することを危惧してきたが、同じように性器がそうなることもずっと恐れてきた。ペニスがプラスチック化し、万が一全部がもがれでもしてしまえば、排尿に著しい支障をきたすのは明らかだ。

だが問題はそれだけにとどまらない。

男性にとってペニスを失ってしまうほどの恐怖は他にない。自分の身にそういう事態が起きると想像するだけで身の毛がよだつ気がしていた。

その危惧がいよいよ現実になろうとしているのだ。

このままペニス全体にプラスチック化が進行し、やがてペニスが取れてしまったとしたら。そして、もしも消えてしまったペニスがこれまでのように復元されなかったとしたら……。

それは耐え難い恐怖と言っていい。

両膝小僧がプラスチック化したときは、いままで以上に復元に手間取った。ほぼ似た時期に起きた腰骨についても同様だった。

概して、徐々に復元までの日数がかかるようになってきている。

一旦、全身からプラスチック化が消え、そこで一つの区切りがついたような気はしていた。このまま終息することを念じていたが、もしも再来したときは新たな段階に突入するのではないか、そしてそれは改善方向ではなくさらなる悪化へと繋がっていくのではないか――そうした不安をずっと抱えてきた。

いよいよそのときがきたのだ、という思いがある。

もとから真っ先に性器が侵されても何ら不思議ではなかったのだ。自分がこの人生でしでかしてきたことに鑑みて、仮にプラスチック化がその報いとするならば一番に罰せられるべきは紛れもなくここに違いなかったのだから。

だが、予想に反して、ペニスのプラスチック化は三日目には消えていた。広がることもなかったたし、透明のまま長引くこともなかった。

深刻に受け止めていただけに、ちょっと肩透かしを食らった感じだった。

あれは一体何だったのだろう?

ところがそれから三日ほど経って、嫌な夢を見た。夢でうなされて目を覚ますというのは久方ぶりの経験だった。

以来、二日か三日おきに似たような夢を見るようになってしまったのだ。

細部や登場人物は毎回微妙に異なっていた。前の回で出てきた人物が役回りを違えて出てくることもあれば、全く別人が出てきてそれまでの役を演じたりもする。もちろん、いつも変わらず登場する人物もいた。その筆頭が自分自身だった。

しかし、どの夢も大筋は一緒だ。

人を殺す夢なのである。

直接、この手で殺す場面は出てこない。最初から自分が人を殺したという設定で夢は始まる。殺人の場面は夢の中の自分が過去を思い出す形で意識に起ち上ってくる。殺す相手は毎回同じだ。年配の女性だった。年配と言っても六十、七十という印象でもない。ずいぶん若作りだが案外還暦間近なんじゃないか、といった風情だ。そうやって年回りは思い出せるのだが、肝腎の顔の方はいまひとつはっきりしない。

というのも、彼女の生きているときの様子はおぼろげで、最も鮮明に思い描けるのは目を閉じてどす黒くなったその死に顔だったからだ。

死に顔が脳裏に浮かんでくるたびに、夢の中の自分は目を背けてすぐに打ち消してしまう。それもあって、こういう顔という明瞭なイメージが定着しなかった。

見知った顔ではなかった。誰だかまるで分からない女性だった。

表情の変化も分からないし声も分からない。ただ、すらりと上背のある人だとの印象はなぜだかしっかりとあった。痩せて背の高い人だった。死に顔を思い浮かべる限りでは彫りが深く、髪は長いようだ。

人を殺す夢なんて一度も見たことがなかった。

一度もないというのは大袈裟で、忘れているだけなのかもしれないが、少なくともここまで立て続けに、しかも起床後もこれほどありありと憶えている形で誰かを殺す夢を見たことはない。

いつ、一体どんな理由で彼女を殺したのかは判然としない。ただ、それはずいぶん若い時分のことで、これまでの長い年月、事実が露見することにひたすら怯え続けてきたのだった。

夢の中では、突然誰かが訪ねてきて、「お前がやったことを知っている」と脅迫してくるときもあれば、差出人のない封書を受け取り、手紙の文面に慄然とするときもある。不意に電話が掛かってくるという夢もあった。脅迫者は見知った人々だ。最近再会した中富健太だったり、亡くなった海老沢だったり大河内であったり、田丸のこともあれば大河内夫人であることもあった。誰か分からない男の場合もあって、夢の中で「この男はきっと藤谷の夫に違いない」と確信していたりもする。

脅迫を受けて誰に相談すべきかと考え込む。悩んだ末に泣きつく相手が、前回や前々回の脅迫者だったりもした。

ただ、相談相手として一番多く登場するのはすでに亡くなった父だった。

震える声で父に連絡すると、

「そうか」

父はまったく動じない。まるで息子が人を殺したことをすでに知っていたかのようだった。電話口の父は、さまざまな経緯で関係がもつれてしまう以前の父だった。中学、高校までの一つ屋根の下で暮らしていた頃の頼りがいのある父だ。

小雪と一緒になったのをさかいに父とはほぼ絶縁状態になった。

父の伝手で就職できた頃まではさほど険悪ではなかったが、直後に父が和白の実家を捨てて完全に福岡の西の町に移ったあたりから次第に関係が悪化していった。

止めを刺す形になったのが小雪との結婚だった。

父はこの結婚に激怒したのだ。幾ら一人息子とはいえ、なぜそんなに怒るのか理由が分からなかった。亡くなったいまでも真相は分かっていない。

「すぐに帰って来い」

夢の中の父は威厳のある声で言う。

急いで羽田に向かい、飛行機で福岡空港に着く。空港ロビーに立ったところではたと気づくのだ。いま父がどこに住んでいるのか分からないのだと。慌てて電話をするが応答がなく、仕方なく和白の実家を目指す。母に父の居所を訊こうと考える。

タクシーを拾って一路実家へと走っていると、窓の外の風景に次第に息苦しさを感じ始める。このへんは相談相手が父でなくとも毎回同じだった。田丸亮太に相談したとしても、すぐに福岡へ赴くことになる。

殺人を犯したのは福岡でだった。田丸に泣きつくと彼はこう言う。

「本当に人を殺したのかどうか、相手が誰だったのか、博多に戻ってちゃんと事実関係を確かめてくるべきだよ」

他の場合も大同小異だった。必ず福岡空港から和白の実家へとタクシーを走らせることになる。

車窓越しに何十年ぶりかの故郷の風景を眺め、息苦しさと共に意識に浮かび上がってくるのが一人の女の死に顔なのだった。長い髪の一部が額にかかり、苦しそうな表情を残したまま目を閉じているどす黒い顔。首筋には鬱血状の模様がついている。両手に痺れのようなものが走ってこの手でその首を絞めたのだと思い出すのだ。

実家の前でタクシーを降りる。和白の家はすっかり古びていた。広い庭は荒れ、煉瓦タイルを貼った大きな二階家も全体がくすんでしまっている。いつの間にこんな状態になってしまったのか。父に置き去りにされたとはいえ、あのしっかり者の母がなぜ我が家をこれほど荒れ放題にさせているのか。

ゲートを開けて前庭を通り、玄関ドアの前に立つ。何度も呼び鈴を押すが応答がない。やむなくポケットから合鍵を取り出して錠を開いた。広い玄関には埃が溜まっている。靴や傘はどこにも見当たらず、見慣れたスリッパラックも置かれていなかった。応接間の脇を真っ直ぐに伸びた廊下にも白い埃が積もっている。靴のまま部屋に上がった。

この家に誰も住んでいないのは明らかだった。ずいぶん前から空き家になっているに違いなかった。

そのとき初めて、なぜ空港からこの家の電話番号に電話してみなかったのだろうと思う。母とだって何年も話したことがなかったというのに……。

広い居間に入る。調度類は勝手知ったるものばかりだが、テーブルや椅子、キャビネットや本棚にも埃が溜まっている。何カ月も風通しをしていないのだろう。部屋の空気は淀み切っていた。窓を開けようと鍵を開けて窓枠を引くのだが、まるで錆び付いてしまったようにびくともしない。スイッチを入れても天井の明かりは灯らなかった。ブレイカーを上げるために玄関に戻り分電盤のふたを開けようとしたが、これもしっかりくっついて動かない。

ふたたび居間に引き返して、キャビネットの上の固定電話を持ち上げてみる。案の定、回線は繋がっていなかった。仕方なく携帯で父に電話をする。相変わらず呼び出し音が鳴るだけで留守番電話にも切り替わらなかった。

これでは一体何のために福岡まで戻って来たのか分からなかった。「すぐに帰って来い」と言っていた父はどうして電話にも出ないのか？

父の落ち着いた受け答えに接して、もしかすると自分の殺人に関して何か手がかりを摑んでいるのではないかと感じた。彼の言に従って飛行機に飛び乗ったのも、その期待があったからだった。

室内の濁った空気を吸っているうちに息苦しさがよみがえってくる。こんな家はさっさと退散するしかあるまい。日が暮れてきたのだろう。部屋の中はすっかり暗くなってしまっていた。

そのときだった。微かな音が聞こえてきた。耳をすますと音は次第にはっきりとしてくる。ぱちぱちという焚火がはぜるような音だ。音は小さいが案外近くから聞こえてくる。

居間の真ん中に立ってあたりを見回していると、部屋の中が不意に明るくなった。ライトが灯ったのではなく、暗かった窓の外が光っているのだ。電灯よりもあたたかみのある橙色の光だった。

ベランダの窓に近づいてみて何が起きているのかが分かる。

驚くべき事態だった。家が燃えているのである。窓に近づくと熱気と共に炎が立ちのぼっているらしき風音がする。窓を開けようとしたがやはりびくともしなかった。誰かが、自分が家に入るのを見届けたうえで、外から火を放ったに違いない。

誰がそんなことを？

そう考えて慄然とする。福岡に戻って来たのを知っている人物は一人しかいない。なぜ父が電話に出ないのか、その理由もこれで説明がつくのではないか。

慌てて居間を出ようとする。ところがさきほどまで開いていたはずの居間の扉がいつの間にか閉まっているのだった。やがて壁や天井の隙間から煙が侵入してくる。部屋の温度も加速度的に上がっていくのが分かる。

必死になって玄関に通ずるドアのノブを回した。ノブも熱を帯び始め、上着を脱いでそれで包み込んで根元《ね》を捩じり続けるが、かぶせた上着が焦げ臭い匂いを放ちだす。

ベランダの窓が轟音と共に吹き飛んだ。

身の丈以上もありそうな炎が舌なめずりするように一度巻き上がったあとこちらに向かって襲いかかってくる……。

別のパターンもあった。

明かりが灯らないのは同じだ。部屋はすっかり暗くなる。ふと足元に冷たさを感ずる。足踏みしてみるとぴちゃぴちゃと薄気味悪い音が立つ。いつのまにか床に水が浸入してきているのだ。水はどんどん嵩《かさ》を増していく。ドアや窓を開けようとするが梃子《てこ》でも動かない。水は増え続けて膝、腰、胸へと迫り上がってくる。水の冷たさに全身が麻痺していくのが分かる。とうとう喉元まで水に浸り、自分が溺れ死んでしまうのを覚悟する。真っ暗闇の中、ドアの向こうに人の気配を感じる。誰かが外から水を注入して部屋を水没させようとしているのだ。

火に襲われても、水に襲われても最後に上げる声はいつも同じだった。恐怖で塗り潰されてしまった意識の中で、鳴らない笛を吹くように必死で叫ぶ。

「こゆきーー」

その哀れな叫び声を合図に必ず目を覚ますのだった。

3

視力が急速に悪化し始めたのは資材製作部に移って二年目の春頃からだった。

小さい時分から目は良くて、視力検査では左右両眼ともにいつだって1・5だった。父も母も眼鏡を使っていなかった。親戚付き合いはほとんどなかったが、稀に法事などで顔を合わせる親類縁者の多くが眼鏡無しで、もとから姫野家も母方の横山家も「目のいい家系」だと言われているようだった。

だから突然、電車の中吊り広告や映画の字幕が見えにくくなったときはびっくりした。

まだまだパソコンやファミコン、携帯が普及するにはほど遠く、目を悪くするものと言えばテレビが一番槍玉に挙げられていたような牧歌的な頃である。

きっちり九時から五時までの業務だったから仕事で目を酷使したわけでもなかった。考えられる原因とすれば深夜までの小説執筆と、あとは学生時代並みに戻った読書量くらいだったが、それらを何十年も本業にしている父親が老眼にさえなっていないのだから、いまひとつ原因としてはピンとこなかった。

眼病ではないかと心配して眼科を受診すると、

「別に目に病変があるわけではないですね。近視でしょう」

とさっそく眼鏡を作ることを勧められ、そのための処方箋を出されたのだった。

眼鏡をかけるのは抵抗があった。すでにコンタクトレンズは普及していたが、ハードレンズが主流で価格も高かった。ソフトレンズはハードレンズ以上にメンテナンスが大変で、現在のような使い捨てレンズなどどこにもなかったのだ。ハードレンズを使うにしても徐々に装用時間を延ばしていかなくてはならず、最初の数日は痛みを我慢するのが当然という時代だった。眼鏡さえ使ったことのない人間がいきなり眼球にレンズを貼り付けるというのは、想像しただけでも空恐ろしかった。とてもそんなことができるとは思えない。

そもそも眼鏡にしろコンタクトにしろレンズでの視力矯正に気が進まなかった。

そうやって一度、矯正してしまったら近視が固着するに決まっている。どのような理由で見えにくくなったかはともかくも、この状態が一過性のものだと信じたかった。血筋からいって近視になるのが不自然なのだ。

目の酷使やストレスによる仮性近視は成人にもままあるという。ならば矯正する前にやるべきこともあるだろう。さっそく早朝からの執筆に切り替え、スタンドを新しくし、本を読むときの姿勢にも注意を払った。

そうやって努力を続けたものの近視は徐々に進んでいった。手元の作業にさほどの不自由を感ずることはなかったが遠くがやはり見えづらい。

飛行機の音に空を見上げ、見つけた機体の姿が薄ぼんやりしていたりするとショックを受けた。

当時付き合っていた女性にもすぐに相談した。

彼女が勧めてくれたのは視力回復訓練で、都内にはそういうトレーニングをしてくれる教室があるという。高校時代、親友がやはり急激な視力低下に陥って、そのときは半信半疑で南青山のとあるセンターの門を叩いたところ半年で元に戻ったのだそうだ。

「伸昌さんも是非行ったらいいよ」

と強く言ってくれたが、パンフレットを取り寄せてみるといかにも怪しげな印象で二の足を踏まざるを得なかった。

原田《はらだ》視力研究所は南青山三丁目の交差点から麻布方面に五分ほど歩いた場所に建つ大きなマンションの中にあった。

訪ねてみるとそのマンションの最上階の部屋を三つも使って視力回復トレーニングが実施されていた。まず最初に所長のカウンセリングが一時間近くあり、彼の指導法に共感した人のみが教室への入会手続きを行えばいいのだった。カウンセリング代は無料だ。

そういう経営手法が逆に信用ならない感じがした。

パンフレットを見ても、

「この原田メソッドを信じることが視力回復の第一歩なのです！」

いかにも新興宗教の勧誘めいた雰囲気がありありだ。しかも、所長の名前が「原田石《せき》舟斎《しゅうさい》」というのである。パンフレットに掲載されている写真の原田所長は短髪にちょび髭の痩せた男で、そのまんま怪しい人物だった。

「石舟斎」の謂《い》われは記されていなかったが、むろん本名のはずはないし、かの柳生新陰流の剣聖、柳生石舟斎にちなんでいるのは疑いないだろう。

——石舟斎と堂々と名乗ること自体がまともな神経じゃないよな。

にもかかわらずこの原田所長のもとを訪ねる気になったのは、二カ月ほど経ったところで視力の低下が著しくなってきたからだった。再度眼科を受診すると医師も進行の速さに慌てたようで、大きな病院で詳しい検査を受けてはどうかとやんわりと勧めてきた。それでこっちも気楽に構えているわけにいかなくなったのだった。

すぐに眼科で名高い総合病院の予約を取ったが、立て込んでいるようで診察は二週間後だった。ならば彼女も強く勧めていることだし、冷やかし半分で覗いてみようかと思い立ったのだ。原田石舟斎という怪人物の化けの皮を剝がすとまではいくまいが、カウンセリングなるものを一回でも受けておけば、そのうち何かの小説のネタくらいにはなるかもしれなかった。

平日の午後、半休を貰って南青山に出かけた。

あらかじめ電話で予約を入れておいたので簡単な検査のあと待たされることもなく所長室に招かれた。所長室といっても普通の間取りのマンションだから、玄関脇の一室のドアに「所長室」のプレートが貼り付けてあるだけだ。廊下の先のリビングルームに受付があり、その奥には視力測定器や視機能検査装置などが並んでいた。女性の検査技師が一人いて、そこでまず視力や目の動きを調べられる。訪ねたときは先客は誰もいなかった。

所長室に入って向かい合うと、原田所長は写真よりも年齢がいっているように見えた。髪型は短髪だったがちょび髭はない。白いワイシャツに青いネクタイを締め、ズボンは紺色。普通の営業マンや銀行員と変わらない。顔も身体もほっそりしてはいるが、背筋がぴしっと伸びていることもあって相当に鍛えている感じがした。

この数カ月で急速に視力が落ちたこと、近視の家系ではないこと、自分なりに生活習慣や照明などを改めてみたが効果がなかったことなどを丁寧に説明する。原田所長は、手元に届いている検査結果の紙に時折目を落としながら熱心に耳を傾けていた。

「視力回復というのは現代医学において見放された分野です。だから、一度見えにくくなった目がふたたび見えるようになると言われてもたいがいの人は信じません」

こちらの話を一通り聞き終えると、原田所長は厳かな口調で言った。

「しかし、視力の回復は決して不可能ではない。ちゃんとしたトレーニングをすれば誰でも見えるようになります。まして、姫野さんのように遺伝の可能性が薄い人の場合は必ず良くなります。急いで眼鏡やコンタクトを使うのはやめた方がいいでしょう」

その口調は押しつけがましくもなく、といって軽々しくもない。

どうやら想像していた人物とはかなり違うようだと、のっけに感じていた。

「近視の原因は目の疲れです。目だって疲れると運動能力が落ちてくる。乳酸が溜まりやすくなり目と周辺の筋肉にコリができてくる。こうして硬くなった筋肉は血管や神経を締めつけるので血の流れが悪くなるんです。神経伝達も阻害されてくる。とくに目や周辺の血管はとても細いので影響が大きい。血流障害が起こり、目が冷えてくる。その冷えが視力低下の原因になるんです。よって解決法は非常にシンプルです。冷えた目をあたためてやればいいのです。ただ、だからといって蒸しタオルで外側から目をあたためてみても一過性の効果しかない。内側からあたためないといけない。身体の他の場所と同じです。本当にあたためるためには温泉に浸かっていたって駄目ですよね。身体を動かして中からあたためていくしかありません」

そのあと自らが開発したという目の体操について詳しい説明が行われ、

「姫野さんの場合は、症状は急に出ていますがおそらく一過性の近視だと思います。ここでしっかりトレーニングを受け、家や仕事場でも目の体操を続けていれば一カ月もしないうちに視力は回復しますよ。ご心配いりません。要するに姫野さんの目は運動不足なんです。そのせいで筋肉が落ちて発熱量が下がり、それで目が冷えてしまってるんですよ」

一時間近くのカウンセリングが終わってみれば、さっそく教室への入会を決めていた。受付で訊くと、今日からでもトレーニングを受けられるというのですぐに始めることにした。

それから数日間、会社が終わってから毎日教室に通って目のトレーニングを続けた。家や職場でもひまを見つけては目の体操に励んだ。

すると、一週間もしないうちに視力が少し戻ってきたのである。

結局、予約していた総合病院の受診は取り止め、頻繁に教室に出かけ、行かない日も熱心に目の体操をやり続けた。

原田石舟斎の予言通り、一カ月後には視力は完全に元通りになっていたのだった。

二度目のトレーニングでついてくれたトレーナーが小雪だった。

「今日からしばらく、私が担当させていただきます」

と言って挨拶されたときは全然気づかなかった。長い髪を後ろでひっつめ、白衣を着ている彼女を見てずいぶん背が高い人だなと思った。すらりとしたなかなかの美形でもあった。だがまさか小雪だとは思いもよらなかったのだ。

トレーニングはトレーナーとマンツーマンで三十分ほど行う。五分くらい彼女の指導で目の体操を進めたところで、

「お兄ちゃん」

不意に小雪が言ったのだ。

ようやく白衣のネームプレートの「本村」という苗字と彼女の顔とが符合し、「えっ」と内心で叫んでいた。

「小雪ちゃん？」

「姫野さん、お久しぶりです」

小雪がにこにこ笑っていた。

実を言えば、そのあと連日教室に通うようになったのは、小雪と再会したからでもあった。

彼女と最後に会ったのは川添が失踪するずいぶん前だった。大学に入って一度帰省したときに川添と一緒に食事をした記憶はあった。あれは一年のときだったか二年のときだったか。とにかく小雪はまだ中学に入ったばかりだったと思う。

それ以来だから、およそ八年ぶりの再会だった。

再会したその夜、小雪の仕事が終わるまで研究所の近くの喫茶店で時間を潰し、彼女と一緒に食事に行った。

うろおぼえだが、たしか行きつけにしていた赤坂の小料理屋に連れて行ったのではなかったか。

小雪は二十一歳になっていた。八つ違いとはいえ、初めて会ったときと比較すれば男女としての年齢差は一気に縮まっていた。

川添が失踪したあとひと月もしないうちに母の千鶴は川添薬品を解雇されたのだそうだ。小雪は高校三年生だった。さつき荘を出て東区のアパートに移り、千鶴は辛子明太子の製造販売所で働き出したらしいが、

「三カ月もしないうちにおかあさんがくも膜下出血で死んでしまって、それで私は高校だけ卒業してすぐにこっちに出てきたの。おかあさんもおとうさんもいない福岡に住むのがいやだったし、身寄りだって誰もいなかったから」

千鶴の遺してくれた預貯金と生命保険金で都内の専門学校に通い、アルバイトをしながら三年かけて視能訓練士の国家資格を取得して、この春から原田視力研究所に勤め始めたのだという。

「視能訓練士って、普通は大学病院とかに勤めるんじゃないの?」

と訊くと、

「この研究所が一番お給料がよかったの。おかあさんのお金もとっくに底をついてたし、奨学金も受けていたからできるだけたくさん貰えるところを選んだの」

小雪は言っていた。

その夜は、遅くまでいろんな話をして、木場のアパートにタクシーで送っていった。

翌日も、その翌日も教室に通い、小雪の終業を待って一緒に食事に出かけた。

三日目の晩、家に帰り着くと研究所のことを教えてくれた恋人に電話して、別れて欲しいと頼んだのだった。

お金目当てで通い始めた職場だったが、小雪は所長の原田のことを篤く信頼していた。専門学校で学んだことだけがすべてではないと蒙を啓かれた思いのようだった。

「だけど、どうして石舟斎なんて奇妙な名前を名乗ってるんだろう。あんな名前じゃなければもっと信用されると思うけどね」

と言うと、

「所長の本名は原田信夫っていうの。医学生だったときにドイツ語の先生がいらして、その人は熊田泰男《やすお》って名前だったらしいんだけど、その先生が、どうして自分はこんな平凡な名前なのかって子供の頃からずっと嫌だったたって話をしてくれて、だから自分の一人息子の名前はとらたろうにしたっておっしゃったそうなの」

「とらたろう？」

「そう。タイガーの虎の虎太郎」

「熊田虎太郎か。そりゃすごいね」

「でしょう。でね、先生も信夫っていう本名はもうやめて、誰でもへぇーって思うような名前を名乗ることにしたんだって」

ちなみに原田は剣道など齧ったこともないらしかった。

この原田とは、小雪と一緒になってからもえんえんと付き合いが続いた。

小雪が仕事を辞めたあとも何かと世話になり、デビューまでの生活を支えてくれたのは原田だと言っても過言ではなかった。そういう意味では、自分を作家にしてくれた功労者の一人は原田であり、その原田との縁を結んでくれた小雪がやはり最大の功労者ということになる。

原田はデビューする一年前にがんで亡くなった。

生涯独身で親きょうだいもいなかった彼の最期を病室で看取ったのは自分と小雪だった。

デビュー作となった『僕たちは森の狼の喜びを知らない』も原田の豊富な人生経験をヒントにして書いた小説だった。

仕事を辞めた小雪が店を出したとき、開業資金を融通してくれたのも原田だった。

何もかも原田におんぶにだっこだったとつくづく思う。挙句、その早過ぎる死によって残っていた借金の返済の要もなくなったのである。

原田が亡くなってからも小雪はよく「所長」の話をした。つらい思いを抱えるとしばしば、

「所長、なんで死んじゃったのかなあ……」

と呟いていた。

とはいえ、小雪は思い切りのいい性格の持ち主だった。

蓄えもろくにないまま会社を辞めて執筆に専念したいと告げたときも、

「先のことなんて考えなくていいの。この三カ月を、いつか死んでしまうとき、ああ、あの三カ月が一番幸せだったなって思い出せるような三カ月にしましょう。そういう三カ月を何回も繰り返しながら生きていけばいいのよ」

と言ってくれた。そして必ず最後に、

「あなたは絶対に大丈夫。あなたには神様がついているから」

と励ましてくれるのだ。

この「神様がついている」は、彼女と再会し、男女としての付き合いを始めた最初の最初から小雪が口癖のように使う言葉だった。当初は、何て大袈裟なことを言うんだ、馬鹿げた言い回しをするんだと辟易したが、何度も耳にしているうちに不思議なもので自分自身もそういう気にだんだんなってくるのだった。

神の御加護があるなんて幾ら自らに言い聞かせても到底信じられるものではないが、第三者から、しかも一番身近にいる相手から常々言われていると、それがまるで天からの声のように感じられてくる。自分にとって何か有利なことが起きたとき、「神様がついている」という言葉はなおさら大きく胸に響いてくる。

だが、肝腎なのは逆の場合だった。

苦境に陥り呻吟を繰り返しているときにこそ、

「絶対に大丈夫。ノブちゃんには神様がついているんだから」

という一言は意外なほどに心に沁みるのだ。

小雪を失って、もう二度とその言葉を聞けないのだと気づいた瞬間、それまで積み上げてきた足元の土台が根底から崩れていくのを感じた。

小雪と一緒に「神様」までもがどこかへ飛び去って行った気がした。

そして、そういう気分になると決まって思い出す光景があった。

小雪が泣きながらコップを洗っている姿だった。

小雪は小さな声で嗚咽しながら、小刻みに肩を震わせて懸命にコップを洗っていた。

何度も何度もしゃぼんをつけて、何度も何度も同じコップを洗っているのだ。

4

東中野の仕事場は明大付属中野中学・高校のすぐ隣にあった。

三階建ての低いマンションの二階で、マンションの玄関は細い通りを挟んで学校の正門と向かい合い、敷地の裏手は「桜ノ森公園」という割と大きな公園と繋がっていた。そして、公園の西側はやはり狭い道をあいだにして高いネットで囲われた学校のグラウンドと接しているのだった。

執筆に疲れたり、気分転換をしたいときはときどきその桜ノ森公園に行ってベンチに腰掛け、グラウンドを駆け回る生徒たちの声やボールの音を聞きながらぼんやり想を練ることもあった。

五月第三週の土曜日。

明け方に目を覚まし、いつものように朝風呂に浸かりながら全身のチェックを行うと、数日前から硬くなり始めていた左耳の上半分が完全に透明化していた。以前にも一度、似たようなことがあったので、それ以来、髪は短くしないように心がけている。前回も今回も耳朶《じだ》の上半分なので髪の毛で誤魔化せるが、仮に耳の下半分や耳全体がプラスチック化すれば厄介なことになる。透明化だけなら化粧でどうにか対応できるが、耳が一部でも脱落してしまうと再生までのあいだ帽子を目深にかぶってやり過ごすしかあるまい。とはいえ、外出は可能でも誰かに面と向かって会うのは難しくなるだろう。

風呂から上がり、洗面所の鏡を見ながら透明になった部分にファンデーションを塗っていく。五分もしないうちにパッと見では右の耳と見分けがつかないくらいになった。経験を重ねるうちに我ながらすっかり化粧がうまくなったと思う。

時刻は午前六時になるところだった。

バスローブ姿のまま部屋のソファに腰を下ろす。ベランダからは明るい日差しが射し込んでいた。桜の季節はあっという間に終わり、このところの日中の気温は二十五度を超えている。春というより早くも初夏の趣きである。

さして広くない1LDKにベッドや仕事机、書棚がおさまっている。キッチンは独立だが、ここでは滅多に食事を作らない。冷蔵庫も小さなものを置いているだけだ。

大学進学のために上京して、最初に借りたアパートが東中野にあった。山手通りを渡った反対側のエリアだったが、三年ほど住んだ。それもあって、小雪亡きあと、元の家にどうにもいられなくなり、真っ先に借りたのがこの東中野の部屋だった。当時は緊急避難のつもりだったので、こんな小さな部屋にしたのだが、そうやって一度逃げ出すと自宅に戻る気持ちはますます失せて、いつの間にか幾つもの場所を転々とする生活が身についてしまった。

新しく部屋を借りたらどれか一室を解約するというルールは二年ほど過ぎてから始めたもので、当初はやたら借りまくって、最も多いときは同時に七カ所もの仕事場を抱えていた。

そんな中、ここだけは契約を更新しながらずっと使い続けている。

同じ場所に身を置いたところで学生時代に戻れるはずもなかった。それでも小雪を失った直後の自暴自棄の我が身をどうにか生き長らえさせることができたのは、この東中野の部屋のおかげだったという気もしている。

着替えを済ませるとインスタントコーヒーを淹れ、六月半ばに選考会が控えているとある文学賞の候補作を読み始めた。毎年、いまの時期はここで候補作を読むのが習慣になっている。今年は最終候補が五作品。賞を主催する版元の編集者たちが選び出したそれらが一カ月ほど前に送られてきて、選考委員たちはそこから当選作を一作ないしは二作選ぶことになる。五作品といっても一本は一二〇〇枚の書下ろし上下巻なので、単行本の冊数は六冊だ。

まずは手ごわそうなその大長編の上巻から手をつけることにした。著者は警察小説を得意とする気鋭のミステリー作家で、二年前にも一度最終候補に残っている。

読み出してみると今回も実直な刑事を主人公とした警察小説だった。冒頭からよく練られていて一気に作品の世界へ惹き込まれていく。快調な滑り出しと言ってよいだろう。一安心だった。上下巻の大作が退屈だったりすると候補作を読むのが本当に苦痛になる。そんなときは「もう今年限りで選考委員はやめにしよう」といつも思うのだ。

上巻の三分の一ほどを読み終え、顔を上げて壁の時計を覗くと八時を回っていた。二時間近く集中したのだと気づく。

今日もカンカン照りになるのかと思ったが、窓からの日差しはさほどでもない。

本を畳んでソファから立ち上がった。

これなら明日には読み上げることができるだろう。あとの四作は三つが短編集で残りの一つも長編とはいえそこまでの長さではない。

この文学賞はかつて父も選考委員を務めていて、十年ほど前に委嘱されたときはある種の感慨を覚えたものだ。以降は幾つかで「父子二代の選者」となったが、父の後を襲った最初の選考委員という点でこれは思い出深い賞ではあった。

明け方に目覚めたので睡眠時間は短かったが、読書の興奮もあってか眠気はまるでない。

今日は航空会社の機内誌に隔月連載しているエッセイを一本書く予定だ。パソコンに向かう前に外の空気を吸って気分転換を図ることにする。

サンダルをつっかけてマンションを出た。

日差しは弱いが充分にあたたかかった。風が吹いてくると気持ちがいい。

休日の朝とあって通りに人影は見えない。エントランスを抜けて右手の公園の方へと向かった。

「桜ノ森公園」と名付けられているが、桜の木はL字型の公園の遊具類が置かれた一角に二、三本植えられている程度だ。それよりも他の木々の方がずっと数が多かった。恐らくはこの一帯がかつて「桜ノ森」とでも呼ばれていたのだろう。その名残が公園の名称として生きているのかもしれない。

普段は賑やかな生徒たちの声が聞こえるグラウンドの方からも、今朝はさすがに何の物音もしない。目の前の公園にも人の気配はなさそうだった。

レンガを積んだ低いゲートをくぐって園内に入る。目の前にがらんとした空き地が広がり、それを取り囲むように木々が繁っていた。どれも樹齢を重ねた立派な樹木で、ことに入口と正対する形で広場の奥に並び立つ二本のイチョウの大きさには目を瞠《みは》るものがある。その巨木と巨木とのあいだに木製のベンチが設置されていて、誰もいないときはいつもそこに腰を下ろして考え事をするのが常だった。

今日も無人のベンチの真ん中に座り、仕事場のあるマンションのベージュ色の建物を眺めながら心地よい風と日の光を浴びた。風呂上がりにファンデーションを塗ってきた左耳が風と光を受けてこそばゆく感じられる。

プラスチック化した部分を外気にさらしたり直に太陽光線に当てたりしたことは一度もなかった。露天風呂にでも入れば性器でさえ日光や月光にさらすことがある。その点ではプラスチック化した部位というのは恥部以下の扱われようと言ってもいい。そう考えると厚化粧をされた左耳が気の毒で、ひどく申し訳ないことをしているような気分になってくる。

人間というのは幾つになっても、他人の目から解放されることがない。無人島にでも移り住まない限り一瞬たりとも素っ裸で外を歩けないという生活は、たとえば他の動物たちの目から見ればとんでもなく息苦しいものなのではなかろうか。

しばらく風と光の心地よさを味わっていた。

すると背中の方から何か話し声のようなものが聞こえてきた。不意に聞こえてきたのか、それともいままで気づかなかっただけなのか？

首を回して背後を窺う。

右側は乾いた土の広場だった。L字で言うならいま座っているベンチがあるのが下の横線の真ん中あたりで、公園の敷地は右の広場を挟んで直角に折れ、さらに大きな広場へと繋がっていた。遊具や砂場、自転車置き場などがあるのはこの縦線の部分の方で、小さな子供連れの人たちは大体いつもそっちに溜まっている。ベンチの左側は子供たちのキャッチボール専用のコーナーだった。テニスコートほどの広さががっしりとしたフェンスで囲われ、入口には鍵がついている。鍵が解かれているのは午前六時半から午後七時までで、それを知らせる白い案内板がフェンスに掲げられていた。

話し声は、そのキャッチボールコーナーの方から聞こえてくる。

だが、フェンスの中には人っ子ひとりいなかった。

空耳のはずもあるまいが、とフェンスの周辺へと視線を巡らせる。フェンスの向こうは

二、三メートルのあいだを空けて人家の塀が連なっているのだが、そこには灌木《かんぼく》や大きな木々がびっしりと植え込まれ、双方のための目隠しの役割を果たしていた。いまは新緑を繁らせた丈高い木々の足元でつつじが盛大に花を咲かせている。

目を凝らしてみると、そのフェンスと各戸の塀との際の中でも一番鬱蒼としている場所のあたりに何人かの人影があった。どうやらひそひそ声は彼らのものであるらしい。

ベンチから立ち上がってフェンスの方へと歩み寄る。鍵の解かれた入口から中に入り、キャッチボールコーナーを横切って声のする一角へと近づく。

向こうはこちらの気配には気づいていないようだった。フェンスの先、大きなクスの木の下に寄り集まって何かごそごそやっている。人数は四人。全員男の子だった。背格好かららいって中学生くらいだろうか。

四人のうちの二人は巨木の根元にしゃがみ込んでさかんに手を動かしている。スコップらしきものが見えるので、足元の地面を掘り返しているようだった。あとの二人は仲間の作業を見守るように立っているが、園内の人たちの目をあざむくために壁を作っている感もある。

いきなり声を掛けるのも悪い気がして、足音を高くして近づき、目の前のフェンスの網目を両手を伸ばしてわざと揺さぶった。案の定、四人が弾かれたようにこちらを見る。しゃがんでいた二人もスコップを手にしたまま慌てて立ち上がった。

フェンス越しに、

「おはよう」

とまずは言ってみた。

彼らのなかで一番背の低い男の子が、

「おはようございます」

と返してくる。

つられたように残りの三人も口々に「おはようございます」と言った。

「ところできみたち、こんな朝っぱらから一体何をやってるんだい？」

あいだにフェンスを挟んでいる分、少年たちにも少しは余裕があるだろう。単刀直入に訊ねてみた。全員、突然の闖入者《ちんにゅうしゃ》に明らかに戸惑っているふうだが、しばし互いに顔を見合わせたあと、

「タイムカプセルを埋めてるんです」

ふたたび背の低い子がはっきりとした声で答えてきた。

「タイムカプセル？」

今度は、一番のっぽの子が手に持っているさほど大きくもない箱のようなものをわずかに持ち上げてみせる。箱と言っても、厳重にビニールのようなものでくるまれているので、それが金属製なのかプラスチック製なのか、はたまた木箱なのかはまるで判別がつかなかった。

「僕たちは同じ小学校の同級生なんです。四月に中学に進学して、四人ともばらばらにな

っちゃったんで、それで、みんなで記念の品を持ち寄ってタイムカプセルに入れてこの公園に埋めることにしたんです」

「なるほど」

フェンスから手を離し、

「だったら、これは見なかったことにしないといけないね。悪かったね、声なんて掛けちゃって」

と謝った。いまどき「タイムカプセル」なんてものがまだ生き残っているのか、と不思議な心地がする。タイムカプセルが子供たちのあいだで大流行したのは、それこそ何十年も前の話ではなかろうか。

「そんなことはありません。ご承知の通り、この公園はみんなに開放されている場所ですから」

小柄な少年が胸前で手を振りながら言った。よく見ると上背はないが誰よりも大人びた顔つきをしている。彼がこのグループのリーダー格なのだろう。

少年の奇妙に改まった物言いに興味を惹かれた。

「しかし、いまどきタイムカプセルなんて流行らないんじゃないの」

聞いてすぐに感じたことをそのまま口にしてみる。

「たしかに」

したり顔で彼が頷く。

「でも、学校が始まってみると、もういままでみたいに四人で集まる機会があるとも思えないんです。全員、違う学校になっちゃったし、部活も始まって新しい友達もできたし、結局、そうやってお互いがお互いのことを忘れていくのかなって思ったとき、四人ともそれじゃあやっぱり嫌だって思ったんです」

彼の周りの三人も一緒に頷いている。

「なるほど。だけど、世の中なんてそういうものだろ。去る者は日々に疎しってね。それでいいんだよ。きみたちの年齢で過去なんて振り返る必要はないんだ」

「でも、それじゃあ、やっぱしさみしいじゃないですか」

リーダー格の少年が言い、

「この先、そんなにいいことがあるってわけでもなさそうだし、小学校時代の友達ってすごく大事だと僕たちは思ってるんです」

と付け加えたのは彼の隣に立つひときわ瞳の大きな少年だった。青いスコップを握っているから、さきほどまで穴を掘っていたうちの一人なのだろう。

「まあ、それは一理あるかもしれないな。女の子のお尻を追いかけ回したくなる前に知り合った友達は、たしかに男にとって大切な存在だからね」

「でしょう」

瞳の大きな少年が我が意を得たりという表情になった。

「ここにタイムカプセルを埋めて、十年後にまた集まって、四人でこのタイムカプセルを掘り返そうって約束したんです」

リーダー格の少年はそう言って胸を張ってみせた。

そのあともしばらく少年たちと立ち話をして公園を離れ、どこにも寄らずに仕事部屋に戻った。

日を浴びたせいなのか頭が重かった。目の裏側にわずかながら痛みも感じる。寝不足がたたったのかもしれなかった。

バファリンを一錠呑んでベッドに横になる。

四十半ばを過ぎたあたりから完徹ができなくなった。五十を超えると午前二時、三時まで起きているのもつらくなった。酒が入ればすぐに眠気に襲われるようになり、そのうち早寝が習慣化し、明け方に目覚めることが多くなった。睡眠時間は徐々に縮んでいき、酒量を減らしてからはなぜかよく頭痛に見舞われるようにもなっている。仮眠を取ると起床後はすっかり痛みが引いていることから、頭の痛みは睡眠不足のサインだろうと受け止めていた。

狭い寝室のシングルベッドに仰向けになり、見慣れたクリーム色の天井を眺める。天井の大きさがそのまま部屋の広さだと思うと、いつもながら寂寥《せきりよう》感が胸に込み上げてくる。こんな小さな世界に閉じ籠って、日がな原稿を書き続けて生涯を閉じる自分自身がみじめで仕方がない。

もう少しまともで愉快な人生を送れなかったものか……。

そんな別の人生など用意されているはずもなかったと分かってはいても、つい愚痴をこぼしたくなる。

先ほど出会った四人の少年たちの顔が日に浮かんできた。

自分にもああいう年頃が確かにあったのだ。そこから半世紀近くを経て、いまの自分がいる。その事実自体が信じがたく、空恐ろしかった。現在の自分にただ一つ言えることは、我が人生がそうであったように、彼らのこれからの人生もまた〝ろくなもんじゃない〟ということくらいだろう。

話してみると四人ともなかなかに利発そうな少年たちだった。全員が中学受験に挑み、一人を除いてみんな難関の名門校に合格したようだ。一番大人びていた、よく喋る背の低い少年だけが落第し、近くの公立校に通い始めているらしかった。どうやら彼がタイムカプセルの話を仲間たちに持ちかけ、その境遇への憐憫《れんびん》もあって合格組の三人は断るわけにもいかなかったようだった。

彼らの話からそうした事情を察して、四人全員が、十年後にまたあの場所に集まってタイムカプセルを掘り出すのかどうか怪しいものだと感じた。誰かが欠けるとしたら、きっと言い出しっぺの背の低い少年ということになるのだろうが……。

余計な想像に気を取られていては眠ることができない。

夜も照明を消さずに眠っているので、日の光は邪魔にならなかった。昼間の睡眠の方が孤独感が薄い分、よく眠れるくらいだ。目をつぶり、何度か深く呼吸をして、眠りの淵へと自ら足を滑らせていった。

目覚めたときはすっきりしていた。時刻は十一時を回ったところだ。二時間余りぐっすり眠った計算である。顔を洗い、口を漱《すす》いで外出の支度をする。頭の痛みはきれいに取れていた。外出といっても昼食に行くだけのことだった。朝から何も口にしていないので何か食べないわけにはいかない。今日中に機内誌のエッセイを書き上げておきたかった。満腹もよくないが、空腹も執筆への集中を妨げてしまう。

ここにいるあいだは、昼も夜も東中野銀座通り商店街に出かけて食事をする。商店街以外の場所に足を延ばすことはほぼなかった。行きつけの店も四、五軒に絞られている。

昼食は大体、商店街の入口近くにある「十番」という中華屋に決めていた。マンガ家の谷岡ヤスジが生前よく通っていたらしく、店頭には谷岡が店を推薦する雑誌記事が飾ってある。

食べるのは大体、その谷岡が好物にしていたというタンメンだった。以前は必ずビールの中瓶を追加していたが、最近はやめている。

仕事場から商店街までは五分余りの距離だった。「十番」の店先に来てみると、まだ正午前だというのに長い行列ができている。近年はネットでも評判が広まっているせいか、並ばずに入るのが難しい店になった。二、三人なら店の入口脇に置かれた長椅子に座って順番待ちをするのだが、土曜日とあって十人近くの大行列だ。

あきらめて、「十番」の斜向かいにあるイタリア料理店に入ることにした。

そこもなかなかの人気店なのだが、席数が多いので「十番」ほど混み合ったりはしない。パスタも美味しいが、ピザのメニューが豊富で、それ目当ての客が大半だった。

ここではもっぱら「チーロ」というピザを食べる。モッツァレラ、バジリコ、チェリートマトにサラミソーセージがトッピングされている。あわせてレタスのサラダと赤のグラスワインを注文するのが定番だ。赤ワイン一杯だけは酒のうちに数えないようにしている。

奥の狭いテーブル席に案内され、さっそくいつものメニューをオーダーする。店員も心得ていてすぐにサラダとワインが出てきた。二時間ほど前にバファリンを呑み、今度はワイングラスを傾けている。身体にとっては、とんだ迷惑だと思うが、これも執筆のためだと心の中で手を合わせる。思えば、いつもそうやって「原稿を書くためなのだから」と自分を甘やかしてきたような気がする。

度を越した量の酒に溺れながらも、

――いまは飲まなければ書けない。

とずっと自らに言い聞かせていた。

実際、小雪を失ってからの長い歳月、原稿だけは書き続けてきたのだ。

作家というのは、結局のところ、小説を書く機械のようなものだと思う。部品が壊れるか燃料が切れるかするまで、作家は小説を書き続ける。そこに御大層な志や目的など、実のところあってもなくても構わないのではないか。

少なくとも、いまの自分には何のために小説を書いているのか、その目的も理由もよくは分からなくなっている。それでも丸三日と物を書くのをやめたことはほとんどなかった。

空きっ腹にピザを詰め込み、赤ワインをちびりちびりやっているうちに陶然とした気分になってきた。グラス一杯のワインで酔い心地になるとは珍しい。大して飲まなかった若い時分に舞い戻ったかのようだった。

それにしても、今朝は不思議なものを見た。

いまどきタイムカプセルなんて考えつかないだろう。あげく、あの少年たちはわざわざ休みの日の朝早くに馴染みの公園に集結し、大きなクスの根元をスコップで掘り返して、持ち寄った記念の品を埋めようとしていたのだ。コンピュータゲームやスマホにうつつを抜かしている世代に、まるで昭和の子供たちのような心性が生き残っているというのがまずもって意想外だった。

記念の品と言っていたが、一体、箱には何を入れたのだろう？

せっかくだからそこまで突っ込んで質問すればよかった。

写真や作文の類か、それともお気に入りのゲームやそれぞれの趣味にまつわる品々か。はたまた将来の夢を記した寄せ書きや好きな女の子の名前を書き込んだ秘密の手紙だろうか。余りにも世代が違い過ぎて想像することさえかなわない。同じ国、同じ時代に生きているとは名ばかりの話で、還暦間近の人間にとって十代の少年たちはまるで異星人のようなものだ。

5

そのことに思い当たったのは、ピザもサラダも平らげて勘定書を手に席を立とうとしたときだった。

――これから書くエッセイの枕に、そういえば先ほどのタイムカプセルの話を振ってみてはどうだろう?

最初はそう思っただけだ。

なるほど悪くない、と椅子に座り直して原稿の組み立てを考え始めようとした矢先、不意に〝そのこと〟を思い出した。

――そういえば、ずいぶん昔、公園に何かを埋めたのではなかったか?

いまのいままで完全に忘れ去っていた記憶が、まるで古ぼけたテレビ画面がいきなり明るくなるみたいに意識上によみがえってくる。

――いつのことだ?

――どこに埋めた?

――何を埋めた?

――なぜそんなことをした?

――どうして忘れていた?

エッセイのことなどそっちのけで、幾つもの疑問が矢継ぎ早に脳内を交錯した。

だが、ほとんど何も答えられなかった。時期も、何を埋めたかも、なぜそんなことをしたのかも、まるで分からない。ただ、この手で何かを埋めたのは事実だった。

埋めた場所だけは、ぼんやりとではあるが思い出していた。

ふたたび勘定書を持って立ち上がった。

具体的な記憶を手っ取り早く取り戻すには、その場所に行って埋めたものを掘り出してみるにしくはない。

支払いを済ませて仕事場への帰り道を急ぐ。歩きながら「どこに埋めた？」に絞って記憶の精度を高めるよう努めた。

本当に公園だったろうか？　今朝、桜ノ森公園であの少年たちと出会ったため、自分も同じような場所に埋めたと錯覚しているのではないか？

しかし、脳裏に浮かんでくるのは木々の生い茂った、やはり公園の風景だった。そこは桜ノ森公園よりもずっと広くて、明らかに見覚えもあった。

あの公園のどこかに、自分はずいぶん昔、何かを埋めた。

なぜそんな突飛なことをしたのか見当もつかない。

だが、こうして思い出してみれば、それは間違いのない出来事なのだった。

思えば、今朝、四人の少年たちと遭遇したのも偶然ではないのかもしれない。

それとも、あれは幻覚だったのか？

身体の一部がプラスチック化するようになって以来、自分という存在の確かさが大きくぐらついていた。

自分は一体誰なのか？　姫野伸昌という男は現実に存在しているのか？　自分と思っているこの意識は、実際は頭のおかしくなった人間の支離滅裂な妄想の産物に過ぎないのではないか？

明け方に目覚め、入浴し、プラスチック化した左耳に化粧をほどこし、大部の警察小説の上巻を読み、公園に日光浴に行き、タイムカプセルを埋めていた少年たちと出会い、軽い片頭痛を覚えて帰宅し、二時間ほどの仮眠を取り、昼食のためにふたたび外出し、食事を終えたところで、かつて自分自身が同じように何かを公園に埋めた事実を不意に思い出す――という一連の出来事そのものが、「俺は小説家の姫野伸昌だ」と信じ込んだ狂人によるただの妄想なのではなかろうか……。

歩きながら、硬くなった左耳の上部をいつの間にかしきりに触っていた。

左手を見れば指先にはファンデーションがべったりとついている。

いまとなっては、この硬い耳の感触だけが自らの存在を証拠立てる確かな現実のような気がする。肉体の一部がプラスチック化するのであれば、記憶の一部のプラスチック化だって充分にあり得るだろう。

プラスチック化によって欠けた記憶が、何かの拍子に再生する。

脳の一部にプラスチック化が起きたと仮定すれば、そのような現象が生じたとしても不思議ではあるまい。

よみがえってきた風景があの公園のものだとすれば、何かを埋めたのは高田馬場に住んでいた時期の可能性が高かった。だとすればさほど昔ではなかったことになる。馬場時代はそれこそ年がら年中酔っ払っていた。酔いに任せてそれくらいのことはやったかもしれない。

たとえば今朝のような光景を目にして、「俺もやってみるか」と思い立ったのではないか。

「埋めてしまいたいものなら腐るほどある。それこそ俺自身を真っ先に埋めてしまいたいくらいだ」

とかなんとかうそぶいて、半ば衝動的に実行したのではないか。

特に相棒のルミンを見送ってしばらくは、深酒でも紛らわせない鬱屈に沈んでいた。あの数カ月のあいだならどんな奇矯なことをしでかしたとしてもおかしくない。無茶をやらかしておいて、それをすっかり忘れるという芸当も、当時なら楽々とこなせただろう。

一度、村正さんに厳しい叱責を食らったこともあった。

あれは何が直接の原因だったか？　よくは思い出せないが、温厚な村正さんが身体を震わせるようにして迫ってきた。

「姫野さん、あんた、そんなに生きるのが嫌なら、いまこの場でコレで喉でもついて死んでみなさいよ。僕がちゃんと見届けてあげるし、葬式だってきちんと出してあげるから」

そう言って、村正さんが台所にあった果物ナイフを取って来て目の前に叩きつけたことがあった。あれは彼の鶴巻町の家でのことだったか、はたまた高田馬場の仕事場でのことだったろうか。二人ともしたたかに酔ってはいた。

仕事部屋に帰り着くと、熱い紅茶を淹れてゆっくりと飲んだ。

グラス一杯とはいえワインの残った身体でハンドルを握るわけにもいかない。

中野のホームセンターに寄って軍手やスコップを調達したいので車で出かけたかった。

紅茶を飲み干すともう一度風呂に入ることにする。半身浴で汗を流せば、アルコールは完全に身体から出て行ってくれるだろう。


浴槽で湯の感触を味わいながら、いま一度、記憶の細部を見極めようとした。埋めた場所以外はやはり何も思い出すことができなかった。ただ、「場所」のイメージはますます明瞭になってきている。

高田馬場に住んでいる時分にしばしば散歩に通った公園で間違いない。

馬場の仕事場を解約して以降は一度も訪れていなかった。

実際に園内に足を踏み入れれば、どこに埋めたかをはっきり思い出すことができるだろう。埋めたのは四角い箱だったような気がする。それほど大きくない金属製の箱ではなかったか？

風呂を出て、化粧が剝げ落ちてしまった左耳の上半分にあらためてファンデーションを塗っていると、透明になっていた部分がぽろりと落ちてしまった。

耳の一部が脱落するのは、これで二度目だ。

神田川沿いのコインパーキングに車を置いた。ホームセンターのレジ袋に入っていた新品のスコップと軍手、ゴミ袋、ペットボトルのウーロン茶を愛用のリュックに詰め替えて、目的地へと向かう。

早稲田通りに出ると、とりあえず高田馬場駅とは反対側、早稲田方向に通りを下った。沿道の風景は馴染みのものだが、土曜日とあって普段よりぐんと人の数が少ない。馬場周辺は大学や専門学校が密集していることもあって、土日や祭日の方がずっとがらんとしていた。いま向かっている馬場口交差点のすぐ近くのマンションが以前の仕事場だったが、平日は深夜まで若者たちで賑わい、休みの日は一転して静かなたたずまいとなるこの街の風情がとても気に入っていた。

ルミンが生きてくれていれば、いまもまだここに仕事場を持っていたような気がする。

「馬場口」で右に折れ、明治通りを新宿方面に進む。

平日はよくこの先の戸山公園を散歩した。休日は家族連れや舞踏サークルの学生たちで公園はいっぱいになるので、そんなときは早稲田大学のキャンパスの中をしばしば散策の場としていた。休みの日の大学構内は平穏で居心地がよかった。

諏訪町の交差点まで来て、左右を見やる。四差路になっているが真っ直ぐ行けば東新宿、左右には明治通りをあいだに挟んで戸山公園の敷地が広がっていた。右側が戸山公園大久保地区、左が戸山公園箱根山地区と呼ばれている。箱根山は江戸時代に作られた築山で、山手線の内側で最も標高の高い山だ。といっても高さは五十メートルにも満たないはずだった。

よく歩いていたのは箱根山地区の方なので信号を渡って進路を左に取る。この諏訪通りという名前の通りはトウカエデの並木道になっている。右手には学習院女子大の煉瓦塀がえんえん続いていた。その煉瓦塀がとぎれてしばらく行った先が蟲封じで有名な穴八幡宮で、八幡宮の斜向かいに戸山公園箱根山地区のゲートが設けられているのだった。

ゲートの前で立ち止まり、持ってきたペットボトルのウーロン茶を飲んだ。空は薄曇りのままだったが気温は昼過ぎから急速に上がってきている。帽子をかぶっていると暑いくらいだ。

時刻は午後三時になるところだった。

桜ノ森公園で少年たちと出会ってから七時間ほどしか経っていない。なのにこうして思いもかけない地点にいま立っているのが不思議と言えば不思議、奇妙と言えば奇妙だった。公園に足を踏み入れると、目の前の広場では大勢の若者たちがしゃもじのようなものをカチャカチャ鳴らしながら踊りの稽古をしている。その向こうではユニフォーム姿の子供たちが右へ左へとサッカーボールを追いかけていた。

数年ぶりに目にする光景だが、昔と変わらぬ休日の公園風景でもある。

ゲートをくぐった途端に、記憶の濃度が増した感じがあった。

ここだろうという推測が、あっという間に、ここに違いないという確信に変わっていった。

広場には入らず、明治通りへと逆行する形で延びた遊歩道を歩いていく。右脇には岩を積んだせせらぎが設けられ、菖蒲などの植え込みもあるが、水はほとんど流れていなかった。

左右に立ち並ぶ木々をじっくりと眺めながら歩を進める。ことにせせらぎの側は鬱蒼とした樹林になっていた。人目につかずに何かを埋めるとしたら恰好の場所に思える。

五分ほど歩いたところで足を止めた。

右手に立つ巨大なヒノキの姿にピンとくるものがある。

その場所は開けていた。ヒノキの周囲の下草は刈られ、一部が柵で囲われている。木製のベンチが数脚並べられていた。

――あのヒノキには見覚えがある。

柵の隙間を見つけてヒノキのたもとまで行ってみた。太い幹の根元は円形に石で取り巻かれている。木肌にはびっしりと苔が生《む》していた。見上げれば見事な枝ぶりである。

はっきりと思い出した。

一度はこのヒノキの根元に埋めようと思ったのだ。だが、結局は断念した。

掘り返すときの目印としてはうってつけの大木だったが、やはりここでは人目につき過ぎると考え直したのである。

だとするとそのあと、自分はどこに向かったのか？

身の内には胸騒ぎにも似た興奮がきざしていた。今朝からの成り行きを思えば、気持ちが高揚するのは当然と言えば当然だろう。

突然のように失くしていた過去を取り戻し、しかも、それが何かを公園に埋めたという突拍子もない過去なのだ。

遊歩道に戻って先へと進んだ。

コンクリートタイルを敷き詰めた大きな広場に出る。案内板やトイレ、それに子供たちが水遊びをするためのプールのようなものが設置されていた。プールの水もいまは抜かれている。

案内板によるとここは「いきいき広場」でプールは「じゃぶじゃぶ池」というらしい。

そういえばそうだったかな、という気がした。

いきいき広場の真ん中に立って周囲を見渡した。左方向に進めば箱根山や陸軍戸山学校跡の記念碑につながり、明治通り方向にさらに真っ直ぐに進めば、人工の瀧が設けられた「ひなたぼっこ広場」に出るようだ。

ひなたぼっこ広場を目指す。その先は行き止まりになっているはずなので、物を埋めるとしたらそっちの区画だろう。

汗ばむ陽気のせいか、ひなたぼっこ広場の方へ進むうちに人気がなくなっていった。大きな岩を組み上げた人工の瀧も涸《か》れたままだ。コリー犬を連れた婦人とすれ違ったあとは、誰とも出くわさなかった。

低木ながら盛大に葉をつけたカエデやアジサイの群生が狭い道の両側に繁っている。木々には樹名を記した青いタグが吊るされているが、それはこのエリアだけのようだ。他の場所ではどの木にもそんな名札はついていなかった。

景色にもそれぞれの木にもひっかかるものはなかった。しかし、青いタグには明らかに見覚えがある。

あのときも、この青いタグのついた木々のどれかの根元に箱を埋めたのではなかったか。それがいつだったかは思い出せないが、掘り返すときに場所を忘れないようにタグの文字を記憶したような気がする。

なんという名前の木だったろう？

コブシ（モクレン科）

ハゼノキ（ウルシ科）

サルスベリ（ミソハギ科）

一本一本の樹名を確認しているうちに、よみがえってくるものがあった。

なぜこの戸山公園に箱を埋めることにしたのか、その理由を思い出したのだ。

村正夫妻がチロを駐車場で拾ったとき、チロのそばには首の骨が折れた子猫がもう一匹いた。夫妻は生き残ったチロを動物病院に連れて行き、死んだ子猫はバスタオルにくるんで近くの広い公園の大きなクスノキの根元に懇ろに葬ったのだった。

その公園が、この戸山公園だったのだ。

チロの話を初めて聞かされたときだったか、それとも何度目かでだったか、村正さんから戸山公園の大きなクスの根元に子猫を埋めたと教えられて、自分も同じことをやってみようと思ったのだ。そして、ルミンを失った直後、現実に行動に移したのではないか?

だとすれば、何を埋めたかも容易に推測できる。

それはルミンにまつわる思い出の品々だろう。

村正夫妻がチロの兄弟を埋めた同じ公園に何かを埋めるとなれば、それしか考えられない。

ルミンの遺骨はいまも築地の仕事場に安置してある。

恐らくは、ルミンの愛用の品や写真の類を箱におさめて、納骨代わりに埋葬したのではなかろうか。

むろん疑問もあった。

そういうことであったのならば、なぜ、こんなふうに丸ごと忘れてしまっていたのか?

ルミンを亡くした頃といえばそんなに昔でもない。すでにプラスチック化が始まったあとの話だった。幾ら酒に溺れていたとはいえ、例のサングラスの一件を優に凌ぐような記憶障害が果たして起きたりするものだろうか。

そもそもルミンの遺品を公園に埋めたからといって何の不都合もない。

わざわざ記憶から消し去ってしまう理由が分からなかった。

五分ほどひなたぼっこ広場の草地を歩いたところで、広場の突き当たりに植わった一本の木に目がとまった。

青いタグには、「タブノキ（クスノキ科）」と記されている。

それはまるで杭のように一直線に空に向かって伸びていた。

タブノキ、タブノキと頭の中で呟き、真っ直ぐな木を見上げ、ゆっくりと目線を下げて根元を凝視する。その瞬間、

――ここに埋めた。

と確信した。

リュックを地面に降ろし、木の足元にしゃがみ込んだ。あたりに目を配る。見える範囲に人影は一つもなかった。

リュックの口を開いて、買ったばかりのスコップを取り出した。あとはゴミ袋を一枚。見たところ土は乾いているもののカチカチというわけでもなさそうだ。素手でスコップの柄を握り、軽く地面に突き立ててみる。サクッとした感触で刃先が土に入っていった。

これなら軍手を使わなくても済みそうだ。

直径五十センチほどの幹の根元だが、地面に露出している根っ子をよけて深い穴を掘るためのスペースを確保するとなればめぼしい箇所は二つくらいだった。まずはその一カ所の真ん中にあたりをつけて掘り始めた。

通りかかった人に見つかれば不審に思われるのは必定だったが、といって管理事務所に

通報したり、誰何《すいか》してくるような人間は滅多にいないだろう。こういうときは一心不乱、人の目などそっちのけでやり抜くのが最良の方法である。

丁寧に掘り進めた。表面は多少硬かったが、表土を剝がすと中は肥えた茶色の柔らかな土で、石や根に刃先を取られることもなく、順調に穴は深くなっていった。

しゃがんだ姿勢でスコップを動かしていると、みるみる額に汗が滲み、やがて全身から噴き出してきた。途中からは地面に正座する格好で掘り下げていった。

ジーンズのポケットに入れていたハンドタオルは汗でびしょびしょだ。こんなことならホームセンターでフェイスタオルを買ってくればよかった。

五十センチくらい掘ったところで手を止めた。

何も出てこない。

こっちではないのかもしれなかった。濡れたタオルで首筋や額の汗を拭う。息を吐いて何気なく空を見上げると、いつの間にか分厚くなった雲が黒ずんでいる。と、頰に小さな水滴が当たった。

雨が降り出したのだ。

できた穴を埋め戻すと、目星をつけたもう一カ所の方へとリュックやスコップを持って移動した。

ぱらぱらと小さな滴が落ちてくる。あたりが急に暗くなってきた。

これで、周りの目を気にせずに作業が続けられる。冷え込んでいるわけでもなく、まさしく幸運の雨だった。

目の前のタブノキに一度手を合わせた。

「今度こそは掘り出せますように」

時計を見れば、午後四時半を過ぎていた。

最初の穴で要領が摑めたせいか今度の穴は一気に掘り下げることができた。三十分もしないうちにさきほどと同じくらいの深さに到達する。もしも何かを埋めるとすれば、このくらいでちょうどいいだろう。

穴に降り込む雨粒の形が分かるようになってきている。土砂降りにでもなったら〝宝さがし〟どころではない。掘った穴を埋め戻すのさえ面倒になる。

もう少し掘ってみて駄目なら出直そう。

そう思っていままでにない強い力でスコップを穴の底に突き立てたとき、コツンという音と共に手応えを感じたのだった。

「あった」

思わず声に出していた。

それからは素手で、埋まっている物の周囲の土を慎重に搔き出していった。

今朝、少年たちが用意していたのとよく似た箱状の物が露わになった。同じようにビニールで厳重に包まれているが、細長い四角の箱で間違いない。

雨足はどんどん強くなってきていた。

箱を思い切って引っこ抜く。とりあえず新しいゴミ袋にそれを入れてリュックにしまい、掘った穴を急いで埋め戻した。スコップも別のゴミ袋に詰めてリュックに突っ込んだ。残っていたペットボトルのウーロン茶で簡単に手を洗う。

土砂降りとまではいかないが、すっかり本降りになっている。予報では雨とは言っていなかったので折り畳み傘は持参しなかった。

リュックを背負って立ち上がる。ジーンズにも膝のあたりにべったりと濡れた土がついていた。

いきいき広場を目指して雨の中を走った。

広場の端にあるトイレに駆け込み、水道の水で手をきれいに洗い直し、ぐっしょり汗を吸ったハンドタオルを洗って絞り、ズボンの汚れを何度も拭き取った。

リュックの中身が気になったが、ここで開封するわけにもいかない。

トイレの庇《ひさし》を借りてしばらく雨宿りをした。

一時的に激しい降りになったが、それがピークで、ほどなく小雨に変わった。園内には人っ子一人いない。時刻は五時をとっくに過ぎているがまだ充分に明るかった。

一つため息をついて、駐車場に向かって歩き始める。

掘り出した箱は車の中で検めてみるつもりだった。

第二部　破

第五章　精神のがん化

1

「成城学園前」で降りるのは何十年ぶりだろうか？　というより記憶では、この駅に来たのはかつて一度きりだった。まだ出版社で働いている頃に、会社で発行していた小説雑誌で海老沢龍吾郎とある女優との対談を行うことになり、編集部の面々と一緒に海老沢番として同席したのだ。女優は海老沢の小説が原作の映画やテレビ・シリーズの常連で、成城に住んでいた。海老沢とは男女の関係だと一部で噂されており、それもあって海老沢の方から彼女のアトリエを訪ねて、そこで対談をするという企画になったのだった。彼女は女優業のかたわら絵も描いていて、絵描きとしてもかなり有名だった。自宅のすぐ近くに広いアトリエを構えていたのだ。

戸山公園で例の箱を掘り出して明日で一週間になる。大型連休もとうに終わって、街は都会の日常を取り戻していた。どこもかしこも人が溢れ、慌ただしい時間が流れている。

中央改札口を抜けると、すでに昼餉時を過ぎているのに目の前の広場は人でごった返していた。改札口の正面は往来になっていて右が南口、左が北口と表示されている。広場の端には上りと下り二基のエスカレーターが設置され、吹き抜けの天井までエスカレーターで繋がった四層のフロアが見通せる。中央改札を真ん中に置いた形で四階建ての駅ビルが造られているのだった。

改札の真向かいには小田急のスーパーがあり、北口側には流行りのカフェやパン屋が入っている。案内表示によれば、「成城コルティ」と名付けられたこのビルは、二階、三階にさまざまなショップや書店、クリニックなどがおさまり、四階はレストラン街となっているようだった。

かつて訪ねたときは、こんな洒落た駅ビルはなかったはずだ。もう三十年以上も昔のことなのだから当然だが、こうして初めて見る風景の中に紛れ込んでも違和感はなかった。

その違和感のなさにむしろ違和を覚えてしまう。

「グランマイオ成城学園」の所在は、ホームページで調べてきた。地図をプリントアウトしてリュックに忍ばせているが、小田急線の電車の中で何度も見直したのでしっかり頭に入っていた。

中曽根あけみの話だと、北口から歩いて十五分くらいかかるとのこと。

北口の正面に出て、成城石井や三菱東京UFJ銀行、成城ベーカリーやニイナ薬局の看板を目にした途端、不思議な懐かしさを感じた。

――「グランマイオ成城学園」の住所は成城八丁目。徒歩十五分と言われたがそこまで遠くはないだろう。ここはすでに六丁目なのだ。

目前の風景を眺め、そういう呟きがごくごく当たり前のように頭の中で生まれてくる。

もとよりこの駅前が成城六丁目だというのも知らないはずだった。だが、実際に通りを歩き始め、成城石井の駐車場まで来たところで電柱を見ると、確かに「成城 6－14」と地番表示されている。

――やはり、ここは通い慣れた道なのか……。

すでに事の次第が明らかになりつつあるものの、それでも信じがたい気分はいまだに抜けていなかった。今日も半信半疑のまま「成城学園前」までやって来たのだ。

駅前通りを抜け、「成城学園前駅入口」の交差点を渡って、両側に桜並木が続く住宅街の道へと入っていくと懐かしい気分はますます強くなっていった。左右に並ぶ瀟洒《しょうしゃ》な邸宅の中には見覚えのある建物も少なくない。

それより何より、眼前に広がっている街の佇まいそのものに慣れ親しんだ安心感を覚えていた。とっくに葉桜になっているが、目を閉じると満開の花をつけた見事な桜の木々の様子が脳裏にくっきりと浮かび上がってくる。

そしてその桜並木の下を小雪と手を繋いで歩く自分の姿が目に浮かんでくるのだった。

戸山公園のタブノキの根元から掘り出したのは、ビニールで幾重にもくるまれたチロリアンの空き缶だった。

チロリアンといえば丸缶が一般的なのだが、高田馬場のスーパーで売っていたのは贈答用の四角い缶だった。子供の頃からの大好物だったので、その四角い缶をしょっちゅう買ってはチロリアンを食べていた。

車の中で土のついたビニールを剝がし、チロリアンの缶が出てきたときはびっくりした。当時、そうやってチロリアンを常食していたのを完璧に忘れていたのだ。その記憶を取り戻した瞬間に、死んだルミンとの思い出が溢れてきて胸が苦しくなった。

東中野の仕事場に帰ってから、缶の蓋を開けた。

中に入っていた物は二つだった。

一つは小さな首輪。子猫のルミンを拾った直後にしばらく彼女につけていた緑色の首輪だった。マンション暮らしを始めてからは外に出すこともなくなったので、首輪はつけなくなった。

もう一つは、一枚の名刺だった。

その名刺に、これから訪ねる「グランマイオ成城学園」の文字があった。

「グランマイオ成城学園」統括マネージャー
中曽根あけみ

という肩書と名前のあとに、世田谷区成城の住所と電話番号が記されていたのである。

「グランマイオ成城学園」というマンション名に見覚えはなかった。あげく、ルミンの首輪と一緒に、なぜそんな名刺を空き缶に入れて公園に埋めたのか、その理由がまったく思い出せなかった。

マンションの「統括マネージャー」とは一体どういう仕事なのだろうか。名刺があるということは、この「中曽根あけみ」という人物に一度は会ったことがあるのだろうか。

郵便受けを覗くと、しばしば分譲マンションのチラシと共に営業マンの名刺が入っていたりする。案外、高田馬場の仕事場のポストに入っていたそのたぐいの名刺を間違ってルミンの首輪と一緒に空き缶に入れてしまったのかもしれない。

とはいえ、成城学園に建てた分譲マンションのチラシや営業スタッフの名刺をわざわざ高田馬場界隈の賃貸マンションの郵便受けに投げ込んだりするものだろうか？

何も思い出せず、疑問は尽きなかった。

ふと思い立って、「グランマイオ成城学園」をネットで検索し、さらに驚くべき事実が明らかになった。

なんと「グランマイオ成城学園」は分譲マンションなどではなかったのだ。

そこは介護付き有料老人ホームだった。

ホームページをつぶさに見ていくと、「グランマイオ成城学園」というのは超のつく高級老人ホームのようだった。入居一時金だけで軽く一億円を超え、別して食事代、管理運営費、光熱費などで月額三十万円以上の支払いが必要だとQ＆Aのページに記されていた。

介護付き有料老人ホームの統括マネージャーの名刺がなぜ自分の手元にあったのか。その名刺をどうしてまたルミンの古い首輪と一緒にチロリアンの空き缶に入れて戸山公園のタブノキの根元に埋めなくてはならなかったのか。

マンションのセールスでないとなれば、中曽根という人物から直接名刺を受け取ったのに違いなかった。わざわざ埋めている点からして、この名刺が自分にとって何らかの大きな意味を持つ可能性が高い。だが、こんな超高級老人ホームにも、統括マネージャーをしている中曽根あけみという女性にも何一つ心当たりはなかった。

それから三日間、謎の名刺とにらめっこしながら、消えてしまった過去の記憶を取り返そうと努力を重ねた。翌日には築地の仕事場に移って気分を変え、徐々に包囲網を縮めていく心づもりで、高田馬場時代のあれこれを順序立てて振り返っていく回想法を採用してみた。

しかし、いままで以上の記憶を呼び戻すことはできなかったのだ。

三日前、火曜日の午後、万策尽きた思いで「グランマイオ成城学園」の代表番号に電話を入れた。

「恐れ入ります。わたくし、小説家の姫野伸昌と申すものですが、統括マネージャーをされている中曽根あけみさんはいらっしゃいますでしょうか」

職業とフルネームを伝えたのは、もしかしたら取材で会うなり、またはこの老人ホームの広報誌のようなものに寄稿するかで中曽根あけみと仕事上の関わりを持ったのではないか、と考えたからだった。

「中曽根は現在、副支配人をしておりますが、その中曽根でよろしいでしょうか」

電話口に出た女性は丁寧な口調で返してきた。

「はい。中曽根あけみさんをお願いいたします」

どうやら統括マネージャーから副支配人に昇格しているらしい。名刺の肩書は高田馬場にいた時期かそれ以前のものだから、そういうこともあり得るだろう。

しばらく待たされたあと、

「姫野先生、おひさしぶりです」

いかにも快活な雰囲気の声が電話の向こうから響いてきた。

「こんにちは」

そう言ったあと、二の句が継げなかった。

それも当然と言えば当然だろう。相手と自分とのあいだにどのような関係性があるのかさっぱり分からないのだ。

「相変わらずのご活躍ぶりは、いろんな報道で拝見しておりました」

「そうですか。申し訳ありません。僕の方こそすっかりご無沙汰してしまって」

無難に返すと、中曽根あけみは少し間をあける。

「今日は、おかあさまのことで何か?」

そしてそのあと、彼女は予想もしない言葉を口にしたのだった。

おかあさま、とは一体どういうことだ?

　思いもよらない一語に頭が急速に回転し始めるのを感じた。

「ええ、そうなんです。こんなに時間が経ってしまって中曽根さんにお電話するのも気が引けたのですが」

　老人ホームの職員から母親のことが持ち出されたとなれば、母をめぐって相手と何らかのやりとりがあったことは間違いない。たとえば、母の入居の相談をかつて持ちかけたというような……。

「いえいえ。先生がご多忙なことはよく承知しておりますので。おかあさまはいまもとてもお元気でお過ごしになっていらっしゃいますよ。私共の方で、万全のお世話をさせていただいております」

「そうですか。本当にありがとうございます」

　礼を口にしながら、さらに度胆を抜かれていた。

　どうやら福岡の実家にいるはずの母の塔子《とうこ》が、この「グランマイオ成城学園」に入居しているらしい。

「それで今日のご用向きは？」

「いいや。あくまで念のためなのですが、支払いの方はちゃんとできているかと思いまして」

　一億円を超える入居一時金とは別に、毎月、三十万以上の経費が必要だとホームページにはあった。一時金は一括で支払っているにしても月々の費用はどうなっているのか。何年前から母がその施設に入っているのかは定かでないが、少なくとも自分がそうした支払いをいままで続けてきた記憶はまるでなかった。

「それはもちろんです。ご入居のときにお知らせいただきましたおかあさまの口座から毎月ちゃんと引き落としをさせていただいております」

「そうですか。では、不払いや延滞のようなことは起きていないのですね」

「もちろん、そのようなことは一切ございませんよ」

「それはよかった」

いかにも安堵した口調を装う。

「もうずいぶんそちらに顔を出していない気がするのですが、僕が最後にお邪魔したのはいつ頃でしたっけ」

できるだけ事もなげに訊いた。

母のことも、この老人ホームのことも、こうして話している中曽根あけみのこともまるきり憶えていないのだ。となれば、実は定期的に成城を訪ねていながら、その記憶だけがすっぽりと抜け落ちてしまっている可能性もあった。信じがたい話ではあるが、「先生は昨日こちらにいらしたばかりですよ」と告げられても否定のしようがないのだ。

「そうですねえ」

中曽根あけみは再び、しばしの間を置いた。

「先生が最後にいらしたのは、もう七、八年前だったのではないでしょうか」

「そんなになりますか」

「はい」

幾らか沈鬱な口ぶりになって中曽根が言う。

「母は何か言っていませんか？」

「おかあさまは普段通りで、穏やかにお過ごしになられていますよ。十年前に入居されて以降、先生がお見えにならなくなってからも症状はほとんど進行しておりませんし」

「そうですか……」

症状？　進行？

一体何のことか分からなかった。これ以上、会話を続けているとボロが出るのは時間の問題だ。そろそろ手じまいにして、詳しくは面談の上で聞き出そうと決める。

「実は、近々一度、そちらをお訪ねしようかと思っているんです。母の顔も久しぶりに見たいですし、この数年のあれこれを中曽根さんから伺いたいとも考えているのですが」

「それはもう、大歓迎ですよ。おかあさまのお顔をご覧になるのももちろん構わないと思います」

幾ら相手が顧客の身内とはいえ、中曽根あけみの口吻《こうふん》は、実の母親を預けっぱなしにして七年も八年も音沙汰のなかった一人息子に対するものとしてはいささか不自然なほど慇懃だった。

「じゃあ、明々後日の金曜日の午後にでもお邪魔してよろしいでしょうか」

「もちろん」

中曽根は今度は歌うような声になってあっさり了解してくれたのだった。

成城の街を歩いていると尚更に懐かしさが募ってきた。駅前の光景や途上の家並みにとどまらず、成城学園の広大な敷地と並行して流れる仙川沿いの遊歩道の様子までもが脳裏に思い浮かんでくる。

小雪と手を繋いであの遊歩道をよく散歩したものだった。

遊歩道は南に下ると東宝スタジオへと向かい、北にずっと遡上していくと祖師谷公園へと通じていた。東宝スタジオも祖師谷公園も桜の名所として知られていて、開花時期ともなれば花見客で大賑わいする。

春には小雪と連れ立って、どちらにも必ず桜見物に出かけていた。

そういう思い出がじわじわとよみがえってきていた。

母の塔子が入居している「グランマイオ成城学園」を訪ねるついでに小雪と二人で成城界隈を散策していたのだろうか？

三日前、中曽根あけみとの電話を切ったあと、彼女の言ったことを幾度も反芻《はんすう》し、その意味するところを繰り返し考えた。

てっきり和白の実家にいると思い込んでいた母の塔子がいつの間にか成城の老人ホームに入居していた。入居は十年前だったと中曽根は言っていた。東京に知り合い一人いない母が、和白の家を出てわざわざ内緒で世田谷の老人ホームに入るはずがなく、当然ながら、成城に母を呼び寄せたのは息子である自分だったに違いない。最初から「姫野先生」と親しげに話しかけてきた中曽根の口調からもそれは充分に察せられる。

しかし、なぜそうやって母を東京の施設に入居させねばならなかったのか？

一体どういう成り行きでそのような運びとなったのか？

父の伸一郎が亡くなったのは小雪と一緒になって七年目のことだった。こちらはまだ三十八歳で、作家デビューも果たしていなかった。一方、母の塔子が「グランマイオ成城学園」に入居した十年前は、すでに四十八歳。作家としての地歩を固め、生活も十二分に豊かになっていた頃である。

小雪が死んだのがその一年後だった。

中曽根の言によれば、小雪が死んでさらに一、二年して、なぜかぱったりホームへの足が遠のいてしまったことになる。

小雪の死とそのこととのあいだには何か関連があるのだろうか？

父が亡くなって今年で二十年だった。母は父を見送って十年ほどは福岡で独り暮らしを続け、それから東京にやって来たというわけだ。

だが、幾ら思い出しても、父を亡くしたあとの母の記憶が見つからないのだった。

父が死んで東京に出て来るまでのあいだ母がどこでどうしていたのかも、さらには「グランマイオ成城学園」に入居してからいまのいままでどうやって暮らしてきたのかも、いざ思い出そうとすると何一つ思い出せることがなかった。

少なくともこの二十年間の母との記憶が完全に空白になっている。しかも、その事実に一切気づかず、彼女はずっと和白の実家で元気に暮らしていると思い込んでいたのである。

こうした記憶の混乱、というよりも欠落はどう考えても異常だった。母が〝突然〟成城で見つかった理由も不分明だが、それより何より、母の存在をすっかり忘れ果てていた我と我が身が不可解で不気味だった。

身体の一部がプラスチック化するという怪現象と引き比べてみても、その奇怪さは優るとも劣らないものがある。

悠季の反応で、プラスチック化は現実のものと証明できたつもりでいたが、こうなってくるとそのこと自体をもう一度疑ってかからなくてはならない気がした。

長年の過度の飲酒のせいなのか、小雪の死が原因なのかはともかくも、この母の件といい、海老沢龍吾郎の件といい、木村庸三の件といい、そして戸山公園の〝タイムカプセル〟の件といい、自分自身の記憶に著しい齟齬《そご》が生じているのは確かだ。だとすれば、プラスチック化も含めて、自意識そのものに何らかの変調をきたしている可能性だって皆無ではない。

早い話、プラスチック化を確認してくれた悠季という女の子、彼女自体が妄想の産物であったり、またはああやって手首のプラスチック化を見て貰い、母親に黙っているように念を押したという一連の場面が、妄想ないしは錯覚だったとも充分に考えられるのではないか。

中曽根との電話の後、ずっとそうしたことを考え続けている。

そんな中で一つ気づいたことがあった。

例の人を殺す夢のことだ。火責めであろうと水責めであろうと、あの夢には必ず和白の実家が登場する。久しぶりに訪ねると実家は荒れ果て、母親はどこにもいない。誰を殺したのかは分からないのだが、かつて誰かを殺していて、それが世間に露見しそうになっている。相手の死に顔はおぼろげだが、女性であるのは確かだった。

あの夢は、今回の出来事を暗示したものではなかったのか？

意識の奥底に眠っていた母親の記憶が、ああした形で姿を露わにし始めていたのではないか。殺された女性というのは母の塔子のことで、桜ノ森公園で子供たちと偶然出会ったあと、中曽根あけみの名刺の隠し場所を突然思い出したのも、その顕在化の一端だったのではないか。

というのも、中曽根の名刺を掘り当ててからの一週間足らず、毎日のように見ていたあの夢を一度も見ていないのだ。

桜並木が途切れるあたりで道を左に折れた。

頭に入っている地図と突き合わせるまでもなく、この道をしばらく行った先の交差点を渡って右に折れれば、「グランマイオ成城学園」の豪壮な建物が見えてくるはずだった。

交差点の角には大きな百円ショップがあった。

その店には見覚えがない。恐らくここ数年で開店したのだろう。百円ショップの前を横切るように右折した。隣のゴルフクラブにも、道路を挟んだ向かいの古いスーパーにも見覚えがあった。

百メートルほど進んで行くと、きれいに剪定《せんてい》された低い植え込みの向こうにグレーのタイル張りの巨大な建造物が姿を現わした。

忽然と出現し、周囲を圧倒するような威容を放っている。

――これだ。

奇妙な懐かしさを感じながら呟く。

広い前庭には緑の芝が敷き詰められ、車止めの先のアプローチには細長い円盤状のルーフが張り出している。エントランスの両側に制服を着た警備員が立っていた。

腕時計で時間を確かめる。午後一時十五分。

築地の仕事場を出る前に代表番号に電話して、「一時過ぎにお邪魔します」という伝言を中曽根宛に残しておいた。ちょうどよい頃合いだろう。

大理石の門柱をくぐって敷地内に入り、芝生沿いの石畳の道をエントランスへと向かって歩く。

まさしくホテルのようだ。

左右の警備員に軽く会釈して、玄関の自動ドアを通り抜けた。

目の前のエントランスロビーは、ホームページで見た写真さながらの豪華さだった。堅木張りのフローリングは明るい色調で、右側にはホテル同様のフロントデスクがあり、左側にはブルーの絨毯が敷かれて、フレーム彫刻をあしらったロココ風のソファセットが二組、間隔を充分にあけて配置されていた。中央には大理石の丸テーブルに載った巨大な生花が飾られている。

ロビーの奥はたくさんのテーブルと椅子が並んだ、ゆったりとしたラウンジになっていた。そこがどうやら入居者用のレストランであるらしい。レストランの片側は総ガラス張りで、ガラス窓の向こうには大きな庭が設《しつら》えられていた。

とにかく広い。

もう一度、時刻を確認して、背後の壁面にキーボックスがずらりと並ぶフロントデスクへと近づいていった。

「こんにちは。姫野と申しますが、副支配人の中曽根さんはいらっしゃいますか」

おとないを告げると、黒い制服を身に着けた若い女性が、

「承っております」

とはきはきした声で返してきた。

彼女は、隣にいるもう一人の女性に一声掛けて、フロントデスクから出てくる。

「姫野さま、それではサロンにご案内させていただきます」

そう言って、先に立って歩き始めた。「ありがとうございます」と言って彼女の後ろをついていく。

同じ一階にあるサロンに案内され、中曽根が顔を見せるのを待った。

このサロンも二十畳以上はあるようで、値の張りそうな椅子とテーブルが幾つも並び、窓のそばにはグランドピアノが置かれている。誰もいないのでひどくがらんとしていた。格子窓からは午後の明るい光が存分に射し込んでいる。

五分ほどでドアが開き、グレーのパンツスーツ姿の女性が入ってきた。

副支配人というので相応の年齢だろうと想像していたが、中曽根あけみはずいぶんと若い。四十前後の年回りだろうか。上背があって痩せている。髪をまとめ、顔の輪郭がはっきりと分かるようにしていた。整った顔立ちの持ち主だ。

「先生、お久しぶりです」

にこやかな笑みを浮かべている。立ち上がって、

「実は、今日はいろいろとお話があって参上しました」

と一礼する。

中曽根はすぐに表情を引き締めてみせた。

それから三十分近く、質問を交えてさまざまな話をした。

ここに来るまであれこれ悩んできたが、結局、率直に自分自身の現状を相手に伝えるべきだと考えたのだった。

信じがたい話かもしれないが、と前置きして、母がこの「グランマイオ成城学園」に入居している事実をすっかり忘れていたこと、つい最近、中曽根の名刺を偶然に見つけて、先日は、ほとんど事情を思い出せないままに連絡してみたこと、などを正直に告げた。

「母に会いに来たのは七、八年前が最後だったと中曽根さんはおっしゃっていましたが、そうだとすると、恐らくその頃に、母のこともこの施設のことも僕の記憶から消えてしまったんだと思うんです。どうしてそうなったのか、理由はまったくもって分からないのですが」

さすがに、最初は戸惑い気味の様子で話を聞いていた中曽根も、次第に真剣な面持ちになっていった。

「今日、姫野先生がお越しになるというので、実はむかしのことを調べてみたんです。時間が経っていますのでレセプションの記録はもう残っていなかったのですが、私の手帳によると先生が最後にお見えになったのは八年前の一月だったようです」

「八年前の一月ですか」

「はい」

八年前の一月といえば小雪を亡くして半年も経っていない時期だった。

「そのとき、しばらくは会いに来られないと僕は母に伝えたりしたのでしょうか」

独り言めいた感じで言うと、

「さあ、それはなんとも」

中曽根は首を傾げてみせる。

「母は中曽根さんやここのスタッフの方たちに何と言っているのですか。もう八年間も、息子が訪ねて来ないことについては」

ずっと福岡で育った母には、東京に知り合いはほとんどいないはずだった。一人息子が顔を出さなくなれば彼女を訪ねて来る人間は誰もいなくなるだろう。

「おかあさまは何もおっしゃいません」

そう答えて中曽根は微妙な表情になった。

「もしかしてなのですが、先生はおかあさまの状況についても余り憶えておられないのでしょうか？」

遠慮がちに訊いてくる。

「母の状況というのは？」

先日の電話では、「普段通りで、穏やかにお過ごしになられていますよ」と彼女は言っていた。ただ、そのあと「症状はほとんど進行しておりません」と付け加えてもいた。症状とは一体何なのか。母は何かの病気を抱えているのかと不審には思っていたのだ。

「おかあさまは、ご入居されたときからすでに認知症を患っていらっしゃったんです。なので、ご子息である先生のこともうまく認識できない状況にあります」

中曽根は努めて淡々とした口調でそう言った。

「じゃあ、そういう理由で、母はこちらにお世話になることになったわけですか」

「はい。十年前、先生がおかあさまを東京にお呼びになるときに、この私共の施設を選んで下さったのです」

「そうすると、母を連れて来た時点で、母は息子の僕のこともよく分からなくなっていたと……」

「ご入居されたときは、まだそこまではなかったのですが、こちらにいらして半年くらいのあいだに、次第にそのようになっていかれました」

「そうだったんですか……」

「はい」

　これでようやく、十年前に母が上京してきた理由が分かった。母はアルツハイマー病を発症し、あの和白の家で独り暮らしをすることが困難になったのだろう。そのことを知って、ここを見つけ、彼女を東京に呼び寄せたのに違いない。

　八年も足が遠のいていた身内に対して、中曽根がこうして懇切丁寧に接してくれるのも、この間、恐らくは身元引受人になっている自分に何一つ連絡を寄越さなかったのも、すべては母の認知症のゆえだったのかもしれない。

　母にとっては、一人息子もいまでは赤の他人同然の存在だったというわけだ。

2

中曽根あけみと会った日の夜から風邪を引いてしまった。

何年ぶりかで高熱が出て、市販の総合感冒薬を服用して一晩過ごしたが、朝になっても熱は下がらなかった。やむなく築地の仕事場近くの内科クリニックに出かけた。診察を受け、解熱剤や抗生剤を貰って帰宅し、それを飲んで夕方までベッドに横になってうつらうつらしているとようやく平熱に戻ったのだった。

左耳は中曽根を訪ねる前日に元通りになっていた。

一週間足らずでの再生は、最近としてはすこぶる早かった。それだけなら悪い傾向とは言えないが、欠けた耳が再生した時点で全身のどこにもプラスチックの部分がなくなってしまった。そうやってプラスチック化が一旦終息するのはこれで二度目だったが、逆に不気味な感じがしていた。前回は、しばらくしてペニスに異変が生じ、それが消えると今度は例の悪夢にうなされるようになったのだ。

——またペニスにプラスチック化が起きるのかもしれない。

そう考えるだけで憂鬱になった。

だが、実際に始まったのはプラスチック化ではなくて、四六時中の咳き込みだった。

咳が出だしたのは、熱が下がった翌日、日曜日の夜からだ。

土曜日は用心して終日じっとしていたが、翌朝目覚めてみると風邪は完全に抜けていた。

日中は執筆に励み、夜は馴染みにしている寿司屋で熱燗を傾けた。最近は、かつてのように浴びるほど飲むことはなく、大将の料理を肴に時間をかけて二合徳利を一本空にするくらいのものだった。

いつもであれば酔い覚ましも兼ねて勝鬨橋のたもとから隅田川の遊歩道へと降り、明石町のあたりまで散歩するのだが、この日は川風を用心してそのまま家に帰った。

風呂もやめて寝床に入り、うとうとした頃おいから咳が始まったのだ。

最初は寝返りを打ちながらおさまるのを待ったが、十分しても十五分しても空咳が止まらなかった。やむなく身体を起こして姿勢を真っ直ぐにするとしばらくは出なくなる。だが、これでもう大丈夫かと思ってふたたび横になると二、三分もしないうちにまた咳が戻ってくるのだった。

数日は眠気が勝って何とか寝入ることができたのだが、やがて二度も三度も夜中に咳で目が覚めるようになった。市販の咳止めシロップを使って誤魔化しているうちに一週間近くが経ち、中曽根と約束していた「グランマイオ成城学園」への再訪も実現できない有様だった。

先日駆け込んだ内科クリニックにまた出向いて、今度は咳止めを処方してもらった。医者は、

「先週の風邪が残ってるんでしょうね。そのうち出なくなりますよ」

と言った。

医者の薬で一日、二日は軽快したが、三日目になると夜中だけでなく昼間も咳き込むようになった。これというきっかけ、たとえば何かを飲んだり、急に外気に触れたり、深く呼吸したりといったことがあるでもなしに、ある瞬間に一つ咳が出る。すると止まらなくなるのだった。

胸の奥から出ているというよりは、喉のあたりに何かひっかかっている感じだった。いわゆるエヘン虫というやつだろう。

原稿を書いているときもコホコホすることが多くなり、薬も効かなかった。夜は咳で何度か起きるのが常態化してしまった。

梅雨入りが発表された六月第二週。

咳は相変わらずだったが、さすがにこれ以上先延ばしにするわけにもいかず、前日、中曽根に連絡を入れた上でふたたび「グランマイオ成城学園」に出かけた。

前回は、「おかあさまに会われますか?」という誘いを、

「頭と心の整理をつけてからにしたいので、今日は一旦引きあげて、近日中に必ず伺わせて貰います」

と断っていた。それは嘘偽りのない本音だったし、中曽根も疑わしそうな気配は見せなかった。だが、これでまた時間を置いてしまえば彼女の信頼を失うばかりではなく、何より、自分自身が母に会う気持ちを失くしてしまいそうで不安だった。

中曽根と初めて会ったあと、母に関する情報を集めようと、全部の仕事場を回って彼女

の写真や手紙などを捜したが、驚いたことに何も見つからなかった。

小雪を失ったとき、小雪の物だけでなく母の物も一緒にすべて廃棄したのだろうか？混乱というより錯乱に近い状態で過ごした時期だけに、自分が一体何をやり、何をやらなかったのか記憶が定かではなかった。

小雪との思い出の品は一切合切、処分してしまったと思う。

おぼろではあるが、その記憶は残っている。だが、母の物まで片づけてしまったのは不可解と言えば不可解だった。

一方で、小雪が亡くなって半年もしないうちに母との縁を切り、あろうことかその存在自体を記憶から消したのだから、それくらいのことはやっていてもおかしくない気もした。

小雪の死と、母の存在を消去したこととのあいだには何らかの繋がりがあるのではないか。

そんな思いもある。

和白の実家にはむろん電話を入れてみた。

すでに回線は使われていなかった。父や母の親戚筋にも連絡を入れたいところだったが、父のきょうだいも母のきょうだいも鬼籍に入っていたし、生前から両家の人々との付き合いはほとんど無きに等しかった。

父が著名になったあと、親類縁者各方面からあれこれと借金の依頼や投資の誘いなどが殺到し、ある時点で、父は彼らとの付き合いを完全に絶ったようだった。

幼少期にはたまに法事に連れて行かれたり、母方の従兄弟が家に遊びに来たりといった思い出もあったが、中学に入るくらいからはそうした行事はまるきりなくなってしまった。

もちろん、現状に鑑みれば、当のその認識自体に怪しさがないわけではないが、少なくとも母の消息を訊ねるべき親しい身内ないし友人知人を一人も思いつくことができなかったのは事実である。

よほど、先だって何十年ぶりかで会った同級生の中富健太に頼んで、和白の家を見に行って貰ったり、父が亡くなってからの母の消息について調べて貰おうかと悩んだのだが、さすがにしかるべき理由が見つけられず、そんなことをするくらいならば自分で福岡に乗り込んだ方が手っ取り早いとも考え直して、依頼を控えたのだった。


「グランマイオ成城学園」に午後一時頃に着くと、今回は中曽根と一緒にレストランで昼食をとった。ガラス越しの中庭は隅々まで手入れが行き届き、あいにくの雨が逆にさいわいして、緑の深さと群れをなすアジサイの青とのコントラストがことのほか美しかった。

昼食は、豚肉ときつねの冷やしうどん、長崎ちゃんぽん、ちらし寿司の三種から一品を選ぶことができ、中曽根がちらし寿司にしたので、こっちは長崎ちゃんぽんを注文した。

ちゃんぽんの味は良かったが、選択は失敗だった。

熱い麺を一口するたびに湯気にむせ、咳が止まらなくなったのだ。

広いレストランの中にはまだ結構な数の入居者の人たちがいたので、迷惑を考えて、全部食べ終える前に席を立たざるを得なかった。中曽根も半分ほどで箸を置いて、一緒に出てくれる。

エントランスロビーのソファに座ってしばらくすると、ようやく落ち着いてきた。

「先生、大丈夫ですか？」

中曽根が心配そうな表情になっている。

「うちの近所の病院で咳止めは貰ってるんですが、あんまり効かなくて……」

ぼやくと、

「おかあさまに会う前に、ここのクリニックでちょっと診て貰ってはいかがでしょう。今日は院長先生もいらっしゃいますし」

思いもかけないことを中曽根が提案してきた。たしかに、この施設には入居者専用のクリニックが併設されている。

「院長先生はもとは虎の門病院の内科部長をされていた方で、名医と評判なんです。いまの時間ならすぐに診察して貰えると思います」

「しかし、入居者でもない僕がそんなことをしていただくわけには……」

そう返事しているそばから、また咳が始まってしまう。

「せっかく久しぶりにおかあさまともお会いになるのですし、いいお薬もきっとあると思いますから」

なるほど、こんなに咳ばかりしていては母の塔子と会うのもいささか憚られる気がした。

「本当によろしいんですか」

「もちろん」

中曽根がソファから立ち上がる。

「ご案内します。クリニックは四階なんです」

と言うと、先に立ってさっさと歩き始めた。

時間帯がよかったのかクリニックは空いていて、すぐに診察を受けることができた。

中曽根が診察室まで一緒に付いてきて東郷院長を紹介してくれた。

「それじゃあ、診察が終わったらまたフロントデスクで私を呼んで下さい。院長、姫野先生のことをよろしくお願いします」

そう言うと彼女はさっさと部屋を出て行ったのだった。

「元気な方ですね」

と話しかけると、

「彼女はいつも元気なんです。入居者の方たちからもすごく頼りにされていますしね」

東郷院長が笑みを浮かべた。年齢は六十を過ぎたあたりか。温顔白髪のなかなかの男っぷりだ。

二週間前に風邪を引いたこと、熱は一日で下がったが、直後からずっと咳が続いていて、家の近くのクリニックで処方された咳止めも効果がないことなどを伝える。

「そうですか。それはお困りですね」

じっくり話に耳を傾けたあと、院長は、いまどき珍しいくらい丁寧に聴診器を当ててくれる。

胸、背中、さらにもう一度、胸の音を聴いていた。

「肺に雑音はないですね。ただ、念のためレントゲンを撮っておきましょう」

喉や顎の下なども しっかり触診した上で、院長は言った。

看護師が呼ばれ、レントゲン室に連れて行かれる。

撮影後、待合スペースで十五分ほど待たされて、ふたたび診察室に呼ばれた。

椅子に座ると、院長がパソコンのディスプレイを見やすいようにこちらに向けてくれる。

肺のレントゲン写真がすでに映し出されていた。

「実は、気になる影が見つかりました」

さきほどまでと変わらぬ表情と声つきで東郷院長が言った。

言われるまでもなく、右肺の真ん中より少し下のあたりに二つ、白っぽい影が見える。

「気道には問題ありません。この影が咳の原因かどうかはまだ断定できませんが、設備の整った病院で詳しい検査を受けられた方がいいと思います」

「影というのは、そこの二つの丸みたいなものですか」

そう問うと、院長が手にしたボールペンで二カ所を順に指し示した。

「そうですね。レントゲンで見るかぎりは、他のところには出ていません。ここだけです」

「先生、それは何でしょうか。たとえば腫瘍の可能性もあるんですか？」

「もう少し、詳しく検査をしてみないと何とも言えませんが、私の長年の経験で言えば、その可能性が高いと思います。ですから、一刻も早く精密検査を受けられた方がよろしいでしょう」

「肺がん、ということですね」

腫瘍という言葉を「がん」に置き換える。

「そうですね。その可能性が高いということです」

院長はきっぱりと言った。

――なんだ、こういうことか……。

とすぐに思った。

だから、プラスチック化が全部消えるとろくなことがないのだ。

しばらく何も言えなかった。

「私の方で紹介できる病院もありますが、いかがしますか？」

あくまで淡々と院長が言い、病院の名前を口にした。虎の門ではなく都内の大学病院だった。恐らくそこが院長の出身校なのだろう。

「もしよければ紹介していただけますか」

「分かりました。いま手紙を書きますので、しばらく外で待っていて下さい」

ゆっくりと席を立つ。立ってから、

「両方とも結構大きく見えますが、かなり進行しているということでしょうか」

と訊ねた。

「それは何とも言えませんが、もし腫瘍だとすれば、決して小さくはないと思います」

院長はそう言って、

「紹介状は、呼吸器外科の教授宛てで書いておきます。彼は肺がんの専門医ですから最善の治療を期待できると思いますよ」

微かな笑みを浮かべたのだった。

ふたたび五分ほど待合スペースの長椅子に腰掛けて待っていると、レントゲン室まで案内してくれた看護師が封筒を持ってきた。表には大学の名前と、宛先の教授の名前が万年筆の太い文字で記されている。

「ありがとうございます」

と口にして封筒を受け取る。手の中の文字をあらためてまじまじと見つめた。

「どうぞお大事に」

と言って看護師がその場を離れていく。

長椅子から立ち上がろうにも立ち上がれなかった。

いままで健診など一度も受けたことがない。身体なんていつどうなっても構わないと腹を括っていた。だが、それは反対に言えば、この長い歳月、自分が奇跡的なほど元気だったということでもあるのだろう。

クリニックを出ると、フロントデスクには寄らずにそのまま「グランマイオ成城学園」を出た。いきなりのがん告知を受け、母親に面会できる気分ではなかったし、かといってキャンセルのために中曽根にそのことを説明するのも億劫だった。

築地の仕事場に戻り、まずはコーヒーを淹れた。それをゆっくり飲み干すと、紹介状の封筒に記されていたK大学付属病院の山崎直也教授に連絡を取った。

封筒を持ってきた看護師が、院長の伝言だとして、「すでに話は通しておいたので、教授に直接電話をして検査日を決めて下さいとのことです」と言っていたからだ。

山崎教授とのやりとりを終えると、ようやく中曽根に連絡した。

「すみません。咳があまりにひどいので、東郷院長の診察を受けた後、そのまま家に帰って来てしまったんです」

「そうだったんですか……」

中曽根は別段、不愉快そうでもなく、むしろ心配げな声で返してくる。

その声に、不意に申し訳なさを感じた。

思えば、さんざん無沙汰にしておきながらいきなり連絡を寄越し、八年ぶりで会ってみれば言動はすこぶる怪しく、あげく親切心でクリニックに連れて行けば一言の断りもなしに勝手に帰ってしまう——そういう不届きな相手に対して、幾ら入居者の身内とはいえ彼女はどこまでも手厚いのだった。

「実は、ちょっと厄介なことになっちゃいまして」

やはり正直に事情を話しておくべきだと気持ちを切り替え、肺がんの疑いが持ち上がってしまったことを説明した。

「そうだったのですか……」

当然ながら中曽根は言葉もない様子だった。

「いましがた、院長先生に紹介していただいたK大学付属病院の先生に連絡をして、金曜日の午前中に精密検査を受けることになりました」

金曜日は明後日だ。

「なので、その検査が終わってから、またあらためて伺おうと思っているんです。なんだかオオカミ少年みたいになってしまって申し訳ありません」

「とんでもありません。ご自身のお身体のことが一番ですから。おかあさまは穏やかにお過ごしになっていますし、健康状態も良好ですのでどうかご心配なく」

「ありがとうございます。それで、もう一度確認したいんですが、先だってのお話の通りで、僕と会っても、いまの母には僕のことが認識できないのでしょうか」

本当は本人と直接会って確かめれば済むことだったが、検査次第ではそれがいつになるか分からない。そもそも、こちらを識別できないとなれば、たとえ顔を合わせたとしてもちゃんとした意思疎通は難しいだろう。

「たぶん、お分かりにはならないと思います」

「そうすると、たとえばですが、僕が子供だった頃の話だとか、亡くなった父の思い出なども母は完全に忘れているということでしょうか」

「さあ、それはどうでしょうか。ただ、ときどき昔の話をされることはあるんですよ。福岡のお宅のことだとか、木や植物のことなどが多いですが。特に植物に関してはとてもお詳しくて、お庭を一緒に散歩するスタッフたちにもいろいろと教えて下さっているみたいです」

母の塔子は和白の自宅の広い庭をとても大事にしていた。そうした記憶はいまも残っているのだろう。

「僕のことや亡くなった父の話をすることもありますか」

「私はもう何年も伺ったことがありませんが、なんでしたらスタッフに確認してみましょうか。彼女たちは常時おかあさまと接しているので、何か聞いているかもしれません」

「ご面倒ですが、ぜひお願いいたします」

「承知しました。分かったことがありましたら連絡させていただきます」

「何から何まで申し訳ありません」

「いえいえ。それより、明後日の検査が何でもなければいいですね」

「東郷院長の口ぶりでは、肺がんで間違いないという感じでした。早く見つけられて良かったとあとから言えるようになるといいんですが……」

「でも、がんかどうかは詳しく検査してみないと分かりませんよ。私の知り合いにも、レントゲンで肺に大きな影が見つかって、がんセンターで調べて貰ったら何でもなかった人もいましたから」

「そうなんですか」

「ええ。本人はまるで狐につままれたような気分だったそうです」

「なるほど。それはそうでしょうね」

「だから、姫野先生、あんまり心配しないで下さい。まだ肺がんと決まったわけじゃありませんから」

そう言って、中曽根は自分から電話を切ったのだった。

その通話のあと、胸にひっかかるものがあった。

何か大切なことを忘れているような気がした。

または肝腎なものを見落としているような……。

もやっとした気分がしばらく続き、今度はコーヒーではなく緑茶を淹れることにした。

そうやって何かを飲んだり食べたり、身体を使ったりすると、胸に詰まっているものが取れることがある。

筆にブレーキがかかったときもコーヒーブレイクや散歩は最も手軽な解決方法だった。

緑茶をすすりながら、どうして突然、肺に大きな影が二つも生じたのだろうと考えた。

東郷院長から肺がんの可能性が高いと告げられた瞬間、

――なんだ、こういうことか……。

と思った。

——だから、プラスチック化が全部消えるとろくなことがないのだ。と。

だが、思い出してみれば、前回はペニスの先端にプラスチック化が起こったのだ。そして、そのあと人を殺す夢を見るようになった。今回はプラスチック化ではなく、ひどい咳き込みが起こり、十日ほど過ぎた今日になって肺がんだと言われた。

（前回）ペニスのプラスチック化↓人を殺す夢。
（今回）ひどい咳き込み↓肺がんの告知。

てっきり、両者を似通った流れのように受け止めていたが、このように図式化してよくよく吟味してみると全然違っている気がした。

というのも、「ひどい咳き込み」と「肺がん」とは同じ事象を別の形で述べたものに過ぎないが、「ペニスのプラスチック化」と「人を殺す夢」はまったく別種の事象だからだ。

その観点に立って図式化し直すならば、

（前回）ペニスのプラスチック化↓人を殺す夢。
（今回）ひどい咳き込み（肺がん）↓？

ということになろう。「?」は、前回の「人を殺す夢」と同じように、このあと引き続き起こってくるであろう何らかの現象だ。

つまり、「ひどい咳き込み（肺がん）」というのは、前回の「ペニスのプラスチック化」と同じ段階のものと考えるべきなのだ。

だとすれば、レントゲン検査で見つかった大きな影は、肺の一部がプラスチック化したために生じたものだということになる。

前回はペニスの先端がプラスチック化し、今回は臓器である右肺にプラスチック化が起きたのだと……。それが、咳き込みの原因となり、レントゲンに写り込んで白っぽい影となったのだろうと……。

あらためて図式化するとこうなる。

（前回）ペニスのプラスチック化↓人を殺す夢。

（今回）右肺の二カ所のプラスチック化↓?

頭の中に描いたその図式をじっくり眺め、恐らくこれで間違いないと思った。肺にできた大きな影は肺がんではなくプラスチック化なのだ。ならば、やがてプラスチック化した肺組織は脱落し、新しい細胞が再生されてくる。現在の不快な咳き込みもいずれ快癒することになるだろう。

もちろん、このまま肺のプラスチック化がさらに進行し、がん細胞の増殖と似たような危機的状況に繋がる可能性も皆無ではない。臓器のような生命活動の中枢がプラスチック化した経験はないし、現にそのことによって「ひどい咳き込み」という病的症状が生まれてしまっているのは確かなのだ。

だが、そうは言ってもプラスチック化ならば一安心だった。

PCを起動させて、さっそくプラスチックがX線にどのように反応するかを調べてみた。案の定、硬いプラスチックは金属などと同様にX線を透過させないようだ。右肺にプラスチック化が起きていれば、レントゲンに白っぽい影となって写ってしまうことも充分にあり得そうだった。

3

金曜日の午前中に予定通り、千駄ヶ谷のK大学付属病院で検査を受けた。

再度レントゲンを撮り、CT撮影、採血、採尿も行った。「グランマイオ成城学園クリニック」の東郷院長の紹介状は効力抜群で、診察も山崎教授自らが行い、検査もほとんど待たされることなく進められていった。

午前中いっぱいで検査は終了し、午後には結果が出るというので、それまでのあいだ病院最上階にあるレストランで昼食をとって待つことにした。

エビカレーのセットを食べ、デザートにプリンも注文した。

気持ちが落ち着いたせいなのか、この二日ばかり咳は余り出ていなかった。検査のためもあって一滴も酒を飲んでいないのもいいのかもしれなかった。

一週間後に文学賞の選考会を控えているので、食事をしながら各候補作に関するメモを取った。選考の席でそのメモを見ることは滅多にないが、自分の考えを文字に起こすことで頭の整理がつくので、いつも細かく書きつけるのを常としていた。

午後一時過ぎに呼吸器外科の待合スペースに戻ると、五分もしないうちに診察室に呼ばれた。

診察室には山崎教授だけでなく、もう一人、三十代半ばくらいの白衣の男性が隣に座っていた。

「こちらは同じ呼吸器外科の関口先生です。今後の治療に関しては彼が主治医を務めることになると思います」

教授の顔つきは、検査前とは打って変わって引き締まっている。隣の関口医師が軽く会釈をしてくる。

「姫野と申します。よろしくお願いいたします」

と挨拶した。

机上のパソコンに映し出されているのはＣＴ画像の方だった。

「東郷先生の見立ての通りで、やはり肺がんのようです」

山崎教授がディスプレイに目をやりながら言う。

「右肺の中葉、下葉にそれぞれ一つずつ。この中葉の方が四センチ、こっちの下葉の方が二・五センチくらいですね。もう少し精査しないとはっきりとしたことは言えないですが、他の臓器への転移はいまのところは見られません」

教授が指さすCTの輪切り写真を見れば、確かに右肺の下半の連続写真に白い丸が写っている。一番大きな一枚では右肺のかなりの部分を占めていた。

「これって結構大きいですよね」

「小さくはないですね」

教授が頷く。

「で、今後のことなのですが、次はこの部分の組織を取ってきて、本当にがんなのかどうか、またがんであればどういう性質のがんであるかを見極めなくてはなりません」

「生検をするということですね」

「そうです。姫野先生もご承知の通りで、肺がんには幾つか種類があります。それを調べなくてはこれからの治療の方針が決められないのです」

「腺がんとか小細胞がんとか、そういうやつですね」

「ええ」

教授はマウスをクリックし、今度はレントゲン写真を画面に呼び出す。二日前に東郷院長に見せられたもの同様、右肺に白っぽい影が写っていた。

「ご覧の通り、場所が場所なので、直接針を刺して組織を取りたいと思っています。よろしいでしょうか」

「もちろん。すべて先生方にお任せいたします」

と頭を下げつつ、採取した細胞がプラスチック化していると分かったら、病理医や目の前の医師たちは一体どういう反応をするだろうか、と思う。

ここに来る前からその点が一番の気がかりではあった。

だが、こうしてはっきりと画像に写っている以上、細胞検査は不可避だろう。万が一、本物のがんであれば切除して貰うしかないのだから。

4

選考会の翌日、K大学付属病院で経皮肺生検を受けた。直径一ミリほどの生検針を体表から刺し、病巣まで挿し込んで少量の組織を切り取ってくるのだ。関口医師が行ってくれたのだが、ほとんど痛みもなく、出血も微々たるものだった。事前に肺生検のリスクが記された説明書を渡されており、そこにはずいぶんと恐ろしいことが書かれていたので、内心の不安はかなりのものだった。

説明書には、術後のリスクとして、「血栓」、「体液の漏れ」、「発熱」、「感染症」、「肺炎」などが列記され、非常に低い確率とはいえ「気胸」を起こして重篤な状態に陥るケースもあると述べられていた。禁酒はもちろんのこと、前夜からの絶食、服薬の中止なども指示された。

それだけに、検査が二十分ほどで終わり、ほどなく、

「今日はこのままお帰りになって構いませんよ。念のため痛み止めは出しておきますが、おそらく痛むことはないと思います」

と関口医師に告げられたときは、ちょっと肩透かしを食らったような気分になった。

組織検査の結果は来週の火曜日に出るという。

「そのときは、僕のところにいらして下さい」

どうやら、ここから先は関口医師に完全に引き継がれるようであった。

採取された組織がどのようなものか、当然、関口医師も小さな断片をシャーレか何かに入れるときに見ているはずだった。例の透明なプラスチックであれば、目視しただけでそれが普通の細胞とはまったく違うものだと分かるに決まっている。

そうした驚きの反応が見られるかと医師の顔を注視していたが、彼はごく当たり前の様子で検査室を一足先に出て行ってしまったのだった。

いささか疑問だったが、組織を取るといっても少量で、しかも血液が付着しているだろうから見分けがつかないのもやむを得ないと自分を納得させた。採取された組織を取り扱ったのは助手の人だけで、医師本人はつぶさに見てはいないのかもしれなかった。

だが、細胞検査を行う病理医は、プラスチック化した肺細胞を顕微鏡で覗き、さぞやびっくりするに違いなかった。生検針の中にプラスチックが誤って混入したのだろうと考え、細胞を調べた直後に呼吸器外科へ問い合わせるに違いない。

結果は火曜日と関口医師は言っていたが、恐らくはその前にこちらにも連絡が入り、「ちょっとした手違いで、採取した細胞を調べることができなかったので、もう一度検査を受けて欲しい」

という謝罪と依頼が行われるはずだ。

その段階で、肺にできた「がん」がプラスチック化によるものだと確定する。そうなれば、もう医師たちの手を煩わせる必要はない。それ以上、医療と関われば、今度はプラスチック化自体が彼らの好奇心に火をつけて、研究材料としてさんざん身体をいじくり回されるのは目に見えていた。再検査は丁重に断るしかないだろう。

そんなふうにあれこれ想像しながら週末を過ごした。

咳き込みは相変わらず続いていたが、一番ひどかった時期よりは幾らか改善していた。プラスチック化だとすれば、そろそろ脱落が始まってもおかしくない。ただ、肺の中に生じたプラスチックはどうやって体外に運び出されるのか。たとえプラスチック化が終わっても、その部分が排出されなくては、新しい組織も再生不能だろう。

そう考えると、肺の影がたとえプラスチック化によるものだったとしても一抹の不安は残るのだった。

月曜日になってもK大学付属病院からは何の連絡もなかった。

直接会ったところで、「検査結果が微妙なので、いま一度検査をしたい」とでも言うのだろうか。自分たちのミスを少しでも隠蔽しようとするのが大学病院の常だ。プラスチック云々には一切触れず、再検査だけを押し付けてくるつもりかもしれない。

翌朝、約束通り、午前十時に関口医師の診察室を訪ねた。

先だってと同様、PCの画面にはCTの連続写真が表示されていた。

だが、関口医師の口から出た言葉は、想像とはまったく異なるものだった。

「検査の結果、採取した細胞はやはりがん細胞でした。腺がんというタイプで、肺がんの中では最も症例数の多いものです」

「腺がんですか……」

本物のがんだとは思ってもみなかっただけに、にわかには信じがたい。

「そうです。決して小さながんではないですが、CTで見るかぎり、いまのところリンパ節転移も遠隔転移もありません。早急に手術されることをおすすめします」

「先生、それは間違いのない診断なんですよね」

半ば失礼とも言える問いに、関口医師は表情を変えるでもなく、

「細胞検査ではっきりと出ているので、肺腺がんで間違いありません」

と答えたのだった。

肺の影はプラスチック化した細胞組織だろうと思い込んでいたので、腺がんとの診断結果には、まるで狐につままれたような気分だった。

帰りの電車で呆然としながら、

「でも、がんかどうかは詳しく検査してみないと分かりませんよ。私の知り合いにも、レ

ントゲンで肺に大きな影が見つかって、がんセンターで調べて貰ったら何でもなかった人もいましたから。本人はまるで狐につままれたような気分だったそうです」

という中曽根あけみの言葉を思い出していた。振り返れば、彼女のその一言をきっかけとして、肺の影はプラスチック化に違いないという図式を組み立てたのだった。

筋違いだと分かっていても、そんな軽口を叩いた中曽根がうらめしい。

築地の駅を出る頃には、ここ数日なかったようなひどい呟き込みが始まっていた。

仕事部屋に戻り、何もする気が起きずにベッドに身を投げ出した。

「手術の日取りを決めて、手術日の二、三日前に入院していただきます。さらに幾つか検査を重ね、その上で手術の計画を立てることになります」

あくまでも淡々と、事務的に関口医師は話を進めていった。

「申し訳ないのですが、いま、グレードの高い特別室が全部埋まっている状態でして、中程度の特別室しか御用意できないのですが、それでもよろしいですか」

まるでホテルのフロントマンのようなことも口にする。

「執筆の都合もありますので、二、三日、考える時間をいただけますか。調整して、できるだけ早く日程を出させていただきます」

と返事するのが精一杯だった。

肺がんだから手術するしかない、というのは充分に理解していた。しかし、だからといってベルトコンベアに載せられるように、あれよという間に胸を切り裂かれるのは真っ平御免だった。

自分の肉体はあくまで自分のものであって、医者のものではない。

呟き込みを繰り返しながら三十分ほどベッドに寝転がっていた。病院での関口医師とのやりとりを幾度も反芻したが、医師が細胞検査の結果に疑いを持っていたり、異質な細胞像を無理やり腺がんのカテゴリーに押し込めようとしている気配は微塵もなかった。ごくごく一般的な肺腺がんだと彼は信じているようだった。

かつてがん患者を主人公にした長編小説を執筆したことがあるので、がんについての知識は相当以上に持ち合わせていた。

煙草も若い時期にちょっとやったくらいで、その後は一切吸っていなかった。それで肺がんというのはいかにも間尺に合わない話だが、ただ、肺腺がんは喫煙とあまり因果関係のない肺がんとして知られているのだった。それもあって、喫煙率の低い女性でも、肺腺がんに罹《かか》る患者がとても多い。

関口医師の推奨の通りで、肺腺がんの治療の第一選択は手術である。抗がん剤感受性の高い肺小細胞がんと違ってこの肺がんに抗がん剤はあまり効かない。手術でどれだけ完璧にがんを除去できるかが勝負の分かれ目とも言えた。

右肺に二カ所もあれだけの大きさのがんがあるとなれば、リンパ節や周辺臓器への転移も充分に可能性があった。画像上、発見できないからといって転移がないとは断言できない。もし見えない転移がすでに起きていれば手術での根治は望めなくなる。

そうなると現代医学の力では万事休すということになってしまうのだ。

咳は断続的に続いている。だが、横になって物思いに耽っているうちに次第に数は減ってきていた。やはりさきほどのショックが咳の頻度を上げてしまっただけなのだろう。

起き上がって窓の外を見る。午前中は暗かった空が俄然明るくなってきていた。そういえば今日は午後から数日ぶりの晴天になると予報で言っていた。

ベッドから立ち上がり、部屋の隅に放ってあったリュックを持ち上げた。

こんなところでくよくよしていても何も始まらない。

手術を受けるにしても当分は、本当にそれでいいのかどうか考えを煮詰めるべきだった。さいわい、自覚症状はいまだひどくはない。医療に頼るだけががん治療のすべてでないことは十二分に知っている。

医者に任せる前に、患者としてやるべきことはたくさんあるのだ。

まずは食事の改善から始めよう。

近頃は包丁を余り握らなくなっていた。だが、がんと分かった以上、がん細胞に栄養を奪われないための食事は不可欠だった。同時に、適切な食物摂取によって、がんの糧道を断つ必要もある。

久しぶりに築地市場に出かけてめぼしい食材を買い集めて来よう。

とりあえず一週間、徹底した抗がん食を試してみて、それによってこの咳き込みがどう変化するか見極めてみたい。逓減《ていげん》傾向がはっきりするようであれば、手術の可否を判断する貴重な材料の一つになり得る。

リュックを背負ったあと、

——それにしても……。

と思った。明るい窓を睨みながらまた思念を凝らす。

——細胞のがん化とプラスチック化とのあいだにはどのような相関があるのだろうか?

これはあくまで手前勝手な推理でしかないのだが、我が身のプラスチック化とは、〝精神のがん化〟を防ぐために心身が編み出した苦肉の策ではないか、と最近は考えていた。

面倒くさい言葉で言い直せば、「発狂の限局化」ということだ。

小雪を失ったストレスを飲酒によってやり過ごしてきたものの、もうこれ以上、酒を飲むとアルコールの影響で精神に異常をきたすという段階にまで追い込まれ、そこで我が心身は肉体の部分的なプラスチック化を実行したのではないか。単に酒をやめてしまえば、いまだ増殖を続けるストレスは行き場を失い、正常な意識を直撃してくる。それを防ぐには、これまでアルコールで溶かしてきたストレスを今度は身体の一部分に流し込み、プラスチックで固めて排泄する——そうやって身体の各部にストレスを散らし続けることで致命的な発狂を押しとどめているのではなかろうか。

そんな気がするのだ。

これは実は、がん発生のメカニズムと非常によく似ている。がんもまた長年にわたるストレスが免疫力を抑制し、そのために異常細胞を排除できなくなって生じる疾患だと言われている。東洋医学では、がんは文字通り、肉体を死に至らしめるような汚れた血液を一カ所に集め、なんとか生体機能の維持を図ろうとする一種の貯血タンクだと捉えられているのだ。

仮にそうだとすると、これまで飲酒やプラスチック化によって暴発を押しとどめてきたはずのストレスが、なぜ肺腺がんという形でいきなり顕在化してきたのか？

もとより肺腺がんが四センチの大きさにまで増殖するにはかなりの年月を要したはずである。プラスチック化と並行する形で肺の中で着々とがん細胞が増え続けていたと考えるしかない。だとすると、絶えず押し寄せるストレスの波は、体表部分ではプラスチックとなり、内臓ではがん細胞へと転化した。そんなふうに納得するほかないが、しかし、時に骨にまで及ぶプラスチック化が、内臓にだけ発生しないというのもいささか不思議ではあった。そもそもストレスによってがん化を引き起こすのであれば、プラスチック化のような奇妙な現象を同時に招き寄せる必要などないのではないか。

自分の身体が、がん化ではなくプラスチック化を選択したのには、きっと肝腎な理由があるに違いなかった。

その理由とは何か？

そこで思いつくのは、やはり〝精神のがん化〟＝発狂を抑止するためということだった。

では、なぜそこまでして発狂を防がねばならないのか？

その理由として思いつけるのはただ一つだ。

発狂すると小説が書けなくなるからである。ここ数年の自分は、何としてでも小説を書くために、肉体の一部をプラスチック化させながら、執筆に必要な正気というものをどうにか保持してきたのではないか。

だからこそ、今回の肺腺がんの出現は余りに唐突で理不尽なもののように感じられるのだ。

肺腺がんでいのちを奪われてしまっては、小説を書くどころの話ではなくなる。それでは発狂するのと五十歩百歩だ。

そうなると、これまで一体何のためにプラスチック化という奇怪な方法を用いてストレスを抑制してきたのか？

その疑問はとりもなおさず、最初の前提である「プラスチック化とは、〝精神のがん化〟を防ぐために心身が編み出した苦肉の策」という推論自体の否定へと繋がっていく。

プラスチック化が幻覚ではないか、との疑いもいまだ完全に払拭されたわけではない。

小雪を失う前後からの奇妙な記憶の歪みに鑑みても、プラスチック化を認識する自らの意識に変調が生じている可能性は大いにあった。プラスチック化を確認する第三者に悠季という幼女を選んだ事実が、自身の判断力の甘さを露呈している気もする。

だが、今回の肺腺がんに関しては、これはもう間違いのない現実であった。二つの医療機関の医師がはっきりとそう診断をつけているのだ。

5

こんにゃくと根菜のピリ辛炒めを作るためにれんこんを乱切りにしているとき、包丁で左手の小指の先をかなり深く切ってしまった。

出血がひどくて調理をそのまま続けられず、結局、玄米だけ炊いて、夕食は納豆とおしんこ、それにインスタントの味噌汁だけで済ませた。

食後、入浴したあとから救急絆創膏を巻いた小指がじんじん痛んできた。絆創膏を取って軟膏を塗布した傷口を見る。出血は止まっていたが、小指の第一関節から上が腫れて熱を持っている。

これから自炊を本格化させようという肝腎なタイミングで指を傷つけてしまった。左手とはいえ水仕事にはやはり支障がある。

――よりによってこんなときに、こんな怪我をするなんて……。

クローゼットにしまってある救急箱を取って来て、「コロスキン」を探した。コロスキンというのは便利な液体絆創膏で、これを厚めに患部に塗ると、それこそセメダインを固めたように透明の膜で傷口が覆われて、水や汚れをはじいてくれるのだった。

ずいぶん昔に使ったきりだったので、救急箱をひっくり返しても出てこなかった。処分してしまったのだろう。

時計を見ると、午後十時を回ったところだ。

近所のドラッグストアに一っ走り買いに行ってくるか。

だが、外は雨だった。午後いっぱいは晴れ間が続いたが、風呂に入る直前から雨が降り出している。窓から外を覗くと雨足も結構強そうだ。

いまから雨の中を出かけるのはさすがに億劫だった。

とりあえず今夜は新しい救急絆創膏を貼って、あすコロスキンを調達しよう。

そう思いながら、赤く腫れている小指の先を見つめた。

――こんなときこそ、ここがプラスチック化してしまえばいいのに……。

ふと思う。

いままで一度だって、自分からプラスチック化を望んだことはないが、これからの食事作りを考えればこの小指の傷は一刻も早く良くなってほしい。いっそのこと傷口ごとプラスチック化してくれた方が、よほど料理はやりやすいに違いなかった。

翌朝、目覚めてみるとちょっとびっくりするようなことが起きていた。

なんと小指の先が本当にプラスチック化していたのだ。

最初は目の錯覚ではないかと疑った。

だが、そうではない。

左手小指の第一関節から上、昨夜赤く腫れていたちょうどその部分が透明化している。関節を動かしても、触ってみても痛みはまったくない。透明化しているから、当然ながら傷口も見えなくなっていた。

指先がプラスチック化することは何度か経験していた。小指がそうなったこともある。プラスチック化した指先は次第に硬度を増し、やがてぽろっと取れてしまう。それから数日もすると新しい指が再生されてくるのだった。

さっそくキッチンに立ち、昨日、築地市場でたっぷり仕入れてきた食材を使って料理を始めた。

中途になっていたこんにゃくと根菜のピリ辛炒め、なすの煮びたし、さつま芋と玉ねぎの味噌汁を作り、それに昨夜の玄米を蒸し直して、なかなか充実した朝食になった。プラスチック化してくれたおかげで、小指もちっとも邪魔にはならなかった。

雨は明け方上がったようで、眩しいほどの光が窓から差し込んできている。

満腹になった身体をリビングルームのソファに預け、プラスチック化した左手の小指をその明るい光に透かしてみる。

指先の形をした透明なプラスチックがキラキラと輝いていた。

昨日からの疑問がふたたび頭をもたげてくるのを感じた。

小雪を失って自暴自棄になったとき、自分は全身のどの場所ががんになってもおかしくない状態だった。一日に数千個は必ず生まれているがん細胞は、生体に備わっている精緻な免疫システムによって日々、除去されている。免疫が何らかの理由で激しく損なわれると、がん細胞は体内にとどまり、臓器なり組織なりに取りついて無限の増殖を開始するのだ。この十年近くのあいだ、自分の身体の免疫レベルは最低に等しかったはずだ。年齢もすでに五十代に入り、がんにならなかったのが不思議なくらいだった。

やはりこのプラスチック化はがん化と似たような現象なのではないか。自分の身体は小説を書き続けるために、がん化を回避し、プラスチック化を選択した。つまり、がん化をプラスチック化に置き換えてきたのではないか。

それが今回はたまたま、肺に限ってがん化してしまった。

——だったら、そのがん化をプラスチック化に置き換えることもできるんじゃないか……。

そんな空想めいた考えに至ったところで、気づいてみれば背筋を伸ばして、ソファの上に座り直していた。降ろしていた左手をゆっくりともう一度持ち上げる。

プラスチック化した小指をあらためて凝視した。

昨夜、「こんなときこそ、ここがプラスチック化してしまえばいいのに……」と念じた。

すると、たった一晩でこうして、その思念が現実となった。

透明の指先を見つめたまま、空いている右手を右肺の下の部分にそっと当てる。

レントゲンに写っていた白っぽい二つの影を頭の中にイメージし、それが徐々に透明化していくさまを思い描いた。

——この肺がんもプラスチック化してしまえ。

深く深く、そう念じた。

翌日の深夜、といってても日付はすでに金曜日に変わっていたのだが、ひどい咳で目を覚ました。

枕元の目覚まし時計の針は午前三時を指している。

ベッドの縁に座り込んで、咳を繰り返す。自然に背中が曲がり、身体が丸くなればなるだけ咳き込みが激しくなった。それでも背筋を伸ばすことがどうしてもできない。

普段は、どんなにひどくても十分もすれば小康を得るのだが、今回は、いつまで経っても咳はやまなかった。

空咳と空咳とのあいだに妙に湿った咳を挟み込むのもいつもとは違う。

一気に症状が悪化してきているのか？

とりあえず一週間は食事療法を試してみるつもりだったが、急激な悪化であればそうも言ってはいられない。関口医師には、三日ばかり時間をくれと頼んだが、その約束通りなら今日にでも連絡を入れて手術日を決めなくてはならない。

食事療法を始めると一時的に症状が進んだように見えることはある。ただ、そうした瞑《めん》眩《げん》反応が起こるには幾らなんでも日にちが浅かった。

十五分ほど経った頃、物凄い咳き込みに見舞われた。

思わず立ち上がり、すぐにしゃがみ込み、そして四つん這いになる。

床に両手をついた途端、喉の奥から一気に何かが噴き出してきた。

普通の嘔吐ではなかった。食道ではなく気道を通ってほとばしり出ている。

無数の米粒かビーズのようなものが床に散らばっていく。パラパラと乾いた音が立った。ものの数秒の出来事だった。

咳が止まり、身体を起こす。胡坐をかいて床に座った。目の前にはお茶碗一杯分ほどの量の粒々が薄っすらと積もっていた。

何粒か指でつまんで手のひらに載せてみる。

尖っているものはなく、大きさは米粒大からゴマ粒大までまちまちだったが、どれも透明で硬かった。見慣れたプラスチックのかけらである。

何が起きたかはよく分かっていた。願いが見事に叶ったのも理解していた。

それでもにわかには信じがたかった。

膝元に降り積もっているプラスチックのかけらたちは、恐らく、右肺に巣食っていた肺腺がんに違いなかった。それがこうしてプラスチック化し、気道を通って身体から排出されたのだ。一昨日の午前に念じたことが現実のものとなった。ちょうど、怪我した小指がプラスチック化したときのように……。

あれほど激しかった咳き込みは嘘のようにおさまっていた。

試しに咳払いしてみるが、いままでのように咳き込みは始まらない。

しかし、これは一体どういうことなのだろう?

自らの意志に関わりなく常に突発的に生じていたはずのプラスチック化が、いつの間にか、自分の意志で自在に操れるものに変わってしまったのか?

それとも、この現象は最初からある程度コントロール可能なものであったにもかかわらず、そのことにずっと気づかなかっただけなのか？

自分の意志で自分の身体のどの部分でもプラスチックにしてしまうことができる——もし事実であれば、とんでもない発見だった。

今回のように念ずるだけで傷やがんをプラスチック化し、やがて新しい組織として再生させられるのであれば、いかなる怪我や病気も恐れる必要がなくなる。

極端に言えば、不死身の身体を手に入れたことになるのだ。

眠気はどこかにいってしまった。

キッチンに行って、コーヒーを淹れた。咳が始まってからは、熱いコーヒーが咳のきっかけになることが多いので、夜はあまり飲まないようにしていたのだ。

あつあつのコーヒーを口にしてみる。これまでのような咳の兆候は皆無だった。

やはり肺にあった二つの影が原因だったのだろう。だからこそ、影が消えて咳も出なくなった。きっとそうに違いない。

朝、起き出すと、すぐに近所の内科クリニックに出かけた。

「いつまで経っても咳が抜けないので、念のためにレントゲンを撮っていただけませんか。ちょっと心配になってきちゃって」

と頼むと、

「じゃあ、そうしますか」

医者はあっさり了解してくれた。

撮影が終わり、十分ほどで診察室に呼ばれた。シャウカステンにレントゲン写真が掲示されていた。一目で、「グランマイオ成城学園クリニック」のレントゲン写真にあった白っぽい影がなくなっているのが見て取れる。

「肺には何ら異常はありませんね。ごらんの通りきれいなものですよ」

医者は笑みを作り、

「前回とは別の種類の咳止めを出しておきましょう。ただ、梅雨どきなので自律神経が乱れることがよくあるんです。あまり無理をせず、暴飲暴食はつつしんで、しっかり睡眠を取って下さい。そうすればそのうち咳も出なくなると思いますよ」

と言ったのだった。

帰宅して、K大学付属病院の関口医師に電話するかどうか検討したが、あえて連絡はせずに放っておくことに決めた。さすれば、別の病院に鞍替えしたと見切りをつけてくれるだろうし、万が一先方から問い合わせが入った場合は、「やっぱり手術はつらいので、別の方法を探ってみることにします。申し訳ありません」と電話口で頭を下げればよいだろう。

気分は爽快だった。

さきほど見たレントゲン写真が脳裏に浮かぶ。右肺は確かにきれいなものだった。白っぽい影のようなものは消えていた。「何ら異常はありませんね。ごらんの通りきれいなものですよ」という医者の言葉が耳朶の奥で何度もよみがえる。

一夜明けて、咳もまったく出ない。吐き出したプラスチックの小粒は丁寧に拾い集めて、小さな瓶に入れてあった。

振り返れば、半月近く、仕事がほとんど手につかない状態だった。月末に向けて幾つか連載の締切が迫っていたが、やはり肺がんのことで気が気ではなかったのだ。

これで心置きなく執筆に専念できると思うと喜びもひとしおだった。

ずいぶん間が空いてしまったが、締切原稿に一段落をつけたら、今度こそ母の塔子に会いに行かねばならない。中曽根あけみにあらためて訪問の意志を伝える必要もあった。戸山公園で彼女の名刺を見つけたのが、もう一カ月も前のことだった。いまだに母に会えずにいるというのもどこか奇妙な成り行きに思える。ルミンの首輪と共になぜ中曽根の名刺を埋めてしまったのか、「グランマイオ成城学園」に母を預けている事実をどうして忘れていたのか、そして、父が亡くなって以降の母の記憶がほとんど残っていない理由は何なのか、どれをとっても何一つはっきりとしていないのだった。

今回の肺がん騒動で、真相解明に向けた動きはのっけから鈍ってしまったが、その出遅れにも何らかの意味があるのかもしれない。

まずは、プラスチック化によって肺腺がんを一掃できたことが大きな収穫だった。この一事によって、災厄でしかなかった怪現象にまったく別の側面があることが分かったのだ。深く念ずるだけで身体の各部をプラスチック化できるのであれば、まっさきに試してみたい部位があった。

左手の小指の先は徐々に硬度を増している。この分だと明日には脱落し、三日もすれば新しい指が生えてくるだろう。それを見届けたところで、さっそく実行してみたいと思っている。

先だっての図式に倣えば、

右肺二カ所のプラスチック化↓?

の「?」の部分には、「自分でプラスチック化を起こせるようになる」が該当することになろう。つまり、

(前回)ペニスのプラスチック化↓人を殺す夢。

(今回)右肺二カ所のプラスチック化↓自発的プラスチック化。

というわけだった。

第六章　大阪へ

1

昼前に着いた大阪は、ちょっと珍しいほどの霧雨だった。新大阪駅のタクシー乗り場に降りてみると、雨というよりはミストサウナのような状態になっている。細かい水の粒子が風にふわふわ揺られながら街全体を包み込んでいるのだった。

七月も半ばにさしかかり梅雨明けも間近だろう。それにしても、今年は雨が少なかった。大きな地震被害にあった熊本や南九州に記録的な大雨をもたらした梅雨前線は、関東以北ではさほど威勢を張れなかったようだ。真夏とも見まがう青空が広がる日も多々あって、東京はすでに夏本番の気配が濃厚だった。

それだけに、大阪のこのしっとりとした霧雨には梅雨の風情を感じる。

同行の編集者や営業部の面々と二台のタクシーに分乗して梅田のJ書店を目指した。こっちの車には担当編集者とその上司の出版部長が乗り、二台目には営業部の部長以下三人と宣伝部の一人が乗った。

S社から久しぶりに出す新刊のプロモーションのために来阪したのだ。

午後いっぱいかけて大阪市内の各書店を回り、夕方六時からはKブックス梅田本店でサイン会を開くことになっていた。

今夜はS社が用意してくれたホテルに泊まり、明日は午前中、ラジオ局を二局回ってインタビューを受けることも決まっている。テレビ出演はむかしから苦手だったが、ラジオは嫌いではなかった。それでも小雪が死んでからは滅多にその手の仕事は受けなかったし、書店への挨拶回りやサイン会も断ってきたのだが、今回ばかりはS社からの申し出に飛びついた。

気分を変え、頭の整理をつけるために遠出でもしようかと、ちょうど考えていたところだったのだ。

S社の担当者である森村君から、

「実は営業と宣伝の方から、新刊発売にあわせて大阪でサイン会と書店回りなどをやっていただくことはできないかというお願いが上がってきているのですが……」

いかにもダメもとという感じで連絡が入ったとき、

「それはいいですね。ぜひやらせてもらいましょう」

と即答した。

「本当によろしいんですか」

森村君はえらく驚いていた。

「気分転換に二、三日旅にでも出ようかと思っていたんでね」

「それでしたら宿泊先は弊社で用意させていただきますから、翌日の午前中までお時間を頂戴できませんか」

森村君はもう一押ししてきたのだった。

「別に構わないよ」

というわけで、ラジオ出演の仕事が追加されることになったのである。

市内の大型書店を数店巡って、Kブックス梅田本店に着いたのは午後六時ぎりぎりだった。すでにサイン会のためのセッティングは終わり、新刊を手にした人たちの長蛇の列が店の外まで続いていた。

Kブックスのロゴマークの入ったブラインド式の衝立の前に据えられた大きなテーブルには白いテーブルクロスが掛けられ、そのテーブルの真ん中あたりに椅子が置かれている。

店に着くと一息つく間もなく、衝立の前に進み出た。

「それでは、ただいまより姫野伸昌先生のサイン会を始めさせていただきます」

着席した途端に、待ってましたとばかりにマイクを手にした書店員がサイン会の開始を告げる。腕時計の針を見れば、六時ちょうどだった。

その女性がやって来たのは、一時間の予定のサイン会がもう終わろうという時分だった。

最後に並んだ数人の一人が彼女だった。

差し出された整理券には、「高畠響子《たかはたきようこ》」と記されている。

「今日はありがとう」

と言って正面に立つ相手に会釈し、右隣に控える書店員が彼女から受け取って広げてくれた本に「高畠響子様」とサインペンで記して署名をする。それを左隣の別の書店員が引き取り、持参した落款を捺すのだった。

「姫野先生、私、一度先生が神戸にいらしたときに大学での講義を拝聴して、そのあとの懇親会にも参加させていただいたんです。その節は本当にありがとうございました」

書店員が差し戻した本を手にしながら女性が言った。

高畠響子？

名前に憶えはなかったが、顔を上げて面立ちをつぶさに確かめれば、どことなく見覚えがあるような気がした。

「じゃあ……」

と言って四年ほど前に講義に出向いた女子大の名前を口にする。

「そうです。私、あの大学の二回生だったんです」

講義のあとの懇親会は三宮駅近くの小料理屋の二階を貸し切って開かれた気がする。広い座敷に学長や教員、参加を希望した学生たちが二、三十人集ったのではなかったか。

その学生たちのなかに彼女もいたというわけか。

目鼻立ちの整ったきれいな女性だった。髪がやけに短く上背もあるので、パッと見だと美青年風にも見える。

彼女はサインの入った本を肩に吊るした大きなバッグにしまうと、かわりに赤い眼鏡ケースを取り出した。

「これも大事に使わせて貰っています」

そう言って、細くて長い指でケースを開ける。

中から出てきたのはサングラスだった。取り出したそれを目の前でかけてみせた。

「男物だけど、悪くないでしょう？」

サングラスを着けた顔はますます男っぽい。

その笑顔を目にした瞬間に忘れていた記憶が一時に舞い戻ってきた。

そうだった。これは自分のサングラスだ。あの晩、宴が始まってしばらくしたところで、大きなリュックを抱えて隣の席に割り込んできた女子学生がいた。彼女は緊張した面持ちで話しかけてきて、

「中学生の頃から先生の大ファンなんです」

そう言ってリュックの中身を見せてくれたのだ。入っていたのはすべて我が著作だった。それも何度も読み返したらしく、どの本もずいぶんくたびれてしまっていた。

「どうしてまた、高畠はこんなにたくさん先生の本を持ってきたんだ？」

私の隣ですでに出来上がっていた教員の一人が訊ねると、

「先生の小説に熱中していた昔の私にも、こうして先生にお目にかかることができたよって教えてあげたくて」

「高畠」と呼ばれた女子学生はひどく恥ずかしそうに、そう答えたのだった。

それぞれの本にサインをしようか、と申し出ると、彼女はとんでもないといった表情になって固辞した。

「そんなつもりで持ってきたんじゃないんです」

いささか心外という気配さえあった。

そうした彼女の態度が気持ちよく、そのあとはずっと隣に座らせて一緒に飲んだ気がする。

そして、懇親会がお開きになる直前に、上着のポケットに入れていたサングラスを記念にと進呈したのではなかったか……。

数人とはいえ、高畠響子の後ろにも新刊を持った人たちが並んでいた。

「今夜、これから打ち上げがあるんだけど、いらっしゃいませんか？」

声を落として誘ってみた。

「私なんか行っていいんですか？」

びっくりした顔になっている。

「もちろん。あとちょっとで終わるから、この近くで待っていて下さい。声を掛けますよ」

「ありがとうございます」

幾分、頰を上気させて、彼女はしっかりと頷いた。

2

サイン会の打ち上げは、午後七時半から堂島の「源平」という海鮮居酒屋で始まった。Kブックスからは梅田本店店長や次長、文芸担当の書店員三名、それに関西エリアを束ねている常務取締役が参加し、S社側からは営業部長はじめ大阪にやって来た六人が出席した。飛び入りの高畠響子を含めて総勢十四名。

掘りごたつ式の大きなテーブル席で、右隣には響子が、左には文芸担当の女性書店員が座り、テーブルを挟んだ正面には常務が席を占めた。

簡単な挨拶をして、全員生ビールで乾杯する。

昼間の霧雨は夕方には上がっていた。明日は晴天だと店に向かうタクシーの中で森村君が言っていた。

両手で抱えるほどの大鉢で出てきた刺し盛りには、かつお、金目鯛、真鯛、さわら、それに太刀魚が載っている。今朝仕入れたという明石の鯛もうまかったが、なにより旬のかつおが絶品だった。

酒が入ると、緊張していた書店の人々や営業部の面々も一気に打ち解けてきた。

作家も長くやっているとそれなりの虚名が身に備わり、あげく父子二代の流行作家とあって、初顔の人たちにはどうしても身構えられてしまう。自分たちとは徹頭徹尾、別世界で生きてきた〝異界の住人〟とでもいうような目で見られてしまいがちなのだ。

響子はというと気後れする様子もなくおいしそうに酒を飲んでいた。

ビールのあとワインに切り替える。書店の女性陣はそれぞれに同調し、男たちは冷酒、ハイボール、酎ハイとそれぞれに好きなものを注文している。高畠響子は誰かの頼んだ冷酒に「私も」と威勢よく手を挙げていた。

まずは、彼女に進呈したサングラスをカバンから出して貰って、あらためて品定めしてみた。間違いなく自分の物だったサングラスだ。日本橋のデパートで購入したもので、どこででも手に入る品ではないのですぐに見分けがつく。

響子に確かめても、記憶にズレや誤りはなさそうだった。三宮の居酒屋で、帰り際にいきなり渡されたのだと彼女も言っていた。

「本当だったら受け取っちゃいけなかったと思うんですけど、先生にお目にかかれて、あの晩はすっかり舞い上がってしまっていて。何日か過ぎて、よほど郵送でお返ししようかとも思ったんですけど、それも何だかひどく失礼なことのような気がして……」

響子はそう言い、カバンからスマートフォンを取り出した。

「これがその打ち上げのときです」

待ち受け画面では、サングラス姿の自分の隣で響子が笑顔を見せている。この子は一体いつからこの写真を待ち受けに使っているのだろう、と思う。今日のサイン会に合わせて昔の写真を引っ張り出してきたのだろうか……。

「この日、僕はサングラスをずっとかけてたの？」

以前、学長から送られてきた写真を思い浮かべながら訊ねた。あの何枚かの写真では講義中を除くすべての場面でサングラスを着けていた。

「そんなことないですよ。着けたり外したりしていました。というか写真を撮られるときに着けてらっしゃいました。このツーショットのときもそうでしたね」

「なるほど」

写真撮影のときにサングラスをかける習慣があるわけではない。この日だけ、なぜかそういう気分だったのか？　それともこの日に限って何か特別な事情でもあったのか？

サングラスの所在については何度か確かめようとしたことがあった。とはいっても、仕事部屋が四つもあり、それも随時新しい部屋と入れ替わっていくので、失せ物をすると、どこにしまったのか皆目見当がつかなくなってしまう。結果、見つからないこともままあり、このサングラスの場合もそうだったのだ。

響子とばかり話しているわけにもいかず、途中からは席を移動して常務や店長、それにS社の営業部長などとやりとりした。響子の方は、同じ二十代の森村君と何やら楽しそうに喋っている。森村君はなかなか気のつく男で、そういうところは如才がない。

おおかたの人たちとひとくさり言葉を交わし、ようやく定位置に戻る。みんな酔いも回り、誰かをつかまえて話し込んでいた。

まだワインは三杯目だった。ここにきてまた急速に酒量が減っている。酒に酔うのが最近では恐ろしくもある。

それでなくても、自分の記憶に奇妙なねじれが生じていた。酒のせいなのか小雪を失ったせいなのかは分からないが、これ以上、記憶力を損なうようなことは厳に慎むべきだろう。飲酒はその代表選手とも言える。

学長退任の挨拶状に同封されていた写真を見て、あのとき帰りの新幹線のシートの色合いが変化していたのはサングラスのせいに違いないと思った。

しかし、肝腎のサングラスがここにあるとなると、その思い込みこそが勘違いだったという話だ。

四年近く前、新幹線の車中で大河内朗の訃報に接し、富士山の見事な山容に目を奪われたあと小用に立った。酔い覚ましの水を買って戻ると、グリーン車のシートのマス目柄の色合いが黄色からオレンジに変色していた。

あれが、サングラスが原因の思い違いでなかったのならば、やはり自分は、席を離れて戻るわずかな時間のあいだに、「新幹線のシートの色が黄色の世界」から「オレンジの世界」へと移動してしまったというのだろうか。

それとも……。

いま隣に座る高畠響子という女性にサングラスを進呈したあと、どこかでまた別のサングラスを手に入れたのか？　そしてその新しいサングラスをかけて東京行きののぞみに乗り込んだとでもいうのだろうか？

どうやら響子は酒豪の部類のようだった。冷酒のグラスをくいくい飲み干していく。見ていて清々しくなる飲みっぷりだ。自分が若い頃、二十歳過ぎの女性がこうして男顔負けの飲み方をするなんてあり得なかった。

東中野の公園でタイムカプセルを埋めている少年たちのことを、同じ国、同じ時代に生きているとは名ばかりで、還暦間近の我が身にとっては異星人のようなものだと思ったが、この目の前の女性もまた同様だと感ずる。

世界を秩序と規則に支配された統一体だとする見方は、歳と共に色褪せていく。「地球は一つ」だの、「人類は皆きょうだい」だの「宇宙船地球号」だの、そういう言葉がいかに空疎であるかを我々は日々起こる地域紛争、犯罪、差別事件などを通じて嫌というほど思い知らされながら生きていくのだ。

むしろ、この世界というのは、細分化されたそれぞれまったく異なる要素が、キルト地の端切れを滅茶苦茶に縫い合わせたように存在するだけの空間なのではなかろうか？

そもそも宗教も言語も風俗も肌の色もまったく違う者たちを〝人間という種〟でひとまとめにする分類法の側に問題がある。言語や風習だけでなく、性別、年齢、職業、知能、身体能力、性的嗜好、趣味などなど〝人間という種〟をバラバラにしていくための条件は数え上げればきりがない。反対に、「これが地球人類だ」と言い切る決定的な要素などこを探しても見つからないに違いない。

世界とは、人間ひとりひとりが手前勝手で野放図に見ている無定見な夢――六十年近くを生きてきて、それが正直な実感だった。

いま目の前で大量の酒を胃袋に流し込んでいる若い女も、今宵の宴席に集った面々も、周囲の客たちも、この居酒屋も、この大阪も、この日本も、この世界も、この地球も、この宇宙全体までもがすべて自らがでっちあげたデタラメな幻影だとすれば、ここ最近の記憶の著しいズレも、数年前からのプラスチック化も、今日いきなりサングラスが出現した事実も何ら不思議な現象ではなくなる。なるほど、いつぞや「てっちゃん」で村正さんが呟いていたように、この我々の人生そのものが「妄想みたいなもん」なのかもしれない。

「先生、ちょっとお訊ねしていいですか」

顔を上げると、響子がこちらを覗き込むようにしている。

たった三杯のワインで酔ってしまったのか。いつの間にか自分ひとりの世界に浸っていたようだ。

「もちろん」

慌てて残っていたワインを飲み干し、空のグラスを掲げて「同じものをもう一杯」と通りかかった店員に注文した。響子の前にはまだ手つかずの冷酒グラスが置かれている。すでに相当な量を飲んでいるので、さすがに限界なのか。それにしては顔色一つ変わっていなかった。

「左腕のやけどの跡がなくなっているんですけど、手術か何かされたんですか？」

意外な言葉が響子の口から飛び出した。

どうして彼女が左腕のケロイドのことを知っているのか。返事のしようがなく黙って相手の顔を見返す。

「あの晩、ちょっとだけ見せて下さったじゃないですか」

あの晩？

まさか神戸の女子大で講義を行った日にこの子と寝てしまったのか？

「そうだったかな」

「はい。懇親会のときに先生だけずっと上着を着てらしたので、お脱ぎにならないんですかと訊ねたら、左の袖を少しだけ捲《まく》って下さって、子供のときに熱湯をかぶって左腕全体にこんなふうにやけどの跡が広がっているんだって……」

「ほんとに？」

「はい」

いままで誰に対してもそんなことをした憶えがない。とはいえ、当時は酒が入れば何をやらかしても不思議ではなかった。彼女がそう言うのだから、きっと旅先の気安さも手伝って、そんな子供じみた真似をしてしまったのだろう。

今夜は上着は脱いで、半袖のワイシャツ姿だった。左肘をのばして、すっかりきれいになった手首から上腕にかけての肌を見る。ついこの間まで、この場所にはケロイドが広がっていた。

「去年の今頃、とある形成外科病院で植皮手術を受けてね。半年もしないうちにこんなふうに、まるでやけどなんてなかったみたいになったんだよ。いまじゃあ、もっと早くに手術を受ければよかったと後悔してるくらいでね」

「そうだったんですか」

響子は左腕に顔を寄せて、

「ほんと。完璧にきれいになっていますね」

と感心してみせた。

むろん植皮手術なんて真っ赤な嘘だ。

肺の影をプラスチック化することに成功し、真っ先にその効力を試したのが、この左腕に対してだった。ケロイドに目を凝らして強く念じると、小指や肺のときと同じように、翌日にはプラスチック化が始まり、やがて少しずつ透明な部分が縮小して普通の組織に置き換わっていった。それは、右足のかかとが初めてプラスチック化したときと似たようなプロセスを辿ったのである。

「最近の形成外科の技術って凄いんですね」

「僕もちょっとびっくりだったよ」

左腕がきれいになってからは、暑い日でなくとも半袖で通すことが多かった。冷房の利いている店の中でも、気づいてみればこうして上着を脱いでしまっている。

響子の反応を見ながら、やはりプラスチック化はただの妄想ではないのだと思う。かつてやけどの跡を見た人物が、それが消えていることに驚いているのだ。つまり、プラスチック化は現実に起きたものということになる。悠季につづいて、いま響子が第二の証言者となってくれた。そう考えると、彼女に礼を言いたいような気分だった。

高畠響子は、関西を中心に手広く展開している某旅行代理店の社員だった。

「一応企画畑なんですけど、自分でツアーの企画を立てて、そのツアーの添乗もするんで、まあ、言ってみれば何でも屋みたいなものなんです」

そう言いながら、彼女はちょっと胸を張った。といっても昨春に入社したばかりだから まだまだ新米に変わりはない。

「もとから旅行が好きだったの？」

「そういうわけでもないんです。就活のときいまの会社にOG訪問したら、その方がとても感じがよくて、それでとんとん拍子に入社しちゃったんですよね」

「で、現実は？」

「思ってた通りのいい会社でした。新人の出した企画でも、中身が良ければすぐに採用してくれるんです。私は学生時代から写真を撮るのが趣味なんですけど、たとえば、定年を迎えたお客様のための写真ツアーを提案したら、それなんて一発OKでした」

「写真ツアーって、撮影会を交えたツアーってこと？」

「はい」

「どんなところを撮影するの」

「たとえば富士山だとか石見銀山だとか。世界遺産カメラツアーみたいな感じです」

「なるほどね。そのツアーに高畠さんも同行するわけだ」

「そうなんです。おじさんたちと一緒になってワイワイ言いながら写真を撮ってるだけなんですけど」

そう言って響子は笑う。

「高畠さんみたいな若い女性と一緒に旅行できるんだったら、おじさんたちはさぞ楽しいだろうなあ」

「まじ、そうみたいです」

彼女はますます笑ってみせた。

それからしばらく、仕事のいろんな話を聞いた。上司や同僚たちとも仲良くやっているようで、職場の雰囲気も明るそうだ。

ところが、話が一段落するとその彼女がいきなり意外なことを口にしたのだった。

「先生、実は私、東京で新しい仕事を見つけて、この大阪を出たいと思っているんです」

唐突な発言にびっくりしていると、

「そのために、先生のお力をお借りすることはできないでしょうか？」

と畳みかけてくる。

表情は真剣そのもので、およそ冗談を言っているようには見えない。

「だけど、いまの仕事が気に入ってるんじゃなかったの？」

「はい。仕事に不満があるわけじゃないんです。ただ、どうしても家を出たくて」

「だったら、もう社会人なんだし、どこかに自分の部屋を借りて独り暮らしを始めればいいじゃない」

「でも、うちの会社、東京にはほとんど拠点がないんです」

「この大阪で独り暮らしをするんじゃ駄目なの？」

「そうなんです。どうしてもこの街を出る必要があって。となると新しい仕事を見つけないといけないですし、だとすれば、やっぱり東京に行くのが一番だと思うんです」

響子の話はどうにも要領を得ない。

「こんなお願いをするのはずうずうしいんですが、先生のツテで何か仕事を紹介して貰うことはできないでしょうか？」

と頭を下げてくる。

「さっき、森村さんにもお願いしたんです。そしたら、せっかくだから、僕なんかより先生に頼んでみたらどうかって言われて……」

「しかし、どうしていまの職場を捨ててまで、わざわざこの大阪を離れなくてはいけないんだい？」

至極当然の質問だろう。

響子はちょっと困ったような表情を浮かべた。

「実は……」

冷酒のグラスを持ち上げて、半分くらい飲む。相変わらずきりっとした飲みっぷりだった。

「中学一年のときに母が再婚したんです。で、義理の父ができたんですけど、この人がずっと私に気があるみたいなんです」

これまた意想外な話だった。

「別に何かヘンなことをされたりしたことは一度もないんですが、同じ屋根の下で一緒に暮らしていると、彼のそういう気持ちがはっきりと分かって」

「それなら、さっさと独り暮らしをすればよかったんじゃないの」

「母が絶対に駄目だと言ってきかないんです」

彼女はさらに予想外なことを言った。

「どうして?」

「たぶん母は、私のことを信用していないんだと思います」

「信用していない?」

「同じ家に置いて、私をずっと監視しておきたいんです」

「監視?」

「はい」

「どうして夫ではなくて、実の娘であるきみの方を監視しなくちゃいけないの?」

だんだん、彼女の言っている意味が分かりかけてきていた。それにつれてどういうわけか、妙な息苦しさを覚え始めている。

「私が、この大阪で独り暮らしをしたら、自分の目を盗んで義父と私とがどうにかなってしまうんじゃないかと疑っているんです」

「なるほど……」

手元のワインで口を湿らせたあと、

「じゃあ、きみの方も、おかあさんのそうした読みをあながち的外れだとは思っていないってことだよね」

自分に懸想する同居人をはねつけるだけなら家を出ればそれで片づく話だろう。

「そうなんです」

響子は神妙に頷いた。

「こんなこと、先生にしか打ち明けられないんですけど、私もずっとずっと苦しんできたんです。母の気持ちも痛いほど分かっていますし、義父の気持ちも分かり過ぎるくらい分かっていて。この十年以上、自分自身の気持ちにずっと蓋をして生きてきました。そのあいだ、先生の小説を読むことだけが唯一の救いだったんです。なぜだか分からないんですが、先生の作品に触れていると心の中に巣食っている恐ろしい感情が鎮まってくれて、自分がちゃんとした自分のままでいられたんです。でも、やっぱりいつの間にか大人の女になってしまって、だんだんそれだけでは抑えきれなくなってきていて……」

「だから、この際、思い切ってこの街を出たいというんだね」

「はい」

響子は残りの冷酒を飲み干してみせる。

「東京に出ると言えば、きっと許してくれると思うんです。私がどこか遠くに行けばいいって母はずっと願っていたはずですから」

「なるほどね」

相槌を打つのが精一杯だった。

胸苦しさのようなものは依然として続いている。

3

サイン会の翌日は、MBSとNHKの二局を回って、ラジオ番組の収録を行った。両番組ともアナウンサーの質問に対して正確を期して答えていたら予定時間をオーバーし、結局、二局目のNHKを出たのは午後一時過ぎだった。

梅田のホテルに戻って遅めの昼食を森村君と出版部長、それに宣伝部の女性と四人で食べた。これから新幹線で東京に戻るという彼らとロビーで別れたときにはすでに三時近くになっていた。

昨夜の宿泊代はS社が負担してくれ、今夜からは自己負担だが、部屋はそのまま同じ部屋を使うことにしていた。久しぶりの地方出張で、昨夜は余り眠れなかったこともあり、S社の人たちを見送ると急に眠気がさしてきた。

とりあえずあと二泊するつもりだったが、一人になって大阪でこなすべき予定があるわけでもない。

とにかく混乱した自分の頭をクールダウンし、いままでの不可解なあれこれに多少とも整理がつけられればと念じて東京を離れたに過ぎなかった。もともと行き先はどこでもよかったのだ。

混乱の最大の原因は、「グランマイオ成城学園」で母の塔子と会うようになったことだろう。母と久々に顔を合わせてみて、自分という存在を根底から覆されるような衝撃を覚えた。それはある意味でプラスチック化に見舞われたときを上回るほどの衝撃でもあった。

母の存在を忘れ果てていたことも、海老沢龍吾郎にまつわる記憶が石坂禄郎や田丸亮太のそれと大きく乖離していたことも、見知らぬ女性を殺した夢を見続けたことも、さらには福中高校の美術部時代の後輩である木村庸三の記憶を完全に失くしていたこともおよそ説明のつかない現実ではある。

だが、それらは八年ぶりに現れた母の姿を見た瞬間の驚きに比較すれば、他愛ない出来事と言っても過言ではなかった。それほどの強烈なショックをあの再会は一人息子である自分にもたらしたのだった。

もう何を信じていいのか分からなくなっていた。

酒の力によって一時的にせよ、記憶力や思考力、判断力を減退させるのがにわかに恐ろしくなったのはそのせいでもあったのだ。

部屋に戻ってベッドに寝転がると、眠気が何倍にもなって襲ってくる。

なんとか上着とズボンだけベッドの下に脱ぎ捨て、肌着のままで布団にもぐり込む。意識を失うのに数秒とかからなかった。

目が覚めた。

部屋は光に満ちている。嵌《は》めたままの腕時計の針はちょうど七時を指していた。七月も半ばを過ぎて日はずいぶんと長くなっていた。

それにしても窓から差し込む陽光は、西日というには眩し過ぎた。

半身を起こし、肩や首を回す。まるで潤滑油でも差したかのようにスムーズに動いた。溜まっていたはずの疲れがきれいさっぱり抜けている。

ベッドから降り、ライティングデスクに置かれたリモコンを取って、テレビをつけた。画面が灯り、たまに見かけるアナウンサーの元気な声が響いてくる。右肩の時刻表示は七時五分。

やっぱり。

朝だ。

十六時間近くも眠っていたことになる。昨日という一日をすっ飛ばしてしまったらしい。こういうのはすこぶる珍しかった。ここ数年、どんなに飲んだくれたときでも十時間以上眠ったことはなかったと思う。

テレビを消して、バスルームに行く。浴槽にお湯を溜めながら歯を磨いた。鏡に映った顔はすっきりしている。

そういえばアルコールを一滴も体内に入れずにこれだけ眠り込んだのも何年か振りでは

なかろうか。

そのまま裸になり、半分ばかり溜まった湯船に浸かった。

ふぁー、と大きなため息が出る。全身の細胞に新鮮な空気が送り込まれていく。

二十分ほど半身浴をして、たっぷり汗を出した。

ますます気分は爽快だった。

簡単に身体を拭き、備え付けのバスローブを着て浴室を出た。今日もこれといってすることはなかった。今回の出張にあわせて幾つかの締切原稿を片づけてきた。あと二、三日は何も書かずとも不都合はない。冷蔵庫のペットボトルの水をぐい飲みしながら、ベッドに腰掛けてふたたびテレビをつける。天気予報によれば大阪は一日快晴のようだった。空腹は感じない。

とりあえずホテルを出て、大阪の街をぶらぶらしてみようか……。

一本飲み干したところで立ち上がった。時刻は八時。朝ドラのテーマ曲が流れ始めている。

髪を乾かし、新しいパンツとソックスをはき、持参のTシャツを着た。ズボンを探す。

そういえば、と思い出すことがあった。

昨日の午後三時過ぎ、この部屋に戻ってきてベッドに倒れ込んだ。急激な睡魔に襲われて、何とか上着とズボンを脱ぎ捨て、そのまま寝入ったのだ。そして、目覚めてみれば朝になっていた。そのあいだ一度も起きた記憶はない。にもかかわらず、ベッド周りには脱ぎ散らかしたはずの上着もズボンも見当たらなかった。

ということは、途中で目を覚ましたのだろうか？

クローゼットを開くとハンガーに上着が掛けられていた。

やはり小用か何かで一度は起きたのかもしれない。そのとき、上着とズボンを拾い、こうしてクローゼットにしまったのだ。

ところがである。

上着はハンガーに掛かっていたが、ズボンがどこにも見当たらなかった。普段であれば上着と同じハンガーにズボンを吊るすはずだ。ないしは別のハンガーを使うかもしれないが、それにしても、ズボンだけ他の場所にしまうとは思えなかった。だが、どこをどう見てもクローゼットにズボンはない。

テレビを切ってから、ライティングデスクの脇のタンスを全部開けてみる。何も入っていない。間違って旅行バッグに突っ込んだのかと、バッグの中身をすべて引っ張り出してみたが、やはり見つからなかった。

もしかしたら……。

昨夜、寝ぼけたまま客室係を呼んで、クリーニングに出してしまったのだろうか？

さすがにあり得ないと思うが、念のためフロントに問い合わせてみた。

電話口で一分ほど待たされたあと、「ランドリーの係に確認したのですが、姫野さまからお預かりの品はないとのことでございます」という答えが返ってきただけだった。

ベッドの下や浴室、クローゼットと繰り返し探したが、とうとうズボンは出てこなかった。

一体全体、何がどうなっているのか？

一緒に脱いだ上着はちゃんとハンガーに掛かっているのに、なぜ、ズボンだけが忽然と姿を消してしまったのか？

しかも、これは非常に困った事態だった。というのも、替えのズボンの持ち合わせがないのだ。短い旅で、誰に会うわけでもないため上着もズボンも一つきりだった。

ズボンが見つからなければ、一歩も外に出ることができない。それどころか、ホテル内を移動することさえままならない。

早急に替えのズボンを調達する必要があった。そうでなくては、今日一日が台無しになってしまう。

フロントに頼んで新しいズボンを買ってきて貰うしかないのだろうか？

この大阪には友人知人の類はほとんどいなかった。まして、ズボンを買ってきて欲しいと頼み込める相手がいるはずもない。

だが、ホテルの人間にそんなケッタイな注文を出すのも憚られた。曲がりなりにも世間に名前と顔を知られた存在である。こういうことは、できれば内々で解決しておきたい。

旅先でズボンを紛失するなど、これまでの人生でただの一度だってなかったし、そんなことが現実に起こり得るとは想像すらしたことがなかった。

サングラスが出現したと思ったら、今度はズボンが行方不明になってしまう――こうやって東京を離れても不可思議な現象に追い回されているようでは、頭の整理をつけるどころの話ではなかった。

サングラスのことを思い出した途端に高畠響子の顔が脳裏に浮かんだ。

最初からそういうつもりでサイン会にやって来たわけでもなかろうが、打ち上げの席で東京での働き口を斡旋《あっせん》してくれないかと頼まれ、かねての好印象が一気に興ざめしてしまった。義父への気持ちを抑える自信がなく、それで故郷も仕事も捨てるという決意にも、どこかしら甘えのようなものを感ずる。そうやって果たせるだけの義理を果たしておいて、裏側でいずれ彼女はこっそり母親を裏切るのではないか。打ち明け話を聞きながら、そんな感触を持った。

「仕事の件は考えておくよ」

と答え、一応携帯番号を聞いたが、こちらの住所も電話番号もメアドも伝えなかった。端から就職先を紹介する気などなかったからだ。

だが、こうした状況に陥ってしまうと、一昨日に受け取った響子の携帯番号がにわかに別の色彩を帯び始める。誰も知り合いのいない大阪で、替えのズボンを買って来させる適任者がいるとすれば、彼女をおいて他にいないのではないか?

一歩外に出てみると、とても暢気に歩いていられるような日差しではなかった。

時刻は十時。陽はこれからさらに高くなり、気温もぐんぐん上昇するだろう。今日の予想最高気温は三十二度と言っていたが、すでにそれくらいはありそうだった。

「ごちそうさまでした」

一緒に朝食を食べ、いまから二人で阿倍野に向かうことになっていた。

響子の携帯を鳴らしたのは八時過ぎだったが、さいわいなことに彼女はまだ自宅にいた。正直に事の経緯を告げ、替えのズボンを買ってきてくれないかと頼むと、

「先生、ウエストはお幾つくらいですか？」

と訊いてくる。

「たしか七十六センチだったと思うけど……」

「そうですか。身長は百七十五センチくらいですよね」

「そう、それくらい」

「だったら、父のズボンでもいいですか？　父と先生の体型はすごく似ているんです。父の物でよければ、すぐに見繕ってホテルまで持参します。それが一番てっとり早いと思うので」

響子の反応は想像以上にてきぱきとしたものだった。

普通であれば、いきなり電話で「昨日まではいていたズボンが消えてしまったので、新しいのを買って宿まで届けてくれ」と頼まれれば、もうその段階で相手を疑うのが当然だろう。響子にはそうした不審の気配がまったく感じられなかった。

九時前にはフロントから連絡があり、響子本人ではなくホテルのスタッフがズボンとベルトの入った紙袋を届けに来てくれた。袋にメモが添えられていて、「父のお古ですが、クリーニング済みのものです。ベルトともども返却には及びません。先日は楽しい時間を本当にありがとうございました　高畠響子」と記されていた。

慌てて携帯に電話を入れると、もうホテルを後にしたという。

先ほどの電話で、「今日は代休を取っているので、時間は全然大丈夫です」と言っていたのを思い出し、「だったらせめて朝飯くらい奢《おご》らせてくれないか」と強くせがんで、戻って来て貰ったのだった。

ホテル内の料理屋で、一緒に和定食を食べた。

ズボンは腰回りも丈もまるで誂《あつら》えたようにぴったりだった。

さんざん礼を言い、あわせて詳しく事情を説明した。

「じゃあ、先生は何にも憶えていないってことですか？」

こちらの話に響子はいささか呆れたふうであった。

「それがよく分からないんだよ。昨日、寝入る前に上着とズボンを脱いだのは憶えているけど、その先はたしかに記憶がない。とはいえ、狭い密室でズボンだけが見当たらないなんて、まさしく狐につままれたみたいな話だろう」

「昨日の夜、実は一度起きて外に出たんじゃないですか。そして、何かの事件に巻き込まれてズボンを誰かに脱がされてしまったとか……」

「それはないんじゃないかな。この上着だって汚れちゃいないし、他の持ち物は何にもなくなっていないしね。それに、もしも外出したのなら、幾らなんでもそのことを忘れるなんてあり得ないだろう。今朝、目覚めたときの気分からして、ぐっすり眠っていたのは間違いないし、一滴もアルコールを飲んでいないのも確かだ。だとすると昨夜、どこか外に出かけた可能性は限りなく低いと思う」

「だったら、ズボンを窓から放り捨てたとか？　それともハサミで切り刻んでトイレに流しちゃったとか」

「まさか」

「だとしたら他に考えられるのはあと一つきりじゃないですか」

「まあね……」

自分でも、ズボンが消えた理由は一つしかないと思っていた。

「先生が眠っているあいだに誰かがお部屋に入って、脱ぎ捨ててあったズボンとベルトを持ち去ったってことでしょう」

少し薄気味悪そうな表情になっている。

「たしかに、それしか考えられないんだけど、でも、さっきも言ったように他には何も盗まれてはいないし、だとすれば犯人は一体何のためにズボンだけ持って行ったのか？　それに、起きたとき部屋の鍵はちゃんと掛かっていたしね」

「合鍵を使ったってことかもしれないですね」

首を傾げながら響子が言う。

4

ホテルの玄関前に付け待ちしていたタクシーに乗った。

「あべのハルカスまでお願いします」

と運転手に告げる。

「先生、あべのハルカスって知ってます？」

食事中に響子が訊いてきたのだった。

「もちろん知ってるよ」

「行かれたことあります？」

「いや、ないよ」

あべのハルカスは、日本で最も高いビルだった。二年ほど前に開業したときは大きなニュースになったから名前くらいは知っている。

「だったら、ゲン直しにハルカスに行きませんか」

「きみは行ったことあるの？」

「一度だけ。ただ、その日は、あんまり天気が良くなかったんですけど」

「そう」

「それでも見晴らしは凄かったですよ。今日みたいな日に展望台まで上がったら、さぞやスカッとすると思います。それとも先生、高いところは苦手ですか?」

「いや、別に苦手じゃないけどね」

「だったら一緒に行きましょうよ。ご案内しますから」

というわけで、響子の誘いに乗ることにしたのである。

電車でもすぐだと彼女は言っていたのだが、外に出た瞬間、タクシーを使うことに決めた。街をぶらつくにしても、もう少し日が翳《かげ》ってからの方が無難だろう。こんな夏日に梅田界隈の雑踏の中を歩けば、五分も経たずに汗みずくになってしまうに違いない。

三十分ほどでハルカスの入口前に着いた。タクシーを降りて顔を上に向ける。巨大な透明の箱を三つ積み上げたような一種異様な建造物が空に向かって高く高く伸びている。地上六十階、三百メートルの高さは、「東京タワーを丸ごとビルにしたような感じ」だと車中で響子が言っていたが、たしかに規模は東京タワーの比ではなかった。どっしりとした雰囲気の六本木ヒルズや横浜ランドマークタワーなどと比較しても、全面ガラス張りででできているハルカスはいかにも華奢で危うげで、その分、近未来的な雰囲気を醸し出している。

「これは凄いね」

思わず呟くと、

「展望台に上がったら、もっとびっくりしちゃいますよ」

響子も一緒に空を見上げながら言った。

「ハルカス300」と名付けられた展望フロアはたしかに圧巻だった。

東京タワーや東京スカイツリーの展望台とは異なり、とにかく広い。「天上回廊」と名付けられた六十階のフロアは足元から天井までのガラス窓で囲われた屋内回廊で、地上の景色がどこからでも一望にできるよう工夫されていた。しかも、中央のスペースは上下の吹き抜けになっていて、二階下の五十八階には「天空庭園」という名の屋外広場が設けられ、ヘリポートがある屋上の方を見やれば、大部分が天井なしで空と繋がっていた。

平日の午後とはいえ人が少なく、それでなくても広々とした回廊は閑散としているくらいだった。スカイツリーや東京タワーの展望台とは違って、混雑を気にせずに存分に下界の風景を堪能することができる。通天閣、道頓堀、大阪城はもとよりはるか遠くには比叡の山並みまで見晴るかすことができた。

「あのマッチ棒みたいにちっちゃいのが京都タワーですよ」

隣で響子が指さしている。目を凝らすと小さな白い棒のようなものが見えないでもない。

「こんなにきれいに見えるなんて、前回とは大違いやわあ」

そう言って、響子はカメラを構えて盛んにシャッターを切っている。

高速エレベーターに乗って展望フロアに着いたとたんに彼女はバッグからキヤノンEOSを取り出したのだった。

「いつもカメラを持ち歩いてるの？」

打ち上げの席で、「学生時代から写真を撮るのが趣味」と言っていたのを思い出していた。

「休みの日はそうしてるんです」

と響子は答える。

回廊を歩きながら、大阪の街並みを三百六十度、目におさめていく。こうして眺めると東京と遜色ない大都会であることがよく分かる。二度目のオリンピックをどうしてまた同じ東京で開くのか、なぜここ大阪でやらないのかが不思議に思えた。

――この国は東と西の二つに分かれた方がいいのではないか。

かねて思っていることを改めて再確認する心地だった。東京を首都とする「東日本」と大阪を首都とする「西日本」、この二国がゆるやかな連合を組むのが日本にとって最も適した政体であるように思う。風土もことばも気質も習慣も歴史も、西と東ではまるで違うのだ。二つに分かれて東西が競い合った方が、国全体としてはよほど活気づくに違いない。こうして見下ろしてみると、大阪には存外公園や緑地帯が少ない点にも気づく。これに比べれば東京は緑多き街ということになる。

いつの間にか響子と離れ離れになっていた。そぞろ歩きながら探していると、サングラスをかけた彼女を見つけた。手にカメラがないから、もう撮影は済んだのだろう。

今日はジーンズに白のカットソー姿だ。髪が短く、上背もあるのでサングラスをかけていると青年のようだ。細身と小顔で女性だと知れるが、男性と見紛う人もいるに違いない。

向こうも気づいて小さく手を振ってきた。

隣に立つ。

「先生、あっちに明石海峡大橋が見えますよ」

細長い腕を真っ直ぐに伸ばして響子が指さした。指先の方向を見るがよく分からなかった。

「これをかけてみてください」

サングラスを外して渡してくる。

言われた通りにサングラスをかける。

「ああ、あれか」

光度が落ちて景色の輪郭が際立った。なるほど彼女の指さした方角に吊り橋のような形が薄っすらと確認できる。

「先生、そのサングラスとてもお似合いですよ」

響子は言い、

「それ、やっぱりお返しします」

と付け加えた。

「一度あげたものを取り返すなんて、そんなわけにはいかないよ」

一蹴して、サングラスのまま改めて大阪の風景を見直す。セピア色の街並みの方が風情が感じられる。

――そういえば、あけみは子供の頃はこの大阪に住んでいたと言っていたな……。

頭の中でふと呟いていた。

どうしてそんな呟きが洩れたのか自分でも不思議だった。「あけみ」というのは「グランマイオ成城学園」の中曽根あけみのことだろうが、彼女が大阪にいたという話をいつ耳にしたのか？　まるで憶えがなかった。

だが、そうした問いも角砂糖が水に溶けるように急速に形を失っていく。自分の記憶に明らかな異常があり、あげく身体の一部が絶えずプラスチック化している日々にあっては、その程度の謎はまさに日常茶飯と言ってもいいのだ。

中曽根あけみが大阪で育ったという話は、恐らく昔に聞いていたのだろう。それよりも頭の中で彼女のことを「あけみ」と当たり前のように呼び捨てたことの方が問題だった。相手を呼び捨てにするような関係が、かつて彼女とのあいだに存在したというのか。

セピア色の景色にしばし見入ったあと、視線を転じて周囲の人たちを観察した。ほとんどが観光客なのだろうが、東京の観光地のように中国語や韓国語が飛び交うといった様子ではない。人の数は徐々に増え始めていた。

ぐるり見回しているうちに、ひときわ背の高い美人を発見した。雑誌やテレビコマーシャルで見たことのある顔だ。近くの何人かも気づいているようで、ちらちらと彼女の方へと視線を投げていた。彼女はどうしてこんなところにいるのか。何かの撮影というわけでもなさそうだった。

ふと、その美人のそばに立っている男の横顔を見て思わず小さな溜め息が出た。

——なんだそういうことか。

その溜め息が相手に伝わったわけでもあるまいが、眼下の景色に見入っていた男が顔を上げてこちらへと視線を向ける。彼の口が小さく開いて唇の形が丸くなった。サングラス越しに彼の目と目が合う。もう一度溜め息をついた。勘の鋭い男だけにすぐに気づかれてしまったようだ。

案の定、隣の女に声を掛けるとおどけた調子で両手を上げ、女と一緒に早足になって近づいてきた。横にいた高畠響子が耳元で「お知り合いですか？」と囁いている。

誰だって彼の風体を見たら腰が引けてしまうだろう。どう見てもその筋の男にしか見えない。東京で見るより、この大阪で見た方がなおさら迫力があった。

サングラスを外して、響子に渡した。彼女は黙って受け取り、バッグにしまう。

「センセー、一体どうしちゃったんですか？」

男は目の前に立つと、あたりを憚るでもない大声で話しかけてきた。

「前田君、それはこっちのセリフだよ」

苦笑しながら言い返す。

男は前田貴教《たかのり》という名前だった。歳の頃は四十代半ば。とはいえ裏稼業が長かったせいか、ひどく老け込んで見える。一生幸福そうには見えない面構えだった。

前田は、六本木で芸能プロダクションを経営している。連れの女性も事務所のモデルに違いない。名前は知らないが、間近で見ればたしかによく見かける顔だった。

「この子は、新藤ルナといいまして、いまじゃうちの稼ぎ頭なんです」

新藤ルナが笑みを浮かべて頭を下げる。彼女は相手が誰だか分かっているのだろうか？

「ルナちゃん。この方が超有名な小説家の姫野伸昌先生。しっかり挨拶しとかなきゃいけないよ」

前田に言われて、新藤ルナがちょっと驚いたような表情を作る。

「新藤ルナです。今後ともどうかよろしくお願い致します」

もう一度、さらに深々と頭を下げてみせた。

前田はポケットから名刺入れを出し、一枚抜いて隣の高畠響子へ差し出した。

「前田というものです。いつも姫野先生には大変お世話になっております」

響子の方は、有名なモデルを引き連れたやくざまがいの男が突然出現してすっかり面食らっているふうだった。

「先生、お連れさんは？」

そんな空気に頓着するでもなく、前田が訊いてくる。

「彼女は高畠響子さん。もともと僕のファンで、一昨日、サイン会で再会してね。今日は非番だというんで大阪の街案内をお願いしたんだ」

「先生のファンですか。それなら、僕とおんなじだ。僕もね、先生の作品の大ファンでしてね。それでこうしてお近づきにさせて貰ってるんですよ」

「初めまして。高畠です」

ぎこちない様子で響子が挨拶を返した。そのあと名刺をもう一度見直している。

「前田君は見た通り、柄は悪いんだが、やっている仕事はちゃんとしてるんだよ。その会社も業界じゃ有名なんだ」

「存じ上げています。新藤さんもそうですが、有名なモデルさんやタレントさんが大勢所属している事務所ですよね」

響子が意外なことを言った。

「なんだ、きみも知ってるんだ」

「センセー、ちょっと勘弁して下さいよー。うちの事務所もいまじゃ大手の一角を占めてるんですから」

前田がわざとらしく泣きっ面を作って言う。

「姫野先生の御本、社長に言われて何冊も読ませていただきました。私も、大ファンの一人です」

新藤ルナが言った。よく見ると彼女はなかなかしっかりとした双眸をしていた。

「それは本当にありがとう」

「ルナさんはどの作品が一番お気に入りですか?」

響子が訊ねると、新藤ルナはすぐに二つほど書名を口にした。

「私もおんなじです。両方とも大好き」

響子が嬉しそうに言い、

「すごくいいですよねえ」

とルナと意気投合している。

「センセー、お昼ご飯は食べたんですか？」

「まだだけど」

とは言っても朝食からそれほど間は空いていなかった。

「だったら、みんなで昼飯でも食べましょうよ。こんなところでお目にかかったのも奇遇だし、何か美味しいものをご馳走させていただきますから」

「だけど、きみの方は何か予定があったんじゃないの」

「まあ、そういう話も食事しながらでいいじゃないですか。そちらのお嬢さんのことをもっと詳しく知りたいし」

そう言って、前田は下卑た笑い方をした。

「高畠さん、どうする？」

「私はぜひ」

予想に反して乗り気のようだ。

「新藤さんはよろしいんですか」

「もちろんです。姫野先生とご一緒できるなんて本当に光栄です」

新藤ルナも大きく頷いてみせたのだった。

ハルカスのレストランフロアにある釜めし屋に入った。時分時とあってどこの店も行列で、空いているのはそこくらいだった。各店の入口に並べられた椅子に腰掛けている大勢の人たちを眺め、大阪も東京とちっとも変わらないと思う。釜めし屋も四人でテーブル席に落ち着くと満席になった。奥の席に響子と並んで座り、テーブルを挟んで響子の正面に前田が座る。必然的にルナと面と向かう形になった。

好みの釜めしを選べる昼の定食にする。定食には前菜と串揚げがついているらしい。鱧と実山椒の釜めしを選択。響子はかやく、ルナは帆立、そして前田は豚の角煮の釜めしを注文した。

「センセー、ビールでも飲みましょうよ」

前田が言う。彼は始終笑みを浮かべている。会うときはいつもそうだが、前田の知り合いによれば「あの男が、あんなに楽しそうな顔を見せるのは、姫野先生に会ったときだけですよ」とのことだった。

「きみたちは、このあと何かあるんじゃないの？」

「全然です。ハルカスを見たら、新幹線で東京に戻るだけなんで」

「だったら飲もうか」

女性二人に同意を求めると、彼女たちも同時に頷いた。前田がさっそく胴間声を張り上げて店員を呼び、「おねえさん、生四つね」と頼む。

ジョッキを持ち上げて全員で乾杯した。

前田と出会ったのは五、六年前だったか。

そのちょっと前、若い頃にときどき出演していた夜の情報番組のTVディレクターと何かの席でたまたま再会し、しばらくして彼から連絡があった。

「実は、姫野先生の大ファンだという男がいましてね。もしよろしければ、一度その男を交えて一席もたせていただけないかと思うんですが……」

それが前田貴教だった。ディレクターは無沙汰にしているあいだに芸能畑のプロデューサーに転身していて、どうやら前田にはモデルやタレントの仕出しで何かと世話になっているようだった。

親しくなってからおいおい分かってきたのだが、前田はもとは文字通りのやくざで、いまだにその筋との関わりが噂されている人物だった。二十代の頃に形だけ足を洗って、以降はグラビアアイドルのイメージビデオの制作会社を経営していたようだ。彼が出世のチャンスを摑んだのは、とある大手芸能事務所のアイドルグループのメンバーのスキャンダルを握ったためだった。国民的大スターだったアイドルが、前田の知っている女優と懇ろになり、ある日、その女優から連絡を受けて彼女のマンションに駆けつけてみると件《くだん》のアイドルがクスリのやり過ぎで意識を失っているのを見つけたのだ。

前田はすぐに懇意の医者を呼び、その医者の病院にアイドルを運び込んで極秘で治療を受けさせた。

この事件で事務所にがっちり食い込んだようだ。

最初に要求した見返りは、アイドルグループの大阪公演のビデオと写真集の独占販売権だったという。グループは年に一度、大阪城ホールで公演を行っているにもかかわらずそのライブビデオと写真集はどこからも発売されていなかった。理由は簡単で、グループの所属する芸能事務所が関西のライバル事務所とのあいだで「大阪では興行のみ行う」という紳士協定を何十年も前に結んでおり、その約束を忠実に守っていたからだった。前田はそこに目をつけて、やくざ人脈をフルに使って関西の事務所にかけあい、大阪公演に限っては紳士協定の埒外とするという言質を取り付けてきたのだった。グループの芸能事務所は断る理由を失って、しぶしぶ、前田の会社でのビデオと写真集の独占販売を認めた。

しかし、こうして生まれた繋がりが、やがては持ちつ持たれつの深い関係へと進化していった。アイドルグループのメンバーに限らず、タレントたちは金、女、男、酒、クスリと様々なトラブルを抱え込んでしまう。そういうときに前田のような裏世界の人脈を持つ人間は非常に重宝だった。時代の流れに乗って件の芸能事務所が巨大化していくなかで、前田の会社もまた徐々に大きくなっていった。そして、彼自身もガリバーと化した事務所の威光を借りて、モデルやタレントのマネジメント業務に乗り出すようになったのだ。初めて会った時点ですでに、前田の会社「エム・フレール」は有名なモデルやタレントを数多く抱える業界大手の一つに数えられるようになっていたのだった。

前田がなぜ大ファンなのかはよく分からない。詳しい理由を訊ねたこともなかった。だが、熱烈な愛読者であることは疑いないし、作品をすべて、しかも何度も読み返しているのはその言動から察せられた。

恐らくは本人の生い立ちにまつわる何かが、幾つかの作品と深く関わっているのだと思う。そうした気配はどことなく感じられた。

「センセーの小説を読んだとき、僕は本当の親に会えたような気がしたんですよ。これを書いた人が自分の本当の親なんだって。それこそ雷に打たれたみたいにそう感じたんです」

初対面のときに前田は言った。しかも、その瞳には薄っすらと涙が滲んでいたのだ。以来、二カ月か三カ月に一度は連絡を寄越し、こちらの健康状態を気遣ったり、高価な食材を届けてくれたりしていた。直接顔を合わせるのは年に一、二度だったが、会えば当方はさんざっぱら酔っ払い、いつだって彼の車で仕事部屋まで送って貰うのが常だった。

前田はあっという間にビールを飲み干すともう一杯おかわりをする。

二杯目のジョッキが半分くらいになった頃、食事が一斉に届いたのだった。炊き立ての釜めしの香ばしい匂いがテーブル全体に広がった。

響子もルナも手をあわせて「いただきます」をしていた。

それからはしばらくみんな無言で箸を動かす。

「響子ちゃんは、仕事は何してるの？」

二膳目を茶碗によそいながら前田が向かいに座った響子に話しかけてきた。

響子は慌てて箸を置き、「緊張して、すっかり忘れていました」と横に置いたバッグから名刺入れを出して名刺を前田に差し出した。

「失礼しました。私はいまこの旅行代理店でＯＬしています」

名刺を受け取った前田はしばらくそれを眺め、ポケットにしまった。

「響子ちゃん、よかったらうちでやってみない？」

ごく当たり前の口調で言う。

「やるって何を？」

きょとんとしている響子の代わりに訊いてみる。

「もちろん芸能活動ですよ。東京に出てきて、うちの事務所に入ってみたらどうかと思うんですけどね」

その言葉に隣の響子がますますきょとんとした表情になる。

「前田君、それ本気で言っているの？」

「もちろん本気ですよ。幾らセンセーのお連れでも、僕だって、こんな話を気紛れでしたりはしませんよ」

前田の隣でやりとりを聞いている新藤ルナに目を向けると、彼女は釜めしを頰張りながらニヤニヤしていた。

「ねえ、響子ちゃん。一度、自分の可能性を試してみない？　きみだったら結構いけると思うんだけどね」

どうやら本気で誘っているようだ。響子は黙ってニヤついているルナの方を見ていた。その視線に気づいた前田が、

「ルナちゃんはどう思う？」

すかさず話を振る。その辺の勘はさすがに鋭い。ルナは箸を置き、顔から笑みを消してじっと品定めをするように響子を見つめた。

「社長がやれると言うのなら、きっとやれると私は思います」

「なんだよ、それ」

前田が笑う。

響子は、依然黙り込んだままだった。いきなり芸能人にならないかと持ちかけられたのだから、幾ら仕事を見つけて上京したいとはいえ、あまりに奇体な話過ぎておいそれと飛びつけないのは当然だろう。

ただ、そういう目で見るならば、響子の容姿はたしかにモデル向きかもしれない。

「私がスカウトされたときも、こんな感じだったのよ」

ぽつりとルナが言った。

「まだ高校生だったんだけど、休みの日に友達と東京タワーに上ったの。展望台で景色を眺めていたら、いまみたいに社長がいきなり声を掛けてきたの」

その話に響子は意外そうな顔を作った。

「私は、昨日大阪でイベントがあったんだけど、今朝、社長がホテルに電話してきて朝一

の新幹線でそっちに向かってるから、あべのハルカスに一緒に上ろうって言うのよ。それでこうして見物に来たってわけ。社長はいつも、高いところにある幸運が一番拾いやすいって言ってるの。どうしてかっていうと、誰もそんなところに幸運が落ちてるなんて思わないからだって」

「それで社長さん、私なんかにまで声を掛けて下さってるんですか」

響子がようやく口を開く。

「まあね」

前田は案外素直に頷いた。

「ルナちゃんだけじゃなくてね、うちには何人かそういう子がいるんだよ。それこそ飛行機の中でスカウトした子もいるしね。今宮樹里《いまみやじゆり》って知ってる？　あの子はハワイ行きの飛行機の中で偶然見つけたんだよね」

「今宮樹里さんなら、もちろん知っています」

聞いたことはなかったが、きっと売れているタレントかモデルなのだろう。

「だから、社長がやれると言うならきっとやれると思うよ、響子ちゃんも」

ルナがさきほどと同じ台詞を繰り返した。

幸運を拾うなら高いところがいい、という話は前田から聞いたことがなかった。

面白い発想をするものだと感心する。

隣の響子は、思案気な様子になっている。

「社長さん」

ふたたび釜めしをぱくついていた前田に言った。

「私、ルナさんみたいに表舞台に立つのはとても無理だと思います。だけどルナさんのような素敵な方たちを裏から支える仕事ならできると思うんです。そういう形で事務所にご厄介になることはできないでしょうか？」

前田は箸を止めて、じっと響子の顔を見つめる。

「それならそれで僕はもちろん大歓迎ですよ」

あたかも最初からそれが狙いだったかのような口調だ。

「本当にありがとうございます。それでは、どうか何卒よろしくお願いします」

響子もあっさり頭を下げている。

「いつから来てもらっても、こっちはいいんだけど、どうする？」

「来週中には東京に行けるようにしたいと思いますが、それでよろしいですか？」

「全然構わないよ。だったら、東京での住まいはうちの方で探しておくから、いつでも身一つで出てきて下さいよ」

話はとんとん拍子で進んで行く。呆気に取られる思いだった。

「響子ちゃん、これからよろしくね」

新藤ルナも響子の事務所入りをすんなり受け入れていた。

「待遇とか仕事の内容とかを確かめてからにしなくていいのかな」

さすがに一言差し挟まざるを得ない。

「私は構いません。これもありがたいご縁のような気がするんです」

響子はきっぱりと言った。

前田たちとは店の外で別れた。

「じゃあ、響子ちゃん。上京する日が決まったら電話ちょうだい」

前田は笑顔で言うと、振り返るでもなくルナと並んで歩き去って行った。

その背中を響子は長いあいだ見送っていた。

「先生、本当にありがとうございました」

二人の後ろ姿が見えなくなってから、響子は身体を向けて、折り目正しくお辞儀をする。

「別に僕は何もしていないよ。まるで仕組んだみたいな展開だけど、前田君が大阪にいるなんて知りもしなかったしね」

それに、こちらから響子の就職の相談を持ちかけたわけでもなかった。

「でも、先生が今朝、ホテルに呼んで下さったから、こんな大切なご縁をいただけたんだと思います」

「いや、それだって突然ズボンがなくなったせいでね。何というか、別にきみを呼びたくて呼んだわけじゃないんだから」

そこで、ふと奇妙な着想に囚われた。

——もしかして、昨夜、ホテルの部屋に入ってズボンを盗んだのはこの高畠響子だったのではないか？

着想はさらに大きく飛躍する。

――だとすると、いま彼女のバッグの中にあるサングラスもそうなのか。東京の仕事場に侵入して、この響子がこっそり持ち去って行ったのではないか？

「だけど、あんなに簡単に決めてよかったのかね。前田というのは見かけの通りで、結構あぶない男だよ」

馬鹿げた空想を打ち消したくもあって現実的なことを口にする。

「大丈夫です。きっかけが欲しいだけですから」

すると響子はすました顔になった。

「きっかけ？」

「はい。きっかけをくれる人なら誰でもいいんです。東京に出れば、自分の力で生きていく自信は充分にありますから」

もう一度きっぱりと彼女は言う。

5

お盆休みを過ぎると、それまで鳴りを潜めていた台風が立て続けに日本列島に襲来し始めた。台風は、水不足にあえいでいた全国の水源地に大量の水を供給してくれたが、一方で大雨による被害もまた各地にもたらしたのだった。

東京にも連日激しい雨が降った。

その雨のさなかに仕事の拠点を築地から新しく借りた高田馬場のマンションに移した。それと同時に門前仲町と代官山の仕事場を畳んだ。

悠季と会わなくなってからは門仲に足を延ばす回数もめっきり減っていたし、代官山の仕事部屋はもとからほとんど使っていなかった。その代わり、今度の高田馬場のマンションは十五階建ての最上階で、部屋も広く、大きなルーフバルコニーもついていた。

バルコニーからは都心の景色が一望にできる。テーブルとデッキチェア、それにガーデンパラソルまで買い揃えて夜景を楽しみにしていたが、結局、八月中は雨ばかりでろくにバルコニーに出る機会もないままだった。

最初は、東中野の仕事場も解約するつもりでいた。だが、考えてみれば、戸山公園に埋めたチロリアンの箱を思い出せたのは、桜ノ森公園で例の少年たちに出会ったおかげだ。だとすれば、大事なきっかけを与えてくれた東中野の部屋を捨てるのは惜しくもあり、当分借りておくことにしたのだった。

高田馬場に舞い戻ったのは、馬場でルミンと一緒に暮らしていた時代が自分にとって大きな分岐点だったように思えてきたからだ。

プラスチック化も、その直前の不思議な体験も、さらには戸山公園に中曽根あけみの名刺を隠したのも、全部が全部、高田馬場に住んでいるときの出来事だった。あの飲んだくれていた時代に、自分は越えてはならない一線をどこかで越えてしまったのではないか?

一度、その分岐点まで後戻りして、それ以前の一切合切を可能な限り回復させたかった。母の塔子と八年ぶりに再会し、彼女の姿を見た瞬間に自分自身が取り返しのつかない思い違いや記憶違い、記憶の欠落を抱えているのを自覚した。小説さえ書き続けられればそれで何とかいのちを繋いでいける、という十年来の信条がいかに甘いものだったかを身に沁みて実感したのだ。

記憶のずれや誤りを正し、忘れてしまった大切な思い出を取り戻さなくては、この先の人生が成り立たないこと、さらにはプラスチック化という怪現象の意味を突き止めるのも不可能であることを、あらためて思い知った気がしたのだった。

仕事部屋を整理した理由はもう一つあった。

母の通帳や印鑑類を見つけたかったのだ。

その件に思い至ったのは、大阪から帰って来てほどなく、K書店経由で一通の手紙が送られてきたからだった。差出人はR書房総務部となっており、封を切ってみれば未開封の封書が入っていた。添え書きには「弊社宛でこのような手紙が届きましたので、取り急ぎ転送させていただきます」とあり、総務部の女性の名前が記されていた。R書房とはエッセイ集を一冊出したきりで、直後に担当者が退職してしまったために付き合いが途絶えていた。そんな版元にファンレターを送りつけてくる読者がいるとも思えず、怪訝な思いで封筒の裏を返せば、懐かしい名前が見つかった。

差出人は「吉見《よしみ》優香《ゆうか》」。ずいぶん昔、取材相手として何度か面談をし、そのあと親しくなった女性だった。知り合ってから数年は手紙やメールのやりとりをしていたが、ここしばらくは音沙汰がなくなっていた。

仕事場も変えたし、メールアドレスも何度か変えたので、彼女としては、連絡しようにも連絡できなかったのだろう。といってこちらから連絡すべき用件もなかった。

初対面のとき、彼女はまだ高校生だった。当時計画していた長編小説に女子高生を登場させる予定で、その準備に現役高校生の何人かに話を聞くことになった。B社の担当者が彼女たちを連れてきてくれ、その中で最も興味深い話をしてくれたのが吉見優香だったのだ。

優香はずっと母子家庭で育ち、「ウリ以外は全部やった」と豪語する不良女子だったが、何度か話しているうちになかなか見どころのある頭のいい子だと分かった。

小雪を亡くして間がない時期とあって、彼女を抱きたいとは露ほども思わなかったが、それでもときどき酒場に呼び出して一緒に飲んだりはしていた。

そんな一夜、「センセー、お金貸してくんない」といきなり彼女に言われたことがあった。

「幾ら?」

「百万」

「いいよ」

簡略な交渉が成立し、次の日には彼女が教えてくれた口座番号に百万円を振り込んだ。

この一件以来、すっかりこっちのことを信用してくれるようになり、さらなる交流が続いたのだ。百万円が何のために必要だったのかはいまも知らない。次に酒場で会ったときに下手くそな手書きの借用書を受領したが、それもその晩のうちに失くしてしまった。端から返ってくる金だとは思っていなかったのだ。

久々に優香の文字を眺め、手紙の封を切ると便箋一枚と小切手が入っていた。額面は百二十万円。便箋には、長らく無沙汰にしていた詫びと、いまは渋谷でバーをやっているということが書いてあり、小さな紫色の名刺が同封されていた。小切手の趣旨については一文字もないのが、いかにも彼女らしかった。

二割も利子を上乗せしてきたところからして、この金でさっそく飲みに来いという誘いなのだろうと受け取った。

店名は、「すずかけ」とやけに古風で、名刺には優香ではなく「優花」と刷り込まれている。住所は道玄坂二丁目になっていた。

あんな昔の百万円がそのまま開店資金になったはずもなかったが、何にしろ一国一城の主となり、こうして借金を返してきたところを見れば、それなりにちゃんとやっているのかもしれなかった。ないしは、またぞろ更なる大金を無心したくて、毛バリがわりにこの利子付きの小切手を送りつけてきたのか？　どちらにしろ、一度は道玄坂にあるという「すずかけ」に顔を出さなくてはならないだろう。

――高畠響子でも連れて訪ねてみるか。

M銀行渋谷支店の名前が入った小切手を眺めながら思った。

響子はあのあとすぐに上京し、さっそく前田の会社で働き始めていた。この新しい仕事場にも勤め帰りに二度ほどやって来たことがある。前田の用意したアパートが目白にあって、高田馬場は彼女にとって帰り道に当たっているのだ。

母の塔子の財産一式はどこにあるのだろう、と疑問を持ったのは、まさしくこの優香の小切手を目にしたゆえだった。小切手からの連想で、母の通帳の所在が突然気になってきたのだ。

さっそく四つの仕事場の隅々を探ったが一向に出てこなかった。

父が亡くなった時点で父の遺した資産は、著作権と和白の実家以外のものは母と二人できれいに折半した。博多一円に何カ所かの不動産があり、あとは株や国債がそこそこだったが、遺産の大半は預貯金だった。不動産や株券のたぐいは相続税の支払いのためにすぐに換金し、通帳の金は母と二分した。税金を差っ引くと思ったほど残らなかったが、それでも母が死ぬまで「グランマイオ成城学園」で厄介になるくらいの額は充分にあったはずだ。加えて、細々とではあっても父の著作印税が毎年、母の口座には振り込まれているに違いなかった。

グランマイオへの月々の振り込みや印税収入の扱い、そしてそれに伴う税の支払いなどは、この八年の間一体どうなっていたのか？

福岡には母が雇っていた税理士がいたはずだが、その人物の名前や連絡先もいまとなってはまるで分からなかったし、和白の実家がどういう状態になっているのかも定かではなかった。

お金の出入りを確かめるには、まずは母の通帳を見つけるしかない。それぞれの仕事場をそれこそ底を浚《さら》うように調べ尽くしたが、母の物は何一つとして出てこなかった。

万事休すの思いで、中曽根あけみにも確認を入れた。

入居時に指定した口座から毎月きちんきちんと各種費用は振り込まれているようで、彼女はその口座の詳細も教えてくれたが、

「通帳などは、おかあさまのお部屋には一切ありませんし、当方でお預かりしていることもありません」

と答えるばかりだった。

もしかしたら和白の実家にそのままになっているのかもしれなかったが、現実的にはそれも考えにくかった。

父の死後、母が認知症を発症して東京の施設に入ったとすれば、当然、財産類は無人となる実家からこちらへと移したはずだ。そういうあれこれも恐らくは息子である自分が母に代わって行ったに違いなかった。

なのに、そのへんの記憶がまるでない。幾ら思い出そうとしても、何も思い出せないのだった。


（下巻に続く）

プラスチックの祈《いの》り　上　朝日文庫

2022年2月28日　第1刷発行

著　　者　白《しら》石《いし》一《かず》文《ふみ》

発 行 者　三宮博信
発 行 所　朝日新聞出版
〒104-8011　東京都中央区築地5-3-2
電話　03-5541-8832（編集）
03-5540-7793（販売）

印刷製本　大日本印刷株式会社

ISBN978-4-02-265028-3

江國　香織
いつか記憶からこぼれおちるとしても

私たちは、いつまでも「あのころ」のままだ——。少女と大人のあわいで揺れる一七歳の孤独と幸福を鮮やかに描く。《解説・石井睦美》

伊坂　幸太郎
ガソリン生活

望月兄弟の前に現れた女優と強面の芸能記者!? 次々に謎が降りかかる、仲良し一家の冒険譚！愛すべき長編ミステリー。《解説・津村記久子》

湊　かなえ
物語のおわり

悩みを抱えた者たちが北海道へひとり旅をする。道中に手渡されたのは結末の書かれていない小説だった。本当の結末とは——。《解説・藤村忠寿》

村田　沙耶香
しろいろの街の、その骨の体温の

《三島由紀夫賞受賞作》

クラスでは目立たない存在の、小学四年と中学二年の結佳を通して、女の子が少女へと変化する時間を丹念に描く、静かな衝撃作。《解説・西加奈子》

道尾　秀介
風神の手

遺影が専門の写真館「鏡影館」を舞台に、様々な人物たちが交差する。数十年にわたる歳月をミステリーに結晶化した著者の集大成。《解説・千街晶之》

中村　文則
その先の道に消える

アパートの一室で発見されたある〝緊縛師〟の死体。参考人の桐田麻衣子は、刑事・富樫が惹かれていた女性だった——。中村文学の到達点。

奥田 英朗
沈黙の町で
北関東のある県で中学二年生の男子生徒が転落死した。事故か？ 自殺か？ その背景には陰湿ないじめが……。町にひろがる波紋を描く問題作。

桐野 夏生
路上のX
ネグレクト、DV、レイプ、JKリフレ。大人からの搾取と最悪の暴力に抗う少女たち。その肉声と連帯を物語に結実させた傑作。《解説・仁藤夢乃》

堂場 瞬一
内通者
千葉県警捜査二課の結城孝道は、千葉県土木局と建設会社の汚職事件を追う。決定的な情報もつかみ逮捕直前までいくのだが、思わぬ罠が……。

今野 敏
精鋭
新人警察官の柿田亮は、特殊急襲部隊「SAT」の隊員を目指す！ 優れた警察小説であり、青春小説・成長物語でもある著者の新境地。

月村 了衛
黒涙《こくるい》
警察に潜む〈黒色分子〉の沢渡は、黒社会の沈とともに中国諜報機関の摘発に挑むが、謎の美女が現れ……。傑作警察小説。《解説・若林 踏》

月村 了衛
黒警《こくけい》
刑事の沢渡とヤクザの波多野。腐れ縁の二人の前に中国黒社会の沈が現れた時、警察内部の深い闇が蠢きだす。本格警察小説！《解説・東山彰良》

貫井 徳郎
乱反射
《日本推理作家協会賞受賞作》
幼い命の死。報われぬ悲しみ。決して法では裁けない「殺人」に、残された家族は沈黙するしかないのか？ 社会派エンターテインメントの傑作。

重松 清
エイジ
《山本周五郎賞受賞作》
連続通り魔は同級生だった。事件を機に友情、家族、淡い恋、そして「キレる」感情の狭間で揺れるエイジ一四歳、中学二年生。《解説・斎藤美奈子》

沢木 耕太郎
春に散る（上）
米国から帰国した広岡仁一は四〇年前ボクシングで頂点を目指した仲間たちと再会し、共同生活を送ることに。人生の豊かさを問いかける傑作小説。

沢木 耕太郎
春に散る（下）
広岡と三人の仲間は若きボクサー翔吾と出会い、翔吾の世界チャンプの夢を一緒に追い始める。どう生きて、どう死ぬのかを壮大に描いた傑作小説。

横山 秀夫
震度0《ゼロ》
阪神大震災の朝、県警幹部の一人が姿を消した。失踪を巡り人々の思惑が複雑に交錯する。組織の本質を鋭くえぐる長編警察小説。

村上 貴史編
葛藤する刑事たち
警察小説アンソロジー
黎明／発展／覚醒の三部構成で、松本清張、藤原審爾、結城昌治、大沢在昌、逢坂剛、今野敏、横山秀夫、月村了衛、誉田哲也計九人の傑作を収録。